NELE BLOHM

Wie das Leuchten von Bernstein

Roman

WILHELM HEYNE VERLAG
MÜNCHEN

Sollte diese Publikation Links auf Webseiten Dritter enthalten,
so übernehmen wir für deren Inhalte keine Haftung,
da wir uns diese nicht zu eigen machen, sondern lediglich
auf deren Stand zum Zeitpunkt der Erstveröffentlichung verweisen.

MIX
Papier aus verantwortungsvollen Quellen
FSC® C014496

Penguin Random House Verlagsgruppe FSC® N001967

Originalausgabe 05/2021

Redaktion: Jil Aimée Bayer
Printed in Germany
Umschlaggestaltung: Nele Schütz Design, München,
unter Verwendung von
shutterstock/Oleksandr Lytvynenko/Natasha Pnkina
Satz: Leingärtner, Nabburg
Druck und Bindung: GGP Media GmbH, Pößneck
ISBN: 978-3-453-42541-5

www.heyne.de

Für Flo
Meine große und wahre Liebe

Kapitel 1

Graue Wolken zogen sich über dem Wasser zu einer feuchtnebligen Masse zusammen. Vereinzelt kämpfte sich die Sonne durch das bedrohlich wirkende Gebilde, ein Lichtstrahl aus Hoffnung und Zuversicht, der sich schon im nächsten Augenblick wieder verlor.

Ich starrte auf die unendlichen Weiten des Meeres, das sich tiefschwarz vor mir ausbreitete. Gleichförmige Wellen bildeten sich vom Bug aus, der das Wasser für einen Moment zu teilen vermochte.

Die See frischte auf, und der Duft aus Salz, Regen und Fisch – aus Heimat – umspielte meine Nase, während mir der Wind die Kapuze vom Kopf löste, sodass mir mein Haar regelrecht ins Gesicht peitschte. Es hatte vor wenigen Minuten angefangen zu regnen, dennoch stand ich unbewegt draußen an Deck der MS Gellen, einer Personenfähre, die mich von Schaprode auf Rügen nach Kloster auf Hiddensee bringen würde.

Der raue Wind und der unnachgiebige Regen waren mir allemal lieber als das Gerede der Leute. Und das würde unweigerlich folgen, sobald ich einen Fuß unter Deck setzte. Denn außer mir waren nur wenige Passagiere an Bord, und ich ging stark davon aus, dass es sich um diese Jahreszeit ausschließlich um Einheimische handelte, die mich sicherlich erkennen würden. Im Moment fehlte mir die Kraft, mich den neugierigen Blicken der Einwohner Hiddensees zu stellen. Statt also Vernunft anzunehmen und ins Innere des Schiffes zu gehen, zog ich mir die Kapuze wieder über den Kopf und hielt sie mit eiskalten Fingern fest.

Die See war für Anfang Mai unnatürlich stürmisch. Die Wellen schwappten mit einer solchen Wucht gegen den Rumpf des Schiffes, dass ich die Reling mit der anderen Hand umklammert hielt, um nicht den Halt zu verlieren. Mein Magen rebellierte ein wenig, doch schließlich beließ er es dabei. Besser für uns beide.

Wir hatten Schaprode kaum hinter uns gelassen, da erkannte ich schon die Umrisse der Insel, auf die ich wenige Tage nach meiner Geburt gekommen und wo ich bis zu meinem achtzehnten Lebensjahr geblieben war. Auf der Insel selbst gab es weder ein Krankenhaus noch eine Hebamme, sodass alle Frauen nach Rügen mussten, um zu entbinden. Ausnahmen gab es nur bei Notgeburten. Da half Dr. Küffner aus, der Allgemeinarzt, der ansonsten auch mal als Tierarzt fungierte.

Für einen Augenblick schloss ich die Lider und konzentrierte mich einzig und allein auf die Geräusche und Gerüche, die mich umgaben. Das dumpfe Dröhnen der Maschinen blendete ich dabei so gut es ging aus. Übrig blieben noch das Kreischen der Möwen, der pfeifende Wind, die deftige Meeresbrise, ... Das alles war mir wohlvertraut, und eine bekannte Sehnsucht machte sich in mir breit. Sehnsucht nach Heimat. Nach Zugehörigkeit.

Schlagartig öffnete ich die Augen wieder und schüttelte leicht den Kopf. Hiddensee war nicht mehr meine Heimat. Schon lange nicht mehr. Wenn mir nur eine einzige andere Alternative geblieben wäre, was ich nach meiner Totalpleite –

in meinem Beruf und in der Liebe! – in München hätte machen können, dann wäre ich jetzt sicher nicht mit der letzten Fähre des Tages auf dem Weg zu meiner Großmutter.

Meine Reise nach Hiddensee kam einer Bankrotterklärung gleich. Ich hatte nicht mal versucht, gegen mein Schicksal anzukämpfen. Aber wie hätte ich das mit leeren Taschen und fehlender Unterstützung auch tun sollen?

Meine Freundinnen Caro und Silke hatten mir zwar geholfen, den Laden auszuräumen und die Wände weiß zu streichen. Aber sie hatten ihre eigenen Leben zu bestreiten. Silke würde bald ein Kind bekommen, und Caro trauerte noch immer um ihren Vater, der erst vor wenigen Wochen verstorben war. Nein, ich musste es alleine schaffen. Irgendwie.

Die Überfahrt dauerte gerade mal fünfundvierzig Minuten. Ein paar Fischerboote und der ein oder andere Segler, der verwegen dem Wetter trotzte, kreuzten unseren Weg. Die bunten Bojen im Wasser signalisierten wie kleine Leuchtpunkte die Strecke zum Ziel. Ein Ziel, das ich mir nicht selbst gesteckt hatte, und das sich im Moment eher wie ein Rettungsring anfühlte.

Ein Raucher verirrte sich zu mir aufs Deck. Ich kannte ihn. Natürlich kannte ich ihn. Die Urlaubssaison auf Hiddensee würde erst in ein paar Wochen starten. Die vielen Tagesgäste, die wie Heuschrecken auf die Insel strömten, würden noch eine Weile auf sich warten lassen, auch die meisten Ferienwohnungen standen noch leer. Die Leute, die zusammen mit mir auf der Fähre waren, lebten auf Hiddensee, arbeiteten aber auf Rügen oder dem Festland.

So wie Herr Schwiecker, der sich nun wenige Meter entfernt von mir an die Reling lehnte. Sein Sohn Max war mit mir in die Inselschule gegangen. Gerade einmal sechzig Schüler waren wir gewesen, alle Jahrgänge zusammengezählt, die kleinste Schule Mecklenburg-Vorpommerns. Unser ganz eigenes Bullerbü … Astrid Lindgren wäre stolz auf uns gewesen.

Früher hatte Max' Vater auf Rügen als Altenpfleger gearbeitet. Die Menschen auf Hiddensee waren beständig. Gut möglich, dass er seinem Job noch immer nachging. Vielleicht war er aber inzwischen schon in Rente.

Er grüßte mich freundlich. Ich erwiderte den Gruß und zog mir anschließend die Kapuze etwas weiter in die Stirn. Was lächerlich war. Schließlich würden spätestens morgen früh alle wissen, dass ich zurück war.

Als die MS Gellen in Kloster festmachte, ließ ich zunächst die übrigen Passagiere vom Schiff gehen, ehe auch ich es wagte, den Fuß an Land zu setzen. Ich schwankte leicht. Früher hätte mir eine Überfahrt nichts ausgemacht, aber jetzt dauerte es einige Minuten, bis ich meinen Körper wieder davon überzeugt hatte, dass ich mich auf festem Boden bewegte.

Im Hafen von Kloster standen vier Pferdekutschen der Fuhrmannsfamilie Altenthal bereit. Je zwei Kaltblüter scharrten ungeduldig mit den Hufen und wieherten, während die Kutscher ihre Hinterlassenschaften vom Boden aufklaubten und in einem Eimer sammelten. In der Hochsaison waren es mindestens ein Dutzend mehr, besonders zu den Stoßzeiten morgens und abends, wenn die Inselbesucher auf das süße Ländchen – wie Hiddensee im Volksmund auch genannt wurde – drängten und nach ihren Tagesausflügen aufs Festland zurückgebracht werden mussten. Hiddensee bot nicht ausreichend Platz zum Übernachten für die Vielzahl an Gästen, die jedes Jahr auf die Insel strömten. Also waren viele der Urlauber gezwungen, die Insel am Abend wieder zu verlassen.

Um dieses stete Kommen und Gehen reibungslos über die Bühne zu bringen, hatte man die Altenthals beauftragt. Hiddensee war autofrei. Ein Idyll für jeden Umweltaktivisten und Aussteiger, aber auch für Familien mit kleinen Kindern und Rentner. Für jüngere Leute konnte es ganz schnell langweilig werden. Irgendwann hatte man den wuchernden Sanddorn und die beiden großen Naturschutzgebiete einfach nur satt. Ich hatte sie zumindest sattgehabt.

»Marie, was machst du denn hier?«, ertönte eine mir nur zu vertraute Stimme.

»Hallo, Jette«, grüßte ich meine ehemalige Klassenkameradin, die in Friesennerz und Gummistiefeln plötzlich neben mir stand und mich unverfroren von oben bis unten musterte. »Ich besuche meine Großmutter.«

Hinter uns trugen Arbeiter des einzigen Transportunternehmens auf der Insel Kartons mit Obst und Gemüse vom Schiff und verstauten diese auf den Pferdekutschen. Richtig – heute war Freitag. Daran hatte ich gar nicht gedacht. Am Freitag wurden per Fähre die Lebensmittel für die Bewohner von Hiddensee gebracht. Jede Kiste war dabei mit einer Nummer versehen, die zuvor einem Haus zugewiesen worden war. Offenbar hatte sich auch daran in den letzten Jahren nichts geändert.

»Da wird sich Gertrud aber freuen«, sagte Jette nun mit einem halbherzigen Lächeln auf den Lippen. »Die ersten Feriengäste kommen schon nächste Woche, hab ich gehört. Da kann sie jede Hilfe gut gebrauchen.«

Hilfe, die sie in all den Jahren nicht von dir bekommen

hat, erinnerte mich mein schlechtes Gewissen. Ich übertünchte meine Betroffenheit mit einem aufgesetzten Lächeln, ehe ich mich rasch von ihr verabschiedete.

Jette und ich hatten uns noch nie besonders gut verstanden. Wobei das vielleicht etwas zu hart ausgedrückt war. Sie war mehr an Pferden und später an Jungs interessiert gewesen, während ich die meiste Zeit am oder noch besser im Wasser verbracht hatte. Es gab einfach so gut wie keine Berührungspunkte zwischen uns. Hatte es nie. Obwohl wir in dieselbe Klasse gegangen waren, hatten wir jahrelang nur wenig Kontakt miteinander gehabt. Dennoch war sie mit ein Grund dafür gewesen, warum ich damals gegangen war.

Mein Blick schweifte hinüber zu den Segelbooten, die im Hafen lagen. Oma Gertrud war früher auch gesegelt. Sie hatte es mir beigebracht, als ich zwölf Jahre alt gewesen war – trotz Mamas Protest. Ich war ihr nach wie vor sehr dankbar für diese Erfahrung. Und für die Zeit, die wir dort auf dem offenen Meer zusammen verbracht hatten.

Oma hatte mich meist besser verstanden als meine Mutter. Nicht selten hatte sie zwischen uns vermittelt. Besonders während meiner Pubertät. Wo Mama vielleicht eine Spur zu streng gewesen war, hatte Oma Gertrud Gnade vor Recht walten und mich meine eigenen Erfahrungen und Fehler machen lassen. In ihren Augen gehörte das zum Leben dazu. Ob das wohl auch noch dazu zählte, wenn man mit fast dreißig beinahe mittellos dastand und keine Ahnung hatte, wie es weitergehen sollte?

Ich schüttelte leicht den Kopf und schob die trüben Gedanken beiseite. Das Wetter spielte freundlicherweise mit, die Sonne drängte sich zwischen den dunklen Regenwolken hervor. Der Anblick entlockte mir ein Lächeln. Das war Hiddensee. Hier änderte sich das Wetter oft Schlag auf Schlag.

Neben der Anlegestelle standen Bollerwagen für die Urlaubsgäste bereit. Doch ich zog es vor, alles, was mir von meinem Leben in München geblieben war, eigenständig zum Inselhotel meiner Großmutter zu bringen. Als mein Rollkoffer laut scheppernd über das Kopfsteinpflaster ratterte, war ich froh, dass ich meinen geliebten Kofferschallplattenspieler vernünftigerweise bei Silke und Frank untergestellt hatte.

Ich vermied den Weg durch Kloster selbst und schlängelte mich am Hafen entlang. Segelschiffe und kleinere Motorboote standen dicht beieinander und wiegten sich rhythmisch im Gleichklang der Wellen.

Als ich noch klein war, hatte ich Oma gefragt, warum der Ort, in dem wir lebten, Kloster hieß, wenn es dort doch überhaupt kein Kloster gab. Oma Gertrud hatte gelacht und mir erklärt, dass es hier sehr wohl mal ein Zisterzienserkloster gegeben hatte und unsere Inselkirche noch ein Relikt davon war.

Willis Fischbarkasse am Hafen war noch immer geöffnet. Schon in meiner Kindheit hatte der eigenwillige Seebär Fischbrötchen aus seinem Schiff heraus verkauft. Die Preise hatten dabei deutlichen Schwankungen unterlegen. Je nach Sympathiefaktor hatte er seine Brötchen verkauft, was bei so manchem Urlauber nicht selten zu Unmut geführt hatte. Aber seine Fischbarkasse war eine Institution auf Hiddensee. Ähnlich wie das Gerhart-Hauptmann-Haus oder das Heimatmuseum.

Ich nahm einen Umweg in Kauf, als ich in den Weißen

Weg einbog. Auf diese Weise hoffte ich, nicht so vielen Inselbewohnern zu begegnen, die mich erkennen und mit Fragen löchern könnten. Fragen, auf die ich selbst keine Antwort hatte.

Jan. München. Das *Blumenreich.* Das alles hatte ich hinter mir gelassen. Vor mir lag nur das weite Meer. Und sonst nichts.

Je weiter ich auf den Strand zulief, desto lauter wurde das Kreischen der Möwen. Über den Kirchweg, der zu beiden Seiten von Sanddorn und üppigen Büschen bewachsen war, kam ich schließlich zu Oma Gertruds Inselhotel.

Erleichtert darüber, endlich angekommen und keiner Menschenseele über den Weg gelaufen zu sein, öffnete ich das alte Holztor ihres Gartens. In München kannte man teilweise nicht einmal die Menschen, die mit einem im selben Haus wohnten. Die plötzliche Vertrautheit hier behagte mir nicht.

Das stattliche reetgedeckte Haus mit den kleinen blau umrandeten Fenstern sah wie immer einladend aus. Auf dem Rasen davor stand eine weiß gestrichene Holzgarnitur, bestehend aus einer Bank mit verschnörkelten Ornamenten im Rückenteil, vier Stühlen und einem Tisch, an dem ich schon Erdbeeren für die selbst gemachte Marmelade meiner Großmutter geschnippelt und so manchen Geburtstag gefeiert hatte.

Von der Wucht der Erinnerungen überrollt, hielt ich einen Moment inne, stellte den Koffer ab und nahm mir kurz Zeit, um meine Umgebung ganz bewusst wahrzunehmen. Die Sanddornbüsche ragten weit in den Garten hinein. Der alte Walnussbaum spendete mit seinen langen knorrigen Ästen Schatten. Am Baum daneben, einer Esche, hing noch immer eine Schaukel. Mein Opa hatte sie dort für mich angebracht.

Dahinter befand sich ein kleiner Schuppen, in dem Oma Fahrräder für ihre Gäste bereithielt. Der Lack bröckelte, und das Holz wirkte an manchen Stellen verwittert, was mich die Stirn runzeln ließ. Das hätte es früher nicht gegeben. Meine Großmutter war immer sehr bedacht darauf gewesen, dass alles ordentlich war. Vermutlich war sie das auch noch immer. Doch es fehlte ihr die Kraft, und wahrscheinlich auch die Zeit, diese Arbeiten alleine zu erledigen.

Oma Gertrud war fast achtzig Jahre alt. Und sie führte das Inselhotel ganz allein. Natürlich halfen sich die Nachbarn untereinander. Aber in den Sommermonaten hatten alle genug mit sich selbst und den Touristen zu tun. Die meisten Hiddenseer vermieteten Zimmer oder Wohnungen an Feriengäste, um mit dem erträglichen Einkommen daraus über den Winter zu kommen.

Als ich die Finger erneut um den Griff meines Koffers schloss, nahm ich mir fest vor, meiner Oma in der Zeit, die ich auf der Insel war, tatkräftig unter die Arme zu greifen. Es gab einiges, was ich hier machen konnte. Der Rasen musste auch dringend gemäht werden, und die Fensterrahmen konnten mal wieder einen frischen Anstrich vertragen.

Voller Tatendrang lief ich auf die Haustür zu. Doch noch bevor ich die halbe Strecke hinter mich gebracht hatte, riss Oma Gertrud die Tür schwungvoll auf und warf freudig ihre Hände in die Höhe.

»Da bist du ja endlich, mein Kind! Musste es denn unbedingt die letzte Fähre sein?«

Ich lachte bei ihren ungeduldigen Worten.

»Du weißt doch, Oma, das Beste kommt zum Schluss«, alberte ich herum und fiel meiner Großmutter eine Spur zu stürmisch um den Hals. Wir beide taumelten lachend und wären fast gefallen.

Oma Gertrud löste sich von mir und ließ ihren prüfenden Blick über mich wandern. »Lass dich mal ansehen. Dünn bist du geworden! Und blass«, sagte sie mit besorgter Stimme. »Aber nichts, was wir nicht wieder hinkriegen würden.« Dabei tätschelte sie mir die Wange und sah mich mit so viel Wärme aus ihren wässrig blauen Augen an, dass ich mich geborgen und geliebt fühlte wie schon lange nicht mehr.

»Ich hab dir frischen Dorsch besorgt und Wirsing dazu gemacht. Das war doch früher immer dein Leibgericht.« Mit einem Lächeln auf den Lippen und ohne meine Antwort abzuwarten, zog Oma Gertrud mich mitsamt dem Koffer ins Haus. Anschließend dirigierte sie mich in die Wohnküche mit der gedrungenen Decke, die neben ihrem Schlafzimmer und meinem ehemaligen Kinderzimmer lag. Die übrigen fünf Doppelzimmer sowie die Ferienwohnung mit eigenem Zugang zum Haus standen ausschließlich den Gästen meiner Großmutter zur Verfügung. Oma Gertrud stand ihren Besuchern gerne mit Rat und Tat zur Seite. Für sie war es daher unabdingbar, dass sie mit ihnen unter einem Dach wohnte.

Als ich den Raum betrat, umfing mich eine wohlbekannte Wärme. Die niedrigen Zimmer fühlten sich an wie ein wohliges Nest, das mich behütete und in dem ich sein konnte, wie ich war, ohne mich für jemanden verstellen zu müssen.

Auf dem Herd köchelte der Wirsing vor sich hin. Der Fisch war bereits filetiert und mehliert. Er musste nur noch in Butter gebraten werden. Eine feine, würzige Note lag in der Luft. Meine Großmutter machte seit jeher ihre Gemüsebrühe selbst. Mir lief das Wasser bei dem herrlichen Duft im Mund zusammen. Mein Magen knurrte. Ich konnte mich gar nicht mehr daran erinnern, wann ich das letzte Mal etwas gegessen hatte. Ich verspürte schon seit einiger Zeit keinen besonderen Appetit mehr. Spätestens seit Jans Offenbarung vor drei Wochen war er mir gänzlich abhandengekommen.

»Oma, das duftet himmlisch!«

Oma Gertrud lächelte, wenn überhaupt möglich, noch eine Spur breiter.

»Dann will ich dich nicht länger warten lassen. Geh ruhig erst rüber in dein altes Zimmer und mach dich frisch. Die Reise war doch lang. Ich mach derweil das Abendessen.«

»Soll ich dir nicht lieber dabei helfen?« Ich wollte meiner Großmutter keine unnötige Arbeit machen. Auch wenn ich wusste, dass sie es sehr genoss, für ihre Lieben zu kochen.

»Papperlapapp! Das bisschen mach ich doch mit links.« Sie zwinkerte mir zu und schwang den Kochlöffel. »Also hopp, beeil dich! Lange wird es nicht dauern.«

Gehorsam folgte ich ihren Anweisungen und stand wenig später in meinem Jugendzimmer. Seit meiner Abreise vor so vielen Jahren hatte sich nichts verändert. Der Staub hatte sich wie eine Patina auf meine Möbel gelegt und eine Zeit konserviert, an die ich mich kaum noch erinnern konnte. Oder wollte.

An der Wand neben der Tür hingen noch die Poster von Lady Gaga und den Black Eyed Peas. Sie strahlten nicht mehr ganz so wie früher, wirkten matt und fahl.

Gedankenverloren stellte ich meinen Koffer neben meinem viel zu schmalen Bett ab, von dem aus mich ein riesiges Micky-Maus-Stofftier grinsend begrüßte.

Neben meinem Schreibtisch war ein Fenster in die Wand gelassen, das zum Meer hinausging. Ich öffnete es und sog die frische Brise ganz fest in meine Lungen. Der Geruch war wunderbar vertraut und legte sich trotz der Kälte wie ein wärmender Mantel um mich.

Wenn ich mich auf die Zehenspitzen stellte und mich ein wenig aus dem Fenster lehnte, konnte ich am Haus vorbei sogar bis zum Meer sehen. Die Strandkörbe waren vom Wasser abgewandt. Noch hatte die Saison nicht begonnen. Aber bald.

Die Wellen rollten unnachgiebig auf den noch vollkommen leeren Sandstrand zu. Hiddensee nannte ganze achtzehn Kilometer Strand ihr Eigen. Ein nicht unerheblicher Teil gehörte allerdings zu einem Naturschutzgebiet und konnte nur auf festen Pfaden erkundet werden.

Ich hatte in den vergangenen Jahren keine Reportage über Hiddensee im Fernsehen ausgelassen. Es war schon komisch, wie sehr man sich mit der Heimat beschäftigte, wenn man in der Ferne war. Zurück mit den Füßen auf dem Boden der Tatsachen, blickte ich verträumt aufs Meer hinaus, beobachtete die kreisenden Möwen und die vereinzelten Segelboote und Surfer. Das Wetter zeigte sich nun von seiner besten Seite. Als hätte die Insel nur darauf gewartet, die verschollen geglaubte Tochter wieder in ihrem Schoß aufzunehmen.

Wie damals in meiner Kindheit stützte ich meine Ellbogen auf dem Fensterrahmen ab und sah hinaus. Stundenlang hatte ich dasitzen und dem Schilf dabei zusehen können, wie es sich in den Dünen sanft im Wind wiegte. Oma Gertrud hatte mich manchmal eine Träumerin genannt und mich dann aus meinem Zimmer an die frische Luft geschickt. Dabei sollte man meinen, dass ich am offenen Fenster genug frische Luft abbekommen hätte.

Ich spürte, wie die Anspannung der letzten Tage und Wochen allmählich von mir abfiel. Wie ich ruhiger wurde. Außer dem Rauschen des Meeres und dem Pfeifen des Windes hörte man nur das Lachen einiger Kinder, die etwas von mir entfernt am Strand spielten. Hiddensee war vermutlich einer der wenigen Orte auf Erden, an dem man noch wirklich zur Ruhe kommen konnte. Die sanfte Dünenlandschaft und die Weitläufigkeit, die eher gefühlt war als real – schließlich war die Insel gerade mal neunzehn Quadratkilometer groß, aber eben nur sehr spärlich besiedelt –, machten Hiddensee zu einem wahren Paradies auf Erden.

Als ich am Fenster lehnte und nach draußen sah, wusste ich gar nicht mehr so genau, warum ich damals nicht schnell genug von der Insel hatte verschwinden können. Schließlich war das hier mein Zuhause.

»Marie! Kommst du?«

Omas Worte rissen mich aus meinen Gedanken. Ich ließ das Fenster offen und ging zurück in die Wohnküche. Der Fisch brutzelte in der Pfanne. Meine Großmutter war gerade dabei, den Topf mit dem Wirsing auf ein Tuch auf den Tisch zu stellen.

»Kannst du noch den Tisch decken?«, bat sie mich und

berührte mich dabei kurz mit ihren warmen Fingern am Handgelenk.

»Aber klar doch«, erwiderte ich, dankbar dafür, dass ich mich einbringen konnte.

Außerdem rechnete ich es ihr hoch an, dass sie mich nicht gleich zu Beginn mit solch quälenden Fragen bedrängte, wie: *Wie lange wirst du bleiben? Wie sehen die Vorbereitungen zur Hochzeit aus? Wann machst du dich endlich auf die Suche nach einem neuen Hühnergott?*

Während Oma ein Lied vor sich hin summte, öffnete ich das alte Küchenbüfett neben dem Herd und holte zwei Teller und zwei Gläser heraus. Aus der Schublade unter der Tischplatte kramte ich schließlich noch das Besteck hervor. Es war uralt. Ein Geschenk zur Hochzeit von Oma Gertruds Großeltern. Echtes Silber, blank poliert, das sie wie einen Schatz hütete.

»Na«, sagte Oma, kaum dass wir nebeneinander am Tisch Platz genommen hatten und ich mir den ersten Bissen in den Mund schob. »Wie schmeckt es dir?«

Erwartungsvoll sah sie mich an, während ich damit begann, mein Essen zu kauen.

»Vorzüglich«, murmelte ich mit vollem Mund.

Ein seliges Lächeln umspielte Oma Gertruds Mundwinkel bei meinen Worten. »So soll es sein.«

»Hast du schon viele Gäste?«, fragte ich nach einer Weile des Schweigens.

Oma schüttelte den Kopf. »Nein, bisher ist nur ein Student da, der bei Dr. Küffner ein Sommerpraktikum absolvieren will. Nächste Woche kommen die Brandts aus Karlsruhe und die Woche drauf die Steiners aus Franken.«

Oma hatte vor allem treue Stammgäste, manche von

ihnen reisten schon in der zweiten oder dritten Generation an. Wer einmal hier Urlaub gemacht hatte, war Hiddensees Charme meist so sehr erlegen, dass er immer wiederkam. Sie musste also nicht darum bangen, ob sie die Ferienwohnung und die einzelnen Zimmer ihres Inselhotels vermietet bekam.

»Wie geht es denn den Brandts und den Steiners?«, fragte ich zwischen zwei Bissen. Das Essen war wirklich vorzüglich und konnte problemlos mit jeder piekfeinen Sterneküche mithalten. Der Wirsing war saftig und gut gewürzt. Der Fisch war dermaßen zart, dass ich nicht einmal ein Messer brauchte.

Erst jetzt wurde ich mir der Tatsache bewusst, wie sehr ich ihr Essen vermisst hatte. Wie sehr ich *sie* vermisst hatte. In Gedanken versunken, blickte ich auf die Gabel, auf der sich der Dorsch auf dem Wirsing türmte.

»Gut, gut. Sie kommen ja jetzt mit ihren Enkelkindern. Die alte Frau Brandt hat leider körperlich etwas abgebaut. Ich bin gespannt, wie es ihr im letzten Jahr ergangen ist.« Dann fing Oma meinen Blick ein. Besorgt fragte sie: »Schmeckt es dir nicht? Sind noch zu viele Gräten drinnen? In letzter Zeit übersehe ich sie oft. Vielleicht sollte ich Dr. Küffner mal nach meinen Augen sehen lassen.«

»Nein, nein, alles bestens«, wich ich ihrem prüfenden Blick aus und bemühte mich um ein freudiges Lächeln.

Doch so leicht kaufte mir Oma Gertrud das nicht ab. »Nimm dir doch ein anderes Stück Fisch. Es ist genügend da.«

»Es geht nicht um den Fisch«, sagte ich schließlich.

»Es geht nie um den Fisch«, erwiderte Oma, während sie ihre warme, von Altersflecken überzogene Hand auf meine legte.

»Ich bin nur …« Ich ließ die Gabel zurück auf den Teller gleiten. »… müde und erschöpft von der Reise. Die letzten Wochen waren sehr anstrengend«, hielt ich mich bedeckt.

Seit mir mein Hühnergott – ein Stein mit einem Loch, den ich als Kind am Strand hier auf Hiddensee gefunden hatte – abhandengekommen war, geriet mein Leben jeden Tag ein wenig mehr aus den Fugen. Oder zumindest würde meine Oma es wahrscheinlich so sehen. Ich sehnte mich einfach nach Ordnung und Zuversicht. Und das dermaßen, dass ich sogar dazu bereit gewesen war, in die Heimat zurückzureisen.

Oma Gertrud sah mich aufmunternd an, und schon meldete sich mein schlechtes Gewissen. Sie kannte den wirklichen Grund für meinen Aufenthalt auf Hiddensee nicht. Vermutlich ging sie davon aus, dass ich kalte Füße vor der Hochzeit bekommen und mir kurzerhand eine Auszeit genommen hatte. Aber ich würde meiner Großmutter schon noch alles erzählen. Ich wollte nur erst ankommen und ein wenig durchatmen.

Ihre hellblauen Augen hatten mit den Jahren und den Schicksalsschlägen etwas an Strahlkraft eingebüßt, aber sie leuchtete noch immer von innen heraus. So wie früher. Ihr schlohweißes Haar kräuselte sich auf ihrem Kopf, und ihr rundliches Gesicht war voller Wärme.

»Lass dir Zeit, Marie! Wenn man eines auf der Insel massig hat, dann das. Es wird sich ein Weg finden. Für alles.«

Ich seufzte bei ihren Worten.

»Ja, mal sehen …«

»Bis dahin könntest du Irmgard in ihrem Hexenhäuschen einen Besuch abstatten.«

Ich schüttelte den Kopf und seufzte. »Wenn es doch nur so einfach wäre.«

»Das ist es, mein Kind«, behauptete Oma Gertrud im Brustton der Überzeugung. »Und jetzt iss besser weiter, sonst ist es kalt und schmeckt nicht mal mehr halb so gut.«

Kapitel 2

Drei Wochen zuvor

»›Pleite und planlos in Paderborn.‹« Meine beste Freundin Silke schüttelte den Kopf. »Wer zum Kuckuck denkt heutzutage noch, solche abgedroschenen Schlagzeilen seien toll?«

Ich zuckte mit den Schultern. »Jemand, der ziemlich planlos und voraussichtlich auch schon sehr bald pleite sein wird, wenn er weiterhin nichts Innovatives liefert.«

Silke lachte, während sie mit der Weißwurst auf mich deutete, die sie sich als kleinen Snack für zwischendurch bei Metzger Bauernfeind um die Ecke geholt hatte. Er war definitiv Münchens beste Adresse, wenn es um Weißwürste ging.

»Die Wievielte ist das heute?«, fragte ich mit schiefem Blick auf die Wurst, die wenig Standfestigkeit zeigte und deren Spitze immer weiter nach unten absackte.

»Jetzt fang du nicht auch noch damit an.« Silke verdrehte genervt die Augen, legte das Handy, auf dem sie eben noch die Nachrichten gelesen hatte, zur Seite und strich sich fürsorglich über den Bauch. »Der Kleine hat eben Hunger.«

»Ich frage doch nur, weil du Weißwürste vor deiner Schwangerschaft nicht mal riechen konntest. Du bist wunderschön. Ich hoffe, du weißt das!« Ich lächelte und wählte ein paar pinke und gelbe Gerbera für den Strauß von Frau Winter aus. Die nette alte Dame kam jeden Mittwochnachmittag und holte sich frische Blumen. Sie war eine der wenigen Stammkundinnen, die mir noch geblieben waren, nachdem schräg gegenüber eine große Blumenladenkette eröffnet hatte und seither mit Dumpingpreisen lockte, denen ich nichts entgegenzusetzen hatte. Außer der Liebe zu meinem Beruf, natürlich. Aber die würde mich, wenn es so weiterging, leider auch nicht über die Runden bringen.

Ich seufzte.

»Alles okay bei dir?«, fragte Silke schmatzend.

»Das Übliche«, erwiderte ich mit festem Blick auf die Blumen. Die lila-weißen Orchideen mit den zarten karamellfarbenen Sprenkeln machten sich wirklich ausgezeichnet in meiner Kreation.

Silke legte die Wurst zurück auf das Packpapier und kam von dem Verkaufstresen, an dem sie bis eben noch gelehnt hatte, zu mir herüber. Die Hand, die sie mir auf die Schulter legte, drückte sanft, aber bestimmt zu.

»Hey, meine Süße, lass den Kopf nicht hängen. Die Leute werden bald schon einsehen, wie viel Herzblut du in deine Arbeit steckst. Da kann keine noch so billige Kette mithalten. Und dann werden sie Schlange stehen, damit sie in dem In-Blumenladen der Stadt einen Strauß bekommen. Wirst sehen.«

Der Versuch eines Lächelns verunglückte auf meinen Lippen, die sich heute nicht dazu durchringen ließen, sich nach oben zu biegen.

»Das ist lieb von dir. Aber das ist leichter gesagt als getan. Wenn es so weitergeht, dann sehe ich echt schwarz. Herr Seidel hat auch schon gedroht, mich rauszuwerfen.«

Silkes Augenbrauen schnellten nach oben, während sie sich in einer unbewussten Bewegung über den Bauch strich.

»Wieso denn das?«

Schlagartig bekam ich ein schlechtes Gewissen. Silke war hochschwanger und sollte sich auf Anraten ihrer Ärztin in den letzten Wochen vor der Geburt besonders schonen, da sie zu Bluthochdruck neigte. Und was tat ich? Statt Rücksicht auf meine Freundin zu nehmen, regte ich sie nur noch mehr auf.

»Ich bin heute wahrscheinlich einfach nur mit dem falschen Fuß aufgestanden. Nichts weiter. Morgen sieht die Welt bestimmt schon wieder ganz anders aus«, lenkte ich ab und versuchte nun doch, meine Mundwinkel zu einem Lächeln anzuheben. Mit nur mäßigem Erfolg. Trotzdem wollte ich nichts unversucht lassen, um Silke auf sorgenfreiere Gedanken zu bringen.

Silke sah mich durchdringend an. Da ich ihrem Blick schon nach wenigen Sekunden nicht weiter standhalten konnte, gab ich mich überaus vertieft in meine Arbeit und sortierte die einzelnen Blumen in meiner Hand noch mal neu. Ich hatte heute keine weiteren Bestellungen vorzubereiten, also blieb mir ausreichend Zeit, den Strauß für Frau Winter ein ums andere Mal neu anzuordnen. Sie würde eh erst am späten Nachmittag vorbeischauen. Und bis dahin blieben mir noch mehr als vier Stunden. Lange vier Stunden, auch wenn Silke mir heute wenigstens für einige Zeit Gesellschaft leistete.

Denn seit der *Blumenkaiser* in meine unmittelbare Nachbarschaft ins Glockenbachviertel gezogen war, verirrten sich nur noch selten Kunden in meinen Laden. Der Preis war nun mal ein nicht unerheblicher Faktor, wenn es darum ging, die Menschen für sich und seine Ware zu begeistern.

Lange Zeit hatte ich mir eingeredet, dass sich Qualität irgendwann durchsetzen würde. Aber wenn mir vorher die

Luft ausging, weil ich meine Lieferanten und vor allem den Pachtgeber nicht weiter vertrösten konnte, brachte mir das auf lange Sicht leider auch nichts.

»Wann beginnt dein Geburtsvorbereitungskurs?«, wechselte ich unvermittelt das Thema.

»In einer Dreiviertelstunde. Willst du mich loswerden?«, fragte Silke scherzhaft.

»Nein! Natürlich nicht. Ich wollte dich nur nicht mit meinen Erzählungen stressen. Das ist alles«, erwiderte ich ein wenig kleinlaut.

Silke grinste. »Mach dir mal wegen mir keine Sorgen. Ich steck das weg. Den Aufreger des Tages hatte ich ohnehin schon heute Morgen, als Herr Kowalsky von gegenüber mit dem Laubbläser durch den Garten gestürmt ist. Um sechs Uhr dreißig. Kannst du das glauben?«

»Im April?«

»Ja. Im April. Man weiß ja nie, wann diese bösartigen Blätter von den Bäumen fallen. Aber mal im Ernst: Wenn jemand für meinen zu hohen Blutdruck verantwortlich ist, dann dieser Rentner, der eindeutig nichts mit seiner Zeit anzufangen weiß. Außer seine Nachbarn in den Wahnsinn zu treiben. Was er, wohlgemerkt, echt perfektioniert hat. Ich meine: sechs Uhr dreißig! Aber ganz sicher nicht meine beste Freundin.« Silke nahm mich fest in ihre Arme. »Ich will alles wissen. Hörst du? Geteiltes Leid ist halbes Leid und so.«

Ich lächelte, ehe ich Mut fasste und Silke mein Herz ausschüttete.

»Jan hat sich überlegt, noch mal die Schulbank zu drücken. Na ja, wohl mehr die Vorlesungsbank. Er will noch mal studieren.«

»Oh«, erwiderte Silke irritiert, während sie sich von mir löste. »Wie kommt er denn darauf?«

Das war noch so ein Thema, das mir in letzter Zeit ziemliche Bauchschmerzen bereitete. Und das nicht, weil Jan momentan derjenige von uns beiden war, der die Miete für unsere gemeinsame Wohnung zahlte.

»Jan ist grade total unzufrieden. In der Firma haben sie ihn bei der Vergabe eines besser bezahlten Jobs übergangen. Und jetzt zweifelt er halt an allem und jedem, macht sich Vorwürfe, dass er nach der Ausbildung nicht weitergemacht und gleich studiert hat«, erklärte ich etwas lapidar.

Tatsächlich hatte sich mein sonst eher ausgelassener und immer gut gelaunter Verlobter in den letzten Monaten ziemlich verändert. Er war miesepetrig und antriebslos geworden. Seine schlechte Laune hatte er dabei nicht selten an mir ausgelassen, auch wenn er sich im Nachhinein meist entschuldigt hatte und selbst ganz unglücklich über seine eigene Unzufriedenheit zu sein schien.

Insofern war ich ja froh darüber, dass er nun beschlossen hatte, aktiv etwas dagegen zu unternehmen. Andererseits belastete mich die Tatsache ungemein, dass uns bei seinen ambitionierten Plänen das Gehalt seines gut bezahlten Jobs als Buchhalter flöten ging.

Die Freude für meinen Freund und die gleichzeitige Zukunftsangst, die mich immer öfter nachts aus dem Schlaf riss, machten mich noch fertig. Und tagsüber stand ich in meinem schlecht laufenden *Blumenreich* und wusste nicht wohin mit meiner Zeit und meinen Sorgen.

»Der Arme! Das tut mir total leid für ihn. Jan kam mir bisher immer so vor, als wäre er derjenige von uns allen, der total happy mit seinem Leben ist.«

Bei den Worten meiner Freundin fuhr mir ein Stich ins Herz. Doch noch bevor ich nach einer angemessenen Antwort suchen konnte, kündigte das Glöckchen über der Tür einen neuen Kunden an. Sofort nahm ich Haltung an und lächelte freundlich. Bis ich erkannte, wer dort in der Tür stand.

»Jan? Was machst du denn hier?«

Mein Puls schoss schlagartig in die Höhe, als ich meinen Verlobten in der Tür stehen sah. Es war mitten am Tag. Er sollte im Büro sein.

»Hey, ihr beiden«, begrüßte uns Jan freudig. Auf dem Kopf trug er einen wahrhaftigen Tropenhelm, und über seinen Schultern ragte ein nigelnagelneuer Backpacker-Rucksack in die Höhe.

Während ich noch überlegte, wie ich meine Verwunderung möglichst diplomatisch zum Ausdruck bringen konnte, begann Silke aus vollem Hals zu lachen.

»Wie siehst du denn aus? Du erinnerst mich an einen Möchtegern-Archäologen. Nur der Rucksack … passt nicht ganz ins Bild. Was hat dich denn da geritten?«

Genau das wollte ich auch sehr gerne wissen. Und das nicht nur im Hinblick auf unsere schwierige finanzielle Lage, die ganz sicher keine solchen Anschaffungen brauchte. Jan und ich wollten in vier Monaten heiraten. Aber irgendwie verlor ich von Sekunde zu Sekunde immer mehr den Glauben daran, dass der Tag unserer Hochzeit auch wirklich kommen würde.

»Ich werde mir eine kleine Auszeit nehmen und eine Tour durch Südostasien machen.« Jan strahlte bei seinen Worten übers ganze Gesicht.

Seit Monaten hatte ich ihn nicht mehr derart glücklich

gesehen. Ich wollte mich wirklich für ihn freuen, wollte dankbar dafür sein, dass er einen Weg aus seiner aufkommenden Depression herausgefunden hatte. Doch stattdessen rollte eine Panikattacke wie eine Dampfwalze über mich hinweg. Ich bekam kaum noch Luft. Bis vor wenigen Minuten glaubte ich noch, Jans Wunsch, noch einmal zu studieren, und mein schlecht laufendes Geschäft seien meine größten Probleme. Aber Jans Worte sorgten dafür, dass mir hier, mitten in meinem Blumenladen, plötzlich übel wurde.

»Was?«, rief Silke viel zu schrill.

Ich schüttelte leicht den Kopf und bemühte mich abermals um Haltung. Silke legte ihren Arm um meine Schultern und zog mich an sich.

»Wusstest du davon?«, fragte sie besorgt und deutete dabei auf Jan.

Ich wollte nicken, den Kopf schütteln, alles gleichzeitig und im Grunde nichts davon. Es dauerte einige Augenblicke, bis ich meine Sprache in dem Maße wiedergefunden hatte, dass ich Silke antworten konnte.

»Es … es stand mal zur Debatte. Aber eigentlich dachte ich, seitdem du wieder studieren wolltest, wäre die Reise vom Tisch?«

Jan winkte ab. »Mit dem Studium kann ich ja frühestens im Oktober beginnen. Bis dahin bleibt mir noch viel Zeit, um die Welt zu entdecken.«

Silke sah zwischen uns beiden hin und her, während ich nichts zu erwidern wusste. Ich fühlte mich vollkommen überrumpelt. Jan hatte ganz offenkundig eine Entscheidung getroffen. Für sich. Gegen mich. *Gegen uns.* Und er schien gar nicht zu kapieren, wie ich mich dabei fühlte.

Oder vielleicht interessierte es ihn auch einfach nicht. Ich spürte, wie meine Kehle bei dem Gedanken immer enger wurde, und japste nach Luft.

»Und Marie? Willst du sie etwa hier allein zurücklassen? Was wird aus dem Blumenladen? Was wird aus eurer Wohnung?«, stellte Silke all die Fragen, die kreuz und quer durch meine Gehirnwindungen sausten und die ich dabei einfach nicht zu fassen bekam.

Jan schwebte in anderen Sphären. Zumindest ließ das sein breites Grinsen vermuten. Er verstand offenbar gar nicht, dass es hier ans Eingemachte, ja um meine bloße Existenz ging. Ich stand vor einem Berg aus Sorgen und Ängsten, und er kaufte sich einen Tropenhelm und wollte Abenteuer erleben? Was war bloß schiefgelaufen, dass Jan alles, was wir uns in den letzten Jahren gemeinsam aufgebaut hatten, ohne mit der Wimper zu zucken, über Bord warf? Denn wenn ich mir das hier so besah, ging es auch um uns als Paar. Vor allem darum.

Jan winkte ab. »Marie schafft das alles locker.« Dann wurde er ein wenig ernster. Nur einen Hauch. »Klar, wir werden die Wohnung aufgeben müssen. Schließlich brauche ich das Geld für die Reise. Und das mit der Hochzeit lässt sich ja auch noch ein wenig aufschieben.«

»Aufschieben?!« Das eine Wort kam viel zu schrill aus meinem Mund. Silke zog mich noch enger in ihre Umarmung.

Jan richtete derweil seinen Helm. »Nur um zwei, drei Monate. Höchstens ein halbes Jahr. Wolltest du nicht eh viel lieber im Frühjahr heiraten?«

So langsam platzte mir der Kragen. Jan kam mir gerade vor wie der berüchtigte Elefant im Porzellanladen. Und das

Schlimmste daran: Er merkte es nicht einmal. Keine Ahnung, was er eingeworfen hatte oder wie sich seine überaus heitere Stimmung sonst erklären ließ. Das war definitiv nicht mehr der Mann, mit dem ich die letzten sieben Jahre verbracht und zu dem ich, ohne zu zögern, Ja gesagt hatte, als er mich an meinem Geburtstag fragte, ob ich den Rest meines Lebens mit ihm verbringen wolle.

Mein Herz schlug immer schneller, während mein Verstand sich an hanebüchenen Gedanken festkrallte, um die mehr als verstörende Situation auch nur ansatzweise deuten zu können. Lag es vielleicht an dem berühmten verflixten siebten Jahr? Aber war das nicht schon vorbei? Okay, mein Versuch war mehr kläglich als hilfreich. Aber irgendwie schaffte ich es, in diesem Moment nicht durchzudrehen. Was einem Wunder gleichkam, wenn man bedachte, dass ich keine Ahnung hatte, wie mein Leben nun weitergehen sollte.

Ich sollte wütend sein, mit Vasen und Kübeln um mich werfen. Alles wäre besser, als einfach nur stumm dazustehen und mit anzusehen, wie mein Leben eine Wendung nahm, die ich kein Stück hatte kommen sehen.

In Jans Selbstfindungsphase, die, je länger ich darüber nachdachte, verdammt viel Ähnlichkeit mit einer Midlife-Crisis hatte – und das mit gerade einmal dreißig Jahren! –, war er immer wieder mit neuen Veränderungswünschen gekommen. Die Hochzeit war eine davon gewesen. Wenn es nach ihm gegangen wäre, dann hätten wir noch am selben Tag im Rathaus angefragt, wann der nächste freie Termin verfügbar war. Damals hatte ich das noch reichlich romantisch gefunden – wenn auch etwas übereilt, weshalb wir Jans stürmischen Plan dann auch nicht in die Tat umsetzten. Zum Glück! Denn während Jan mich noch vor einigen Monaten nicht schnell genug hätte heiraten können, schien es nun beinahe so, als könne er nicht schnell genug von mir wegkommen.

»Du spinnst ja!«

Wieder war es Silke, die auf den Punkt brachte, was ich mir dachte.

Jan lächelte noch immer selbstbewusst. Wahrscheinlich erwartete er sogar unser vollstes Verständnis. Und Begeisterungsstürme. Mindestens. Schließlich war das ja der beste Einfall seit Menschengedenken.

Das Ganze mutierte zusehends zur Freakshow. Wenn ich nicht selbst von der Situation betroffen wäre, würde ich wahrscheinlich laut loslachen. Doch es betraf mich. Es war mein verdammtes Leben, das da den Bach runterging. Schlagartig musste ich an den Eisbach denken, den wir erst am Samstag zusammen besucht hatten, um den Surfern zuzusehen. Seither waren gerade einmal vier Tage vergangen.

»Silke, ich kann deine Aggressivität mir gegenüber überhaupt nicht verstehen. Nimm dir mal ein Beispiel an Marie. Sie versteht mich.«

Ich wollte widersprechen, doch der Kloß in meinem Hals war so riesig, dass ich ihn einfach nicht hinuntergeschluckt bekam.

Hilflos schielte ich hinüber zu Silke, die jetzt mit absoluter Sicherheit zu hohen Blutdruck hatte. Die pulsierende Ader an ihrem Hals war ein ziemlich eindeutiger Indikator. Verdammt!

»Musst du nicht zum Geburtsvorbereitungskurs?« Meine etwas atemlos ausgesprochene Frage war ebenso unpassend wie wirkungsvoll: Prompt drehte Silke sich zu der Wanduhr in ihrem Rücken um.

»Mist!«, schimpfte sie, als ihr bewusst wurde, dass sie nur mit viel Mühe noch rechtzeitig zu ihrem Termin kommen würde.

Wie ein Tornado wirbelte sie durch meinen Laden, griff sich Handy, ihre Jacke und die Tasche. Auch die angeknabberte Weißwurst vergaß sie nicht. Wie eine Waffe hielt sie sie in Jans Richtung. Leider hatte sie nach wie vor nur wenig Standfestigkeit. Und dennoch.

»Du bringst das hier in Ordnung, Jan Sauerwald. Haben wir uns verstanden? Du wirst Marie nicht einfach im Stich lassen und einen Selbstfindungstrip durch Südostasien machen. Wenn du auch nur noch einen Funken Verstand und vor allem Anstand in dir hast, wirst du diesen ganzen Kram da wieder zurückgeben.« Die Wurst in ihrer Hand vibrierte bei ihren Worten und schlug wie eine Wünschelrute zu allen Seiten hin aus, während Silke auf Jans Helm und den Rucksack deutete. Die Wanderschuhe waren ebenfalls neu. Das war mir bisher gar nicht aufgefallen.

Dann brauste sie an ihm vorbei hinaus auf die Straße und verschwand sogleich in der Menschenmenge.

»Seit Silke schwanger ist, ist sie irgendwie nicht mehr sie selbst. Findest du nicht auch?«, meinte Jan mit einem verständnislosen Kopfschütteln.

Und ich hatte das ungute Gefühl, dass das hier gerade der Anfang war von etwas, das ich auf keinen Fall wollte.

Kapitel 3

Heute

»Wie ist das denn jetzt mit der Hochzeit?«

Kaum dass das Geschirr abgetragen war und ich Oma Gertrud mit dem Abwasch half, brachte sie die Sprache nun doch auf eines der Themen, die mich seit einiger Zeit umtrieben.

»Seid ihr euch denn wirklich ganz sicher, dass ihr im August in München feiern wollt? Ich dachte nur, ihr könntet ja auch zu uns auf die Insel kommen. Da gibt es genügend Platz für alle. Und ihr hättet keine Probleme mit all diesem bayrischen Formalitätenkram.«

Oma Gertrud war eine resolute Frau. Sie wusste, was sie wollte. Gleichzeitig hatte sie das Herz am rechten Fleck. Ich war mir darüber im Klaren, dass sie es nur gut mit uns meinte und uns helfen wollte. Aber das war gerade der denkbar schlechteste Zeitpunkt, um sich über die Organisation einer Hochzeit Gedanken zu machen, die voraussichtlich eh verschoben werden würde. Wenn sie denn überhaupt jemals stattfand. Im Moment war ich mir nicht einmal mehr sicher, ob es überhaupt noch ein *Uns* gab.

»Das ist total lieb von dir, Oma, aber ...«

Meine Großmutter ließ mich gar nicht erst ausreden. Das hier war nicht unsere erste Diskussion über den Ort der Hochzeit, und ich hatte den Eindruck, dass sie sich eine längere Rede zurechtgelegt hatte. Ich polierte derweil das Glas in meiner Hand auf Hochglanz.

»Kind, überleg dir das doch noch mal! Ihr spart euch doch richtig was, wenn ihr hier bei mir heiratet.«

Oma Gertruds Inselhotel hatte sich über die Jahre zu so etwas wie einem Geheimtipp gemausert, auch wenn sie nach Opas Tod alle Hände voll damit zu tun gehabt hatte, den Betrieb am Laufen zu halten. Besonders stolz machte sie die Tatsache, dass das Inselhotel bereits in dritter Generation in Familienbesitz war. Da meine Mutter bereits tot war und ich meinen Vater nicht kannte, war mir klar, dass Oma Gertrud insgeheim den Wunsch hegte, dass ich ihr Lebenswerk fortführen würde. Dabei wusste sie ganz genau, dass das mit Hiddensee und mir auf Dauer nichts werden konnte. Nicht nachdem, was in der Vergangenheit alles vorgefallen war. Eigentlich. Schließlich war ich ja zurückgekommen.

»Oma Gertrud, es wird erst mal keine Hochzeit geben«, schmetterte ich ihr ungehalten entgegen. Die Wucht meiner Worte ließ mich selbst zusammenzucken, und das Glas fiel mir klirrend aus der Hand in die Spüle. Himmel. Hatte ich das gerade wirklich gesagt?

»Keine Hochzeit? Ich verstehe nicht. Was ist denn passiert? Habt ihr euch gestritten?«

Oma Gertrud sah mich bestürzt an. Und besorgt. Das war wirklich das Letzte, was ich gewollt hatte.

Ich seufzte. Im Moment war mir kein bisschen danach, einen Seelenstriptease hinzulegen.

»Jan hat … erst mal andere Pläne«, gab ich mich nebulös und verkrallte mich dabei mit den Fingern im Geschirrtuch, als könnte es mir den Halt im Leben geben, den ich dringend benötigte.

»Andere Pläne? Wie sehen die denn aus? Und warum gerade jetzt? Bekommt er etwa kalte Füße?«

Mein Kopf schwirrte. *Kalte Füße*, hallte es durch meine Gehirnwindungen. Ich versuchte, den Moment zu greifen zu bekommen, an dem Jan und ich uns voneinander zu entfernen begannen. Aber es gelang mir einfach nicht.

»Ich weiß es nicht«, gestand ich Oma Gertrud.

»Ist denn dein Hühnergott zwischenzeitlich wieder aufgetaucht?«

Nun ließ ich mich mit einem lauten Seufzer auf der Eckbank nieder. Oma Gertrud folgte mir, und ich rutschte ein wenig auf.

Wenn ich eines zutiefst bereute, dann die Tatsache, dass ich ihr überhaupt von meinem verlorenen Hühnergott erzählt hatte. Seither wurde sie nicht müde, mir zu erklären, wie wichtig es war, dass ich ihn wiederfand. Denn der Verlust eines solchen Steines war in ihren Augen ein ganz schlechtes Zeichen und mindestens mit dem Zerbrechen eines Spiegels gleichzusetzen. Sieben Jahre Pech. Eine Ewigkeit, wenn man bedachte, dass ich meinen Talisman erst vor wenigen Wochen verloren hatte.

»Also nicht. Ich werde Irmgard fragen, was in deinem Fall zu tun ist.«

Oma Gertrud schien plötzlich voller Tatendrang, während ich mir am liebsten eine Decke über den Kopf gezogen und einen Winterschlaf eingelegt hätte. Und das im Mai.

»Das ist echt lieb von dir«, murmelte ich zwischen meinen verschränkten Fingern hindurch, in die ich mein Gesicht vergraben hatte. »Aber ich weiß wirklich nicht, ob eine schamanische Heilung mit Handauflegen in meiner ausweglosen Lage das ist, was ich gerade brauche.«

»Wenn deine Lage schon so aussichtslos ist, dann schadet es sicher nicht, wenn Irmgard mal einen Blick drauf wirft. Sie weiß, was sie tut.« Oma Gertrud ließ sich nicht beirren.

»Vielleicht«, erwiderte ich mit einer Mischung aus Resignation und Widerwillen. Als hätte ich gerade nicht wichtigere Dinge zu tun, als mich mit einer selbst ernannten schamanischen Heilerin auseinanderzusetzen.

Oma Gertrud stand allem Neuen zunächst äußerst skeptisch, wenn nicht gar feindselig gegenüber. Im Grunde hatte sie wahrscheinlich nur Probleme damit, sich an die veränderten Gegebenheiten zu gewöhnen. Vielleicht machten sie ihr sogar ein wenig Angst. Anders war es schließlich nicht zu erklären, dass sie derart große Stücke auf die heilenden Hände ihrer Schamanenfreundin Irmgard hielt. Die Welt war verrückt. Und ich ein Teil davon.

»Du solltest auf jeden Fall weiterhin nach deinem Hühnergott suchen. Wenn du ihn findest, wird sich alles klären.«

Ich schüttelte bei Oma Gertruds Worten nur leicht den Kopf und lächelte müde. Die Vorstellung, ich müsste lediglich einen Stein finden und all meine Probleme würden sich in Wohlgefallen auflösen, war absurd. So lieb ich sie auch hatte, aber in dieser Hinsicht waren wir definitiv grundlegend verschiedener Ansicht.

»Bestimmt«, erwiderte ich ausweichend, während ich ihr kaum in die Augen sehen konnte.

»Und was Jan angeht«, begann sie zögerlich zu sprechen. Ich hatte schon eine Ahnung davon, was gleich auf mich zukommen würde. Oma Gertrud hatte Jan seit dem ersten Tag nicht sonderlich gut leiden können. Irmgard hatte ihr den Floh ins Ohr gesetzt, mit seiner Aura wäre etwas nicht in Ordnung. Und diese mehr als zweifelhafte Andeutung ihrer Freundin hatte schon ausgereicht, dass sie sich seither Jan gegenüber reserviert zeigte.

Dennoch hatte ich in letzter Zeit das Gefühl gehabt, sie wäre endlich warm mit ihm geworden. Als ich ihr lachend und überglücklich von seinem Heiratsantrag erzählt hatte, glaubte ich wirklich, sie würde sich aus tiefstem Herzen für uns freuen.

»Dafür finden wir sicher auch noch eine Lösung.« Oma Gertrud lächelte mir aufmunternd zu. »Vielleicht sollte ich dem Jungen mal ein paar selbst gestrickte Socken von mir schicken. Die aus Schafwolle. Die richtig warmen. Du weißt schon.« Sie zwinkerte mir verschwörerisch zu.

Ich bemühte mich zu lächeln, doch ihre Worte trieben mir die Tränen in die Augen. Rasch blinzelte ich dagegen an. Nur unter Aufbietung all meiner Kräfte gelang es mir, sie zurückzuhalten.

Wenn es doch nur so einfach wäre. Ein Paar warme Socken, und schon sah die Welt ganz anders aus. Aber Oma Gertrud stimmte mich seit Tagen das erste Mal etwas zuversichtlicher. Ich musste nur in Ruhe über alles nachdenken. Jan war nicht das selbstgefällige Arschloch, als das er sich mir zuletzt in München präsentiert hatte. Und er liebte mich. Da war ich mir ganz sicher.

Dann schlug sie beherzt mit der Hand auf den Tisch. Ich zuckte leicht zusammen, während sie mir aufmunternd zulächelte.

»Genug für heute. Lass uns schlafen gehen. Morgen ist auch noch ein Tag.«

Und übermorgen. Und überübermorgen. Blieb nur zu hoffen, dass irgendeiner davon auch Antworten für mich bereithielt. Oder zumindest einen Hühnergott.

In der Nacht fiel ich in einen ruhelosen Schlaf. Das Bimmeln der Glocke im *Blumenreich* kündigte mir den Höhepunkt meiner ganz persönlichen Katastrophe an. Und ich konnte rein gar nichts tun, als mich der Situation ein weiteres Mal zu stellen. Unfähig, in den Verlauf der Geschichte einzugreifen, sah ich die schmerzvollen Bilder erneut deutlich vor mir.

Kapitel 4

Zwei Wochen und fünf Tage zuvor

»Marie, mein Schatz.«

Jan kam mit einem breiten Grinsen in meinen Laden gestürmt. Seine grünen Augen strahlten so schön. Lachfältchen umgaben sie wie ein Fächer.

»Ich habe wundervolle Neuigkeiten.«

Erleichterung machte sich in mir breit. »Du fährst nicht, und die Hochzeit findet statt?«

Ein irritierter Ausdruck huschte über sein Gesicht. »Wie kommst du denn darauf? Natürlich werde ich fahren. Ich hab schließlich schon die Tickets gekauft und mein Sparkonto geplündert. Weswegen ich eigentlich gekommen bin: Herr Huber, unser Vermieter, hat eingewilligt, dass wir unter den gegebenen Umständen früher aus dem Mietvertrag rauskommen. Schon in zwei Wochen sind wir die Wohnung los. Ist das nicht toll?«

»Zwei Wochen …«, wiederholte ich panisch die Worte, die mir jeden Moment die Luft zum Atmen rauben würden.

»Ja, Herr Huber führt eine Warteliste für neue Mieter. Du weißt ja, wie begehrt das Glockenbachviertel ist. Ich bin total erleichtert, dass ich dir jetzt keine Arbeit zurücklasse, während ich auf meiner Reise bin. Was sagst du?«

»Was ich dazu sage?«, fragte ich fassungslos, während es gewaltig in mir zu brodeln begann.

Das war doch nicht sein Ernst! Er hatte unsere gemeinsame Wohnung ohne meine Einwilligung gekündigt, um mir die Arbeit damit zu ersparen?!

»Hast du denn auch nur einen Moment lang daran gedacht, was aus mir in der Zeit wird, in der du weg bist? Hm? Hast du dir mal Gedanken darüber gemacht, wo ich wohnen soll?« Wütend verschränkte ich die Arme vor der Brust und wich einen Schritt zurück, als Jan es wagte, auf mich zuzukommen und Anstalten zu machen, mich in die Arme nehmen zu wollen. Was dachte er sich nur, was er da tat? Schließlich sprach er da von meinem Heim – ich hatte kein zweites.

»Hey, Marie, beruhig dich erst mal. Wir müssen jetzt alle ein wenig flexibler werden. Du kannst doch für die Zeit, in der ich weg bin, bei Silke oder Caro unterkommen. Danach suchen wir uns wieder was Schickes. Wirst sehen. Wenn ich wiederkomme, wird alles besser. Ich weiß es.«

Und dann tat er es doch und strich mir mit seiner Hand über die Wange. Ich zuckte zurück, als hätte ich mich an ihm verbrannt.

»Silke erwartet ein Kind. Ihr Gästezimmer ist jetzt ein Kinderzimmer. Und Caro wohnt in einer WG und trauert um ihren Vater. Schon vergessen?«

Jan überlegte kurz. Das Grinsen auf seinen Lippen erstarb dabei nicht, was mich zusehends aggressiver stimmte.

»Du könntest in eine Ferienwohnung oder ein möbliertes Zimmer ziehen. Allein sollte das kein Problem sein. Unsere Möbel stellen wir solange bei Hans-Peters Vater in Schwabing unter. Das ist alles schon geregelt.«

Jetzt platzte mir der Kragen. »Es ist alles schon geregelt, ja? Und warum, verdammt noch mal, hast du das alles einfach so über meinen Kopf hinweg entschieden? Hm? Ist es dir denn gar nicht in den Sinn gekommen, dass ich vielleicht auch ganz gerne ein Mitspracherecht gehabt hätte, wenn du schon mein ganzes Leben auf den Kopf stellst?«

Mittlerweile zitterte ich am ganzen Körper. Meine Stimme gehorchte mir nicht mehr und machte seltsame Glckslaute, die an dieser Stelle rein gar nichts zu suchen hatten.

»Ach, Marie«, stimmte Jan versöhnlichere Töne an und versuchte, mich dabei erneut in die Arme zu nehmen. Doch ich wich vor ihm zurück. »Ich weiß doch, wie schwer du dich mit Neuem tust. Wir hätten uns stundenlang über meine Reise gestritten und vielleicht sogar getrennt. Willst du das denn wirklich?«

Entgeistert starrte ich ihn an. »Du bist also der Überzeugung, nur zu meinem Besten gehandelt zu haben?« Abwehrend hob ich die Hände. »Jan, ich habe keine Ahnung, was gerade in dir vorgeht. Aber du bist eindeutig nicht mehr der Mann, in den ich mich verliebt habe.«

Jans Gesichtszüge verhärteten sich. Offenbar hatte er bis eben noch gehofft, ich wäre einsichtiger.

»Marie, ich werde diesen Trip machen. Auch wenn du danach nicht auf mich warten solltest«, sagte er entschieden. Und ich wusste, dass er von seiner Meinung nicht mehr abrücken würde.

»Geh lieber nicht davon aus«, erwiderte ich verletzt. »Und jetzt solltest du besser gehen.«

Kapitel 5

Heute auf Hiddensee

»Willst du deinen ersten Tag auf Hiddensee wirklich damit verbringen, den alten Schuppen abzuschleifen und neu anzustreichen?« Oma Gertruds Worte begleiteten ein Lächeln und ein kaum merkliches Kopfschütteln, während sie mir ihre selbst gemachte Sanddornlimonade reichte. Diese Pflanze war wirklich überall. Die Limonade schmeckte unglaublich gut und erinnerte mich an meine Kindheit hier auf der Insel.

Oma war eine Meisterin im Verwerten der Schätze, die uns die Natur hier bot. Aus den Walnüssen machte sie Schnaps, oder sie verwendete sie als Zutat für Gebäck. Die verschiedenen Beeren kochte sie zu Marmelade ein. Aber ihre Lieblingspflanze war der Sanddorn. Ob Tee, Likör, Bonbons, Dressing für Salate, Suppen oder Brotaufstriche – Oma Gertrud wurde nicht müde, das Beste aus dem Ölweidengewächs herauszuholen.

»Ich möchte dir dabei helfen, das Inselhotel aus dem Winterschlaf zu wecken«, sagte ich und vermied es dabei, ihr direkt in die Augen zu sehen. Sie hatte in mir schon immer wie in einem offenen Buch lesen können.

Zusätzlich trieb mich die Sorge um, von den Insulanern mit aufdringlichen Fragen belästigt zu werden, kaum dass ich das Hotel verließ. Und dann war da noch die Angst vor meinen eigenen kreisenden Gedanken. Schon eine Winzigkeit konnte den Hebel der Zeit in meinem Kopf in Richtung Vergangenheit umlegen, und in Nullkommanichts war ich wieder in München. Darauf konnte ich wirklich verzichten.

»Es ist in letzter Zeit einiges liegen geblieben.« Oma Gertrud kratzte sich verlegen am Kopf.

»Nein, nein, so habe ich das nicht gemeint«, ruderte ich mit hochroten Wangen zurück. »Das Inselhotel erstrahlt so wunderschön wie eh und je. Der Anblick hat mich schon vom Kirchweg aus geblendet. Ich dachte nur, ich könnte dir ein bisschen unter die Arme greifen.«

»Und bei der körperlichen Arbeit auf andere Gedanken kommen?«, hakte sie mit leicht gerunzelter Stirn nach.

Ich zuckte mit den Schultern. »Ja, vielleicht auch das«, gestand ich schließlich.

»Was ist zwischen dir und Jan in München passiert? Warum habt ihr eure Hochzeitspläne auf Eis gelegt?«

Unsere Blicke trafen sich. Meine Großmutter sah mich dermaßen eindringlich an, dass ich schließlich seufzend das Schmirgelpapier ins Gras legte.

Kaum dass ich meine Gesprächsbereitschaft signalisiert hatte, zog Oma Gertrud mich auch schon mit sich auf die weiße Holzbank.

Als ich mich neben ihr niederließ, atmete ich einmal tief durch. Oma Gertrud strich mir aufmunternd über den Rücken.

Und sie hatte ja recht. Ich musste mich ihr anvertrauen, ihr sagen, wie es wirklich um mich und Jan und auch um mein *Blumenreich* stand. Das war ich ihr schuldig. Nach einer Ewigkeit ließ ich mich endlich mal wieder auf der Insel blicken, nistete mich bei ihr ein und sagte ihr nicht einmal, wie lange ich vorhatte zu bleiben. Aber wie sollte ich mich auch auf einen Zeitraum festlegen, wenn ich mir selbst nicht einmal im Klaren darüber war, wie es nun weitergehen sollte?

»Ich weiß gar nicht, wo ich anfangen soll … Meine Gedanken drehen sich immer wieder im Kreis.«

Oma Gertrud lachte. »Wie wäre es mit dem Anfang?«

Ich nahm einen großen Schluck meiner Limonade und stellte das Glas auf den Tisch. Diese Sitzgruppe war schon sehr alt und sah dabei doch fast nigelnagelneu aus. Oma Gertrud hegte und pflegte sie besonders gut, denn mein Großvater hatte sie mit seinen eigenen Händen gebaut. Sie bewahrte sein Andenken so gut wie möglich. Ich strich mit den Fingern über das vertraute Holz. Es fühlte sich an, als wäre es erst vor Kurzem gestrichen und poliert worden. Und da wusste ich, wie ich beginnen musste.

Zwei Wochen und drei Tage zuvor

Die Haustür fiel knirschend hinter mir ins Schloss. Die vertraute Duftmischung aus Holzpolitur und Essigreiniger empfing mich in dem Haus, das ich seit etwas mehr als sieben Jahren mein Zuhause nannte.

Mein Abend im Café mit Caro und Silke hatte vor einer halben Stunde ein abruptes Ende gefunden – auf meinen Wunsch hin. Auch wenn ein Teil von mir sich noch immer vehement dagegen wehrte und meine Freundinnen mir mehrfach angeboten hatten, bei ihnen zu übernachten: Ich musste mich dem Unausweichlichen stellen.

Mit den Fingern umschloss ich das Geländer des Treppenhauses und stieg Stufe für Stufe hinauf ins zweite Obergeschoss. Frau Griebner hatte heute offenbar mal wieder Kohlrouladen gekocht. Kaum in der ersten Etage angekommen, umfing mich der penetrante Geruch und begleitete mich die letzten Stufen hinauf zu unserer Wohnung.

Als ich den Schlüssel ins Schloss steckte, atmete ich einmal tief durch. Ein Versuch, mich für das zu wappnen, was mich gleich hinter der Tür erwarten würde. Den unvermeidlichen Streit, die bösen Worte, die wir uns rücksichtslos an den Kopf werfen würden, meine Trauer um das, was ich verloren hatte. Aber auf den Anblick, der mich im Flur traf, war ich nicht gefasst.

»Marie! Du kommst gerade richtig«, empfing mich Jan und rieb sich zufrieden die Hände.

Die Klänge von Queen beschallten die komplette Wohnung, sodass ich eilig die Tür in meinem Rücken zuzog. Schließlich war es bereits weit nach zweiundzwanzig Uhr.

»Was ist denn hier los?«, fragte ich entsetzt, als mein Blick auf ein Meer aus Umzugskartons fiel.

Jan stand vor unserer Garderobe und ließ meine Winterschals und Handschuhe achtlos in eine Schachtel mit der Aufschrift *Marie* fallen. Als er damit fertig war, kam er zu mir, nahm mich am Arm und zog mich mit sich in unser einst so gemütliches Wohnzimmer.

Doch neben Queen hatten auch hier unzählige Kartons den Raum erobert. Auf meinem geliebten Nähtischchen prangte ein Zettel mit den Worten: »zu verschenken«. Am Fernseher klebte ein Preisschild von über hundert Euro. In Lichtgeschwindigkeit ließ ich meinen Blick durch das Zimmer schweifen. Mir wurde ganz schlecht dabei.

»W-was ist das?«, stotterte ich verzweifelt.

»Nach was siehts denn für dich aus?« Jan ließ mich los, dachte einen Moment nach und klebte dann einen weiteren Zettel an unsere superkuschelige Couchgarnitur, auf der wir beide viele gemütliche Stunden vor dem Fernseher verbracht hatten.

»Was hast du vor? Willst du einen Flohmarkt in unserer Wohnung veranstalten? Ich dachte, du wolltest unsere Sachen in Schwabing unterstellen. Du kannst doch nicht alles verkaufen. Das ist unser Leben«, bemühte ich mich, Jan zur Vernunft zu bringen, während ich drohte, auf der Stelle zu hyperventilieren.

»Quatsch! Unser Leben, das sind wir beide. Nicht die dämliche Wandleuchte oder dieser alberne Plattenspieler.«

Ich ballte meine Hände zu Fäusten.

»Der Plattenspieler ist eines der wenigen Dinge, die mir noch von meiner Mutter geblieben sind.«

Jan wusste, wie viel mir dieser Gegenstand bedeutete. Er wusste, dass ich über den plötzlichen Tod meiner Mutter nie wirklich hinweggekommen war. Und er wusste auch, wie sehr sie mir jeden Tag fehlte.

Ohne mit der Wimper zu zucken, klebte er auch daran ein Preisschild. Ganze fünfzig Euro waren ihm meine Erinnerungen wert.

»Deine Mutter steckt nicht in diesem uralten DDR-Kofferplattenspieler, Marie. Das weißt du ganz genau. Sie liegt auf dem Friedhof von Hiddensee begraben. Du solltest sie im Herzen tragen und dich nicht an materiellen Gegenständen festklammern. Das ist nur unnötiger Ballast, der dich immer weiter nach unten zieht und mich auch. Mit ein Grund, warum ich diese Auszeit brauche.«

Mein Herz setzte bei Jans Worten einen Schlag aus. In

diesem Moment wusste ich nicht einmal mehr, ob das wirklich Jan war, der mir da gegenüberstand. Er sah zwar so aus wie er, aber er sagte Dinge und machte Sachen, die überhaupt nicht zu ihm passten.

»Nimm sofort die Finger von Mamas Plattenspieler!«, giftete ich ihn an, rannte zu ihm hinüber und stieß ihn unsanft beiseite. Das Preisschild warf ich zu Boden und trat darauf, als würde ich ein widerliches Insekt zerquetschen. So fühlte es sich verdammt noch mal auch an.

Jan hob abwehrend die Hände, jedoch nicht, ohne mich dabei weiterhin dämlich anzugrinsen. Allein dieser Anblick zwischen Wahnsinn und innerer Gelassenheit trieb mich auf die Palme.

»Marie, komm schon. Was soll das denn jetzt? Ich dachte, wir wären uns über alles einig?«

Der Typ litt definitiv an einer Wahrnehmungsstörung. Konnte oder wollte er mich nicht verstehen?

»Wir sind uns über rein gar nichts einig, Jan. Und ich werde es auch nicht hinnehmen, dass du unsere Möbel verscherbelst, um dich unbekümmert nach Südostasien absetzen zu können.«

Daraufhin verschränkte er die Arme vor der Brust und schenkte mir ein abschätziges Lächeln.

»Darf ich dich auf den Umstand aufmerksam machen, dass es sich hierbei um *meine* Möbel handelt? So ungern ich es auch sage, aber in dieser Wohnung gehört dir außer deinen Kleidern und diesem uralten Plattenspieler kaum etwas. Ich kann mit meinen Sachen also tun und lassen, was ich möchte. Und den nicht ganz unbedeutenden Fakt, dass ich die Miete für die Wohnung komplett allein trage, lasse ich jetzt mal besser unter den Tisch fallen.«

Ich schnappte empört nach Luft. Jans Miene blieb unbekümmert.

»Wie gütig von dir!«, ätzte ich schließlich und eilte mit dem schweren Plattenspieler unterm Arm ins Schlafzimmer, schnappte mir dort meinen – ja, der gehörte wirklich mir – Rollkoffer und stopfte wahllos Klamotten hinein.

»Marie, jetzt sei doch vernünftig!«

Jans selbstgefällige Art und seine durchweg ruhige Stimme trieben mich langsam, aber sicher wirklich in den Wahnsinn.

»Ich will aber gar nicht vernünftig sein!« Ich legte den Schallplattenspieler behutsam aufs Bett und wandte mich zu Jan um. »Ich will mein altes Leben zurück!«

Er seufzte, die Hände in den Hosentaschen vergraben. »Ach, Marie, deine ständige Zukunftsangst ist enorm hemmend. Lass dich doch mal auf was Neues ein! Sieh die kommenden Wochen, vielleicht sogar Monate als Chance. Mit etwas Abstand kann unsere Beziehung vielleicht wieder das werden, was sie einmal war.«

Ich schnaubte. »Du flüchtest also lieber, als dich Problemen zu stellen, von denen ich bis vor wenigen Sekunden nicht einmal etwas wusste. Bisher bin ich davon ausgegangen, dass du etwas verändern möchtest, weil du mit deinem Berufsleben nicht mehr klarkommst. Jetzt liegt es also an mir.«

Ein Schatten huschte über Jans Gesicht. »Ich bin mir eben nicht mehr sicher, ob das zwischen uns für die Ewigkeit bestimmt ist.«

Das war zu viel. Wie in Trance griff ich nach meinem Koffer, hievte ihn vom Bett und klemmte mir abermals Mamas Schallplattenspieler unter den Arm. Achtlos schob ich

Jan im Türrahmen beiseite und bahnte mir an den Kartonhürden vorbei einen Weg aus diesem Chaos.

Als ich am Ende des Flurs angekommen war, drehte ich mich ein letztes Mal zu Jan um.

»Und ich bin mir nicht mehr sicher, ob ich dich überhaupt noch liebe.«

Heute

»Das wars. Sieben Jahre Beziehung in fünf Minuten beendet.«

Als ich geendet hatte, saßen Oma und ich eine ganze Weile stumm nebeneinander. Wir sahen beide hinaus zum Horizont. An der Stelle, an der sich der Himmel und das Meer küssten, geschah etwas Magisches, hatte mir mein Großvater als Kind weismachen wollen. Gerade hätte ich nichts gegen ein Wunder einzuwenden gehabt, das mir einen Weg aus meiner misslichen Lage heraus zeigen würde.

»Meine Mutter hat immer gesagt: ›Es wird nichts so heiß gegessen, wie es gekocht wird‹«, meldete sich Oma Gertrud schließlich zu Wort. »Vielleicht war es an der Zeit, dass ihr beiden ein wenig auf Abstand zueinander geht, um jeder für sich entscheiden zu können, was ihr euch vom Leben erhofft. Und mit wem ihr diese Ziele erreichen möchtet.«

»Jan ist schon in Südostasien. Er hat sich seit seinem Abflug nicht mehr bei mir gemeldet. Hans-Peter, sein Freund, hat mir nur kurz Bescheid gegeben, dass er gut angekommen sei. Das war das letzte Lebenszeichen von ihm.« Ich lachte traurig auf und bemerkte erst jetzt, dass mir Tränen über die Wangen liefen. »Seit zwei Wochen keine Mail, keine Nachricht, kein Telefonat. Wenn man mal überlegt, dass wir uns in den letzten sieben Jahren beinahe täglich gesehen haben, kommt es mir vor wie ein Albtraum, aus dem ich einfach nicht erwache.«

Meine Großmutter reichte mir ihr mit Sanddornbüschen besticktes weißes Stofftaschentuch. »Er wird sich melden. Glaub mir.« Bei diesen Worten legte sie ihre Hand auf meine. »Und bis dahin freue ich mich sehr darüber, dass du zu mir gekommen bist, um mir ein wenig unter die Arme zu greifen.«

Zerknirscht blickte ich zu Boden. »Das mit Jan war leider nur die halbe Wahrheit.«

Oma Gertrud sah mich besorgt von der Seite an. »Was ist noch passiert? Hast du eine Bank ausgeraubt und versteckst dich hier vor der Polizei?«

Ich brachte ein schiefes Lächeln zustande. »Nein, aber erinnerst du dich noch an unser letztes Telefonat?«

Sie überlegte kurz. »Das, in dem du abrupt auflegen musstest?«

»Genau das. Mein Pachtgeber stand plötzlich unangekündigt in meinem Laden.«

»Aber warum warst du denn so früh schon dort?« Oma Gertruds Augenbrauen schoben sich wie Gewitterwolken zusammen. »Das war doch noch nicht mal um acht. Das weiß ich ganz genau, weil Irmgard an dem Tag um halb neun zum Frühstück kommen wollte. Und du öffnest doch nicht vor zehn. Oder hat sich daran was geändert?«

An diesem Tag hatte sich einiges geändert. Um nicht zu sagen: alles. Neue Öffnungszeiten wären dagegen ein Klacks gewesen.

»Ich …«, druckste ich herum, bis ich den Mut fand, doch

weiterzusprechen. »Ich habe an diesem Tag im *Blumenreich* übernachtet.«

Sie sah mich aus geweiteten Augen an.

Abermals atmete ich tief durch, ehe ich an den Morgen zurückdachte, der den Tiefpunkt meines bisherigen Lebens darstellte. Ich sah die kalte schwarze Plörre in dem Becher in meiner Hand, die nicht einmal annähernd an den Geschmack des Kaffees aus Jans rotem Vollautomaten herankam. Bis Herr Seidel aufgetaucht war, hatte ich wirklich geglaubt, das rote Wunderwerk wäre mein größter Verlust gewesen. Neben Jan, natürlich.

»Jan und ich ... Wir hatten uns schon getrennt«, sagte ich mit beschwörendem Blick auf die Stelle, wo sich das Meer und der Himmel küssten. Doch noch immer geschah rein gar nichts. Kein Wunder. Kein Orkan. Kein Erdbeben. Die Natur schien ziemlich unbeeindruckt von dem zu sein, was ich zu erzählen hatte.

Als mein Blick den von Oma Gertrud einfing, zog es mir das Herz zusammen. Sie schien ehrlich betrübt über das zu sein, was ich ihr da erzählte.

»Dann hatte Irmgard mit dem schlechten Gefühl, das sie wegen dir hatte, also doch recht.«

Ich nickte und schloss für einen Moment die Augen.

Sosehr mir Irmgards Hirngespinste auch auf die Nerven gingen und so ungern ich es zugab: In diesem Fall hatte sie recht behalten.

Auch wenn ich in der Vergangenheit gewaltige Zweifel an den Fähigkeiten von Omas ältester Freundin gehegt hatte, wurde die Inselschamanin von den Einheimischen bei Leiden jedweder Art öfter konsultiert als der Inselarzt. Ich hatte viele Nachmittage im Garten ihres Hexenhäuschens verbracht, zwischen Holunderbüschen und Hagebutten. Nicht immer war ich freiwillig alleine gewesen. Kinder können grausam sein, und die Tatsache, dass ich meinen Vater nicht kannte, hatte mich spätestens mit der Einschulung zu einer Außenseiterin gemacht. Doch daran wollte ich jetzt nicht auch noch denken.

»Bis zu jenem Morgen in meinem Laden dachte ich, es könnte nicht schlimmer kommen. Aber dann …«

»Was ist dann passiert, mein Schatz?« Oma Gertrud legte ihre warme Hand auf meine und sah mich aufmunternd an.

»Ich … ich bin in den vergangenen Monaten immer wieder mit der Miete in Rückstand geraten und konnte auch dieses Mal nicht pünktlich zahlen. Herr Seidel hat natürlich schnell gemerkt, dass ich im Büro übernachtet hatte, was gegen den bestehenden Pachtvertrag verstößt, und hat mich eiskalt vor die Tür gesetzt«, erklärte ich weit weniger emotional, als ich es erwartet hätte.

»Nein!«, entfuhr es meiner Großmutter, und auf ihrer Stirn bildete sich eine tiefe Furche. »Was für ein Unmensch! Hat er denn nicht gesehen, in was für einer aussichtslosen Lage du dich befunden hast? Hat der Mensch denn überhaupt kein Herz?«

»Er meinte nur, dass meine privaten Angelegenheiten nichts zur Sache täten.« Ich zuckte mit den Schultern. »Ich glaube, er war ziemlich froh, mich endlich los zu sein.«

Oma Gertrud zog mich in eine feste Umarmung. »Es wird alles wieder gut. Wirst schon sehen.« Bei diesen tröstenden Worten strich sie mir einfühlsam über den Rücken, und ich gab mich nur allzu bereitwillig dem vertrauten Gefühl von Geborgenheit hin.

Als sie sich wieder von mir löste, überlegte sie kurz. »Vielleicht solltest du in nächster Zeit doch mal bei Irmgard vorbeisehen.«

Ich seufzte. Nicht schon wieder.

»Sieh es mal so: Es kann nur besser werden.«

Sie legte ihre Hände in den Schoß und sah wieder hinaus aufs Meer. Schön hatten wir es hier. Sehr schön sogar. Wenn gerade nicht alles derart furchtbar verzwickt wäre, könnte ich es sogar genießen. Aber dem war nicht so.

Kapitel 6

Shoppingmeilen, Diskotheken oder anderweitigen Badeort-Glamour suchte man auf Hiddensee vergebens. Auf der Insel fanden sich Aussteiger, Menschen, die zeit ihres Lebens als Feriengäste herkamen und vergessen hatten, dass die Welt noch viel größer war. Künstler und Schatzsuchende, die nach Donnerkeilen, Bernsteinen und Hühnergöttern Ausschau hielten.

Genau so, wie ich es gerade tat. Zwar etwas halbherzig, aber dennoch. Nachdem ich Oma Gertruds alten Schuppen instand gesetzt hatte, hätte ich mich am liebsten gleich an den Fensterläden zu schaffen gemacht. Aber meine Großmutter war der Ansicht, ich müsse jetzt erst mal Irmgard einen Besuch abstatten, und hatte mich nachdrücklich aus dem Haus geschickt. Etwas widerwillig hatte ich mich schließlich in mein Schicksal gefügt.

Neben dem autarken, veganen Bochumer Studenten, der sich in seinem Zimmer eine kleine Keimlingsstation in einer Art Brutkasten hielt und die Sprossen daraus wie eine Delikatesse verzehrte, waren noch keine weiteren Gäste im Haus, um deren Betreuung ich mich hätte kümmern können. Und eins stand außer Frage: Oma Gertrud würde sich auf keinen Fall das Zepter aus der Hand nehmen lassen.

Gepeinigt von den trüben Gedanken, die mich aus dem Hinterhalt immer dann zielsicher ansprangen, wenn ich es gerade am allerwenigsten verkraftete, hatte ich mich auf den Weg gemacht. Dabei hatte mich nicht nur die Hoffnung auf etwas Abwechslung gelockt, sondern mindestens ebenso sehr Irmgards vorzügliche Heidelbeertarte, über die sie bunte Blütenblätter der Wildblumen, die in ihrem kleinen Hexengarten wuchsen, streute. Ein Genuss für alle Sinne.

Doch bevor ich Irmgard besuchte, wollte ich ans Meer gehen, meine nackten Füße in den noch kühlen Sand stecken und über die Stelle waten, an der das Wasser das Land küsste. Schon als kleines Kind hatte ich dieses matschige Gefühl unter meinen Fußsohlen geliebt.

Der Strandabschnitt ganz in der Nähe vom Inselhotel war fast menschenleer. Nur vereinzelt sah man ein paar Füße aus den mittlerweile dem Meer zugewandten Strandkörben hervorragen.

Das Wetter gab ausnahmsweise mal keinen Anlass zur Klage. Für Muttertag war strahlender Sonnenschein vorhergesagt. Eigentlich hätte sich auch meine Stimmung langsam mal ein bisschen an die schöne Prognose anpassen können.

Aber ich hatte an der Sache mit Jan zu knabbern. Immer wieder überlegte ich, was ich falsch gemacht haben könnte, an welchem Punkt in unserer Beziehung wir die richtige Ausfahrt verpasst hatten und mit Karacho gegen eine Backsteinmauer gefahren waren.

Ich warf einen Stein ins Wasser und beobachtete die Kreise, die sich um die Stelle zogen, an der er versank. Ein Lachen war in der Ferne zu hören. Es klang so vertraut. Eine Gruppe aus mehreren Frauen spazierte ein Stück weiter am Strand entlang und schien sich prächtig zu amüsieren.

Ich seufzte beim Gedanken an meine beiden besten Freundinnen Silke und Caro, die ich in München zurückgelassen hatte, und blickte den Frauen sehnsüchtig nach.

Zwei Wochen und drei Tage zuvor

»Das ist nicht dein Ernst!«, rief Caro nun schon zum dritten Mal dermaßen laut über den Tisch hinweg, dass ich mir ein Loch im Boden wünschte, in dem ich versinken konnte. Mittlerweile hatte ich das Gefühl, dass die ganze Aufmerksamkeit der übrigen Gäste sowie des Personals des kleinen, dafür urgemütlichen Cafés *Tante Emma* auf uns ruhte.

Ich liebte meine Freundin. Wirklich. Aber wenn sie diesen Satz auch nur noch ein weiteres Mal wiederholte, konnte ich für nichts mehr garantieren.

»Und du hast nichts geahnt?«, fragte Silke, ehe sie ihren Ipanema in wenigen Zügen austrank und sich anschließend nach der Kellnerin umsah, um direkt den nächsten alkoholfreien Cocktail zu bestellen.

Ich schüttelte den Kopf. »Wenn ich geahnt hätte, dass Jan von heute auf morgen seine Sachen packt und nach Südostasien abhauen will, hätte ich euch doch schon früher davon erzählt. Außerdem hätte ich mir eine neue Bleibe gesucht. Und vermutlich hätte ich ein wenig souveräner reagiert und Jan auf der Stelle zum Teufel gejagt. Das heute war … einfach zu viel auf einmal.«

Silke strich mir einfühlsam über den Rücken, während die Bedienung mir skeptisch meine vegetarische Focaccia reichte. Ihre Lippen waren leicht geöffnet. Sie blickte zwischen Caro und mir hin und her. Ich ahnte, dass sie uns gleich zurechtweisen würde. Doch als sie meinen verzweifelten Blick auffing, entschied sie sich anders.

Ich musste ziemlich mitgenommen aussehen. Nachdem ich den Laden geschlossen hatte, war ich in Ermangelung einer Alternative an der Isar spazieren gegangen, um mir die Seele aus dem Leib zu heulen. Nach Hause hätte ich auf gar keinen Fall gehen wollen. Allein die Vorstellung, ich könnte heute noch mal auf Jans überhebliches Grinsen stoßen, machte mich schier wahnsinnig.

In der Zwischenzeit hatte ich mir so meine Gedanken gemacht. Es gab nur drei halbwegs vernünftige Erklärungen dafür, warum er so schnell wie möglich das Land verlassen wollte:

Erstens: Er hatte eine Bank ausgeraubt und musste dringend weg. Zweitens: Er hatte eine Neue und wollte mit ihr auf Bali eine Strandbar eröffnen. Und zu guter Letzt: Aliens hatten ihn entführt und ihm diesen Quatsch eingeredet.

Okay, okay. Ich gab es ja gern zu – die letzte Option war hirnrissig. Aber man kam auf die aberwitzigsten Ideen, wenn man noch bis vor wenigen Stunden geglaubt hatte, den Mann fürs Leben gefunden zu haben, um dann wie aus dem Nichts per Vorschlaghammermethode eines Besseren belehrt zu werden. Zumindest war das bei mir so.

Der Schlag hatte gesessen. Und wie. Ich war derart ernüchtert, wie man es nur sein konnte. Enttäuscht. Wütend. Und verzweifelt obendrein.

»Was hast du denn jetzt vor?« Caro sah mich ehrlich besorgt an.

Die Gespräche an den übrigen Tischen hatten dankenswerterweise wieder eingesetzt. Und Caro schien den ersten

Schock verwunden zu haben. Die Glückliche. Ich stand noch immer vollkommen neben mir.

»Ich habe keinen blassen Schimmer«, offenbarte ich ehrlich meine Planlosigkeit. »Jan hat die Wohnung bereits gekündigt. Was … auch egal ist, im Grunde. Alleine hätte ich sie eh nicht halten können. Aber wenn ich demnächst nicht unter einer Brücke schlafen will, muss ich mich nach einer neuen Bleibe umsehen.«

Caro und Silke tauschten Blicke. Ich wusste, dass sie mir liebend gerne angeboten hätten, bei ihnen unterzukommen. Aber ich wusste auch, dass das gerade der denkbar schlechteste Zeitpunkt dafür war.

»Ich könnte mal mit den Leuten aus meiner WG sprechen«, meinte Caro, während sie wie verrückt in ihrem Cappuccino herumrührte.

»Lass mal gut sein, Caro. Ich weiß doch, wie eng das bei euch ist.«

Silke wich meinem Blick aus. »Ein paar Wochen sind es ja noch bis zur Geburt …«

»Silke, ich will dir und Frank in dieser schönen Zeit auf gar keinen Fall im Weg sein. Und so sehr ich dich auch liebe, ich wüsste nicht, ob ich euer Glück tagtäglich hautnah ertragen könnte, während meins gerade in Scherben vor mir liegt.«

»Aber vielleicht kommt Jan ja noch rechtzeitig zur Vernunft«, gab Caro zu bedenken.

Nein. Das würde er nicht. Ich wusste es besser. Er hatte eine Entscheidung für sich getroffen. Dabei hatte er den Eindruck auf mich gemacht, als würde er sich von nichts und niemandem wieder davon abbringen lassen. Ich tendierte ja immer mehr zu der Entführung durch Aliens.

Das würde zumindest einiges erklären. Der Strandbartyp stand ihm einfach nicht und eine Bank würde Jan nicht mal unter dem Einfluss von psychedelischen Drogen ausrauben.

Ich schluckte, als ich spürte, wie mir abermals Tränen in die Augen stiegen. »Für die erste Zeit kann ich ja in meinem kleinen Büro im *Blumenreich* übernachten«, äußerte ich meine spontane Idee und zwang mich zu einem Lächeln. Ich wollte einfach nicht schon wieder heulen. Schließlich war bereits halb München heute Nachmittag in den Genuss gekommen, mich mit verlaufener Mascara und blutrot unterlaufenen Augen zu sehen.

Silke und Caro tauschten wieder Blicke. »Darfst du das denn?«

Nein, das durfte ich nicht. Und ja, ich wusste darüber hinreichend Bescheid, da mir Herr Seidel schon bei der Übernahme des Ladens haarklein erklärt hatte, was ich durfte (nur sehr wenig) und was ich auf gar keinen Fall nicht mal in meinen kühnsten Träumen in Erwägung ziehen sollte (um einiges mehr). So war es beispielsweise strengstens verboten, in den Räumlichkeiten zu nächtigen. Und dennoch, welche Wahl blieb mir denn? Ausnahmesituationen erforderten eben besondere Einfälle.

Bis zum heutigen Tag wäre ich auch nie auf die Idee gekommen, dass ich irgendwann mal so verzweifelt sein würde, gegen Herrn Seidels Regeln zu verstoßen. Besonders im Hinblick darauf, dass ich die letzten vier Monatsmieten verspätet geleistet und keinen blassen Schimmer hatte, wie ich die nächste auftreiben sollte. Im Grunde sollte ich alles dafür tun, dass mein Vermieter überhaupt keine Notiz von mir nahm. Blieb nur zu hoffen, dass mir das auch gelingen würde. Sonst sah ich nämlich rabenschwarz für mich und meinen Laden.

»Ich finde ja, dass wir Jan auf gar keinen Fall damit davonkommen lassen dürfen. Wir sollten ihm noch mal ins Gewissen reden. Oder einfach seinen Reisepass zerschneiden«, warf Silke leichtfüßig ein, während sie eine bequemere Sitzposition für sich suchte. So gerne ich das kleine Café in Schwabing auch hatte, die Stühle waren verdammt unbequem.

»Der lässt sich nicht mehr von seiner Entscheidung abbringen«, erklärte ich. »Dafür kenne ich ihn viel zu lange. Und was den Pass anbelangt, könnte er ja einfach einen neuen per Express beantragen.«

Silke sah unzufrieden drein, was wohl nicht nur an dem harten Holzstuhl lag.

»Dann kommt er einfach so damit durch?«, fragte Caro wieder eine Spur zu laut.

Mein Blick schnellte hinüber zur Theke, an der eine Glasvitrine mit dem Tagesangebot an Kuchen stand. Die Kellnerin, die eben an unserem Tisch gestanden und mir mein Essen gebracht hatte, stand daneben und sah mich vorwurfsvoll an. Ich zuckte mit den Schultern und hauchte ihr ein »Tut mir leid« entgegen.

»Bei dir klingt das ja fast so, als hätte Jan jemanden umgebracht.«

Caros Augenbrauen schnellten in die Höhe. »Er hat eure Liebe getötet. Ist das etwa nichts?«

Silke hing neben mir mittlerweile wie ein Schluck Wasser in der Kurve. Ihr Glas balancierte sie auf ihrem Bauch, während sie unvermittelt zu schluchzen begann. »Er hat eure Liebe getötet.«

Der Vorsatz, nicht weiter aufzufallen, war damit ein für alle Mal hinfällig. Wieder ruhten alle Augenpaare auf uns. Die einen wirkten sensationsgeil, während zwei ältere Herren am Fenster genervt dreinsahen und vermutlich ein Stoßgebet gen Himmel schickten, damit wir endlich das Café verließen.

In diesem Moment vibrierte mein Handy in der Rocktasche. Ich zog es heraus und erkannte Oma Gertruds breites Grinsen darauf. Ganz egal, wie sehr ich meine Oma auch liebte, gerade war einfach nicht der passende Moment für ein Gespräch mit ihr.

Enttäuscht schob ich das Handy zurück in die Tasche. Insgeheim hegte ich nämlich noch immer die Hoffnung, Jan könnte sich bei mir melden und mir erklären, dass das alles nur ein dummes Missverständnis gewesen sei und er mich nie und nimmer alleine zurücklassen würde.

Ein bisschen wehmütig blickte ich zudem auf die verschobene Hochzeit. Hätte sie überhaupt je stattgefunden – oder hatte Jan wirklich unsere Liebe getötet? Hatte er unbemerkt von mir festgestellt, dass das zwischen uns doch nicht für die Ewigkeit bestimmt war? Oder war er einfach mit sich und seinem bisherigen Leben nicht mehr zufrieden? Ein Leben, das mich in den letzten sieben Jahren mit eingeschlossen hatte.

Das Gedankenkarussell in meinem Kopf nahm Fahrt auf. Mit jeder Drehung verspürte ich immer mehr den Drang, mich zu übergeben.

Da streifte Silkes Hand die meine, während sie mich lächelnd und schon wieder ganz zuversichtlich ansah. Diese Gefühlsschwankungen in der Schwangerschaft waren echt ganz schön beängstigend.

»Wir schaffen das!«, sagte sie mit fester Stimme.

Da legte auch Caro ihre Hand auf unsere. »Und wir sind immer für dich da.«

»Ach, Mädels, was wäre ich nur ohne euch?« Nun kullerten mir doch noch ein paar Tränen über die Wangen. Tränen der Rührung.

Heute

Auch jetzt stand ich kurz davor zu weinen. Da klingelte das Handy in meiner Hosentasche. Vom Display strahlte mir Silkes Lächeln entgegen.

»Hey Silke, wie gehts dir?« Es tat mir sicher gut, mich mal wieder mit jemandem zu unterhalten, für den mein Leben in München kein Buch mit sieben Siegeln war. Irmgard würde mir nicht böse sein, wenn ich ein wenig später kam. Die Uhren auf der Insel liefen anders. Viel langsamer. Ab und an hasste ich diesen Umstand, aber gerade kam er mir sehr gelegen. Caro und Silke fehlten mir schrecklich. Täglich überlegte ich, wie ich sie schnellstmöglich wiedersehen konnte, ohne dafür eine Bank ausrauben zu müssen.

»Hey Marie, ach, mir geht es prima. Abgesehen davon, dass ich von Weißwürsten auf Fischstäbchen umgestiegen bin. Am besten schmecken sie, wenn man ihnen die Panade abnimmt und sie stattdessen mit Chipskrümeln ummantelt. Aber genug von meinen kulinarischen Entgleisungen …«

Ich watete lachend hinüber zu einem von Omas Strandkörben, in dessen Rücken die Dünen aufragten. Für ihre

Feriengäste hatte sie vor Jahren einmal fünf Stück angeschafft. Die Holzvergitterung, die man eigentlich abschloss, damit niemand unbefugterweise in den Körben Platz nehmen konnte, lehnte achtlos an der Seite im Sand. Der Anblick ließ mich lächeln. Auch das war Hiddensee.

Der Kunststoffbezug war feucht. Mit einem Taschentuch wischte ich ihn ein wenig trocken.

»Das klingt ... auf eine gute Weise verrückt«, sagte ich schließlich, nachdem ich einen Moment lang versucht hatte, mir die chipsigen Fischhappen vorzustellen.

»Ist es auch. Frag nicht. Die Fischstäbchen sind nur die Spitze des Eisbergs. Wenn ich so weitermache, dreht Frank noch durch. Ich hab es nämlich getan.«

»Was hast du getan?«, fragte ich begierig.

»Du erinnerst dich noch an den Bugatti unter den Kinderwagen?«, fragte Silke mit leicht hysterischer Stimme.

»Nein!«, schrie ich in den Hörer. »Das hast du nicht getan. Ihr wolltet das Geld von deiner Oma doch aufsparen, falls es während deiner Elternzeit etwas eng werden sollte.« Erst nachdem ich geendet hatte, wurde mir bewusst, wie vorwurfsvoll meine Worte klangen. Also ruderte ich ein wenig zurück. »Aber er sah schon verdammt gut aus.«

»Ja, oder?«, rief Silke euphorisch in den Hörer, sodass ich ihn ein wenig von meinem Ohr weghalten musste. »Das royale Blau ist perfekt für den Englischen Garten.«

Ich wollte schon fragen, was das eine denn mit dem anderen zu tun hatte, kam aber gar nicht zu Wort, da Silke gleich ins Detail ging und mir alle Vorzüge des Hightech-Teils zu Gemüte führte. Es war nämlich nicht nur irgendein Kinderwagen. Nein, er hatte sogar eine Antriebshilfe, die einem bergauf das Schieben erleichterte. Sozusagen ein

Elektrokinderwagen – und das auch noch in wunderschönem royalen Blau, bestens geeignet für Touren durch den Englischen Garten in München und überall sonst, wo man mit unerwarteten Steigungen zu kämpfen hatte. Oder so.

»Aber, genug von mir. Was gibts denn Neues bei dir?«, fragte Silke schließlich mit erschöpfter Stimme.

Ich lachte, obwohl mir vielmehr nach Heulen zumute war. »Ich will nicht verzweifelt klingen, aber die Wattwürmer hier führen ein aufregenderes Leben als ich.«

»So schlimm?«

»Schlimmer«, erwiderte ich. »Ich muss gleich zu Irmgard ins Hexenhäuschen. Bisher konnte ich mich noch standhaft dagegen wehren. Aber Oma und die Inselschamanin haben sich einen fiesen Plan ausgedacht.«

»Oh, haben sie eine Jan-Voodoo-Puppe gebastelt und sie angezündet?« Silke klang begeistert.

»Was?! Nein, natürlich nicht.«

»Schade. Ich hätte zu gern gewusst, was dann mit ihm passiert wäre. Man hätte ja auch nur sein bestes Stück ein wenig anfackeln müssen. Nur ein ganz kleines bisschen …«

»Silke!«, unterbrach ich sie. »Irmgard will nachsehen, was in meinem Leben gerade nicht passt und es geraderücken.«

»Ach so. Das war die Nummer mit dem Handauflegen, oder? Echt verrückt, woran ihr Insulaner so glaubt.«

Ihr. Das winzige Wort mit seinen gerade mal drei Buchstaben versetzte mir einen Stich ins Herz. Wie selbstverständlich hatte Silke mich zu den Hiddenseern gezählt. Was insoweit nicht weiter schlimm war, da ich mich gerne selbst als Nordlicht bezeichnete. Doch nun trieb es einen Keil zwischen uns. Ich war nicht länger ein Teil von Caro und Silke. München lag hinter mir. Und diese Erkenntnis tat mehr weh, als ich erwartet hatte.

Ich musste ein Geräusch gemacht haben, denn Silke beeilte sich sofort, ihren Fehler wieder auszubügeln. »Ups. Das meinte ich nicht so, wie es vielleicht geklungen hat. Mensch, sorry, Marie, du bist natürlich eine von uns. Egal, wo du dich gerade aufhältst. Du gehörst immer zu Caro und mir. Okay?«

»Das weiß ich doch«, nahm ich meiner Freundin die Sorgen, wenn ich sie mir selbst schon nicht nehmen konnte. »Ich gehe auch nur zu Irmgard, weil ihr Heidelbeerkuchen so verdammt lecker ist.«

Silke seufzte. »Das klingt gut. Schick mal Bilder. Vielleicht komm ich dann allmählich wieder zur Vernunft und esse nicht mehr derart komisches Zeug. Als ich gestern die Gewürzgurke ins Nutellaglas getunkt habe, ist Frank fast kollabiert.«

Ich lachte. »Der Arme.«

»Pah! Wer fragt mich denn? Glaubst du, ich mache das alles zum Spaß?«

Mich fröstelte es allmählich, sodass ich mich entschied, meinen gemütlichen Platz am Meer aufzugeben und den Pfad zu Irmgards Hexenhäuschen einzuschlagen. Ich kämpfte mich barfuß die Dünen hinauf durch den Sand. Erst als dieser von Steinplatten abgelöst wurde, schlüpfte ich zurück in meine Sneakers und warf das gebrauchte Taschentuch in eine der vorbildlich aufgestellten Mülltonnen.

»Pass auf dich auf, ja?«

»Und du auf dich. Und … wir vermissen dich.« Silkes Stimme hatte bei den letzten Worten einen eigentümlichen Klang angenommen.

»Weinst du etwa?«, fragte ich.

»Natürlich weine ich. Was denkst du denn? Dass ich mein iPhone an ein quietschendes Schwein weitergereicht habe?«

»Ach, Süße! Ich liebe dich auch.«

Kapitel 7

»Kindchen, deine Aura! Ein Wunder, dass du es lebend bis zu uns auf die Insel geschafft hast.«

Mit diesen Worten überreichte mir Irmgard theatralisch einen Teller Kuchen. Wir saßen in ihrem gemütlich eingerichteten Wintergarten. Die Palme zu meiner Linken ließ zwar ein wenig den Kopf hängen, aber ich war davon überzeugt, dass das nichts war, was die Inselhexe nicht mit ein wenig Handauflegen wieder richten konnte.

»Oh«, erwiderte ich wenig eloquent. Aber was genau sollte man dazu auch sagen? *Ich leide schon seit Monaten an einer defekten Aura. Der Schmerz ist kaum noch auszuhalten.* Oder: *Auf Rügen hätte ich mich fast aufgelöst, so brüchig war sie da nur noch?* Wohl eher nicht. Also schob ich schnell noch ein artiges »Danke« für den Kuchen hinterher und nahm einen riesigen Bissen davon.

Kopfschüttelnd sah Irmgard mich an. »Da wird es einige Sitzungen brauchen, bis wir dich wieder einigermaßen hergestellt haben. Hast du den Hühnergott dabei?«

Ich verschluckte mich beinahe bei ihren Worten.

»Bisher habe ich leider noch keinen gefunden«, brachte ich schließlich hervor.

»Er muss dich finden. Nicht du ihn. Dass das immer alle falsch machen. Nun, du solltest dich auf jeden Fall weiter darauf konzentrieren. Schick die Gedankenwellen hinaus, dann findet sich schon alles. Und jetzt erzähl erst mal. Was ist denn passiert?«

Während ich noch überlegte, ob der Kuchen es wirklich aufwog, dass ich mich seelisch vor Irmgard auszog, sprang ihr schwarzer Kater Rudolfo zu mir auf die Bastcouch und ließ sich wie selbstverständlich auf meinem Schoß nieder.

»Na ja, Oma wird dir sicher schon das ein oder andere erzählt haben«, wich ich aus, während ich den Kater hinter dem Ohr kraulte und sogleich ein zufriedenes Schnurren erntete. Manchmal konnte es so einfach sein.

»Jans und deine Aura.« Irmgard legte eine bedeutsame Pause ein. Ganz so, wie es Redner machten, bevor sie auf die richtig wichtigen Dinge zu sprechen kamen. »Kindchen, so leid es mir tut, aber ihr beide habt einfach nie zueinandergehört. Also besser ein Ende mit Schrecken als gar kein Ende. Oder so ähnlich.«

Ich bemühte mich um ein Lächeln. »Der Kuchen ist wirklich vorzüglich.«

»Das freut mich, mein Kind. Möchtest du noch ein Stück?«

Dankbar, dass unsere Unterhaltung sich in eine weniger tiefgründige Richtung bewegte, hielt ich ihr den Teller entgegen. »Ja, unbedingt.«

Doch als sie ihn mir schließlich mit einem tiefen Seufzer erneut reichte, schwante mir bereits, dass es in der Folge nicht nur um Kuchen gehen würde.

»Hast du denn schon weitere Pläne für die Zukunft gefasst?«

Außer der Tatsache, dass ich die Betten für die Brandts in der Ferienwohnung frisch beziehen und in den einzelnen Hotelzimmern Staub wischen wollte, hatte ich keine rechte Antwort auf diese Frage, und ich bezweifelte, dass es das war, was Irmgard hören wollte. Ich tappte auf der Stelle, darüber war ich mir hinreichend im Klaren. Es brauchte niemanden, der mich mit der Nase darauf stieß.

»Ich werde jetzt erst mal Oma Gertrud unter die Arme greifen.«

»Das ist gut«, erwiderte Irmgard zufrieden, während sie mir Kaffee in meine Tasse nachgoss. Darum hatte ich zwar nicht gebeten, aber Kaffee war immer gut.

Wieder musste ich an den Vollautomaten in meiner alten Wohnung denken.

»Rot!«, heulte Irmgard plötzlich auf. »Ich sehe plötzlich alles nur noch in der Farbe Rot. Was ist das?«

»Ach, das ist nur der Kaffeevollautomat, den ich in München zurücklassen musste«, erklärte ich mit vollem Mund.

Irmgard entspannte sich daraufhin ein wenig und sah mich tadelnd an. »Kind, du solltest dich nicht so an materielle Dinge klammern. Das ist gar nicht gut für deine Aura.«

»Dann ist es ja umso besser, dass mir nach der Trennung von Jan kaum noch was geblieben ist«, gab ich trocken zurück.

Doch Irmgard nickte mir nur mit todernster Miene zu. »Die Trennung kam gerade noch rechtzeitig. Ich weiß nicht, ob du es sonst überlebt hättest.«

Für einen Moment blieb mir die Luft weg – aber vielleicht lag das auch am letzten Schluck Kaffee, der meine Speiseröhre verpasst hatte und mich nun japsen ließ.

»Aber jetzt wollen wir mal anfangen«, meinte Irmgard resolut und zog mir den Teller weg. Mitsamt meinem Stück Kuchen.

»Hey!«, beklagte ich mich.

»Den kannst du später noch essen. Ich muss heilen, wenn die Energien fließen. Und gerade fließen sie wieder.«

Ohne Vorwarnung legte mir Irmgard ihre eisig kalte Hand auf die Stirn. Ich zuckte leicht zurück, doch entkommen konnte ich ihr ohnehin nicht. Die andere Hand hatte sie auf das Kissen in meinem Rücken gepresst, außerdem ihr Knie zu meiner Linken auf dem Sofa platziert. Irmgards betörender Duft nach Zimt und Butter strömte in meine Nase, während ich überlegte, ob der imposante Ring an ihrem Zeigefinger mir wohl gerade einen Abdruck in die Stirn prägte, der mich ein Leben lang an dieses mehr als zweifelhafte Erlebnis in ihrem Wintergarten erinnern würde.

»Spürst du schon was?«, wollte sie nach einigen Minuten wissen.

Ich nickte.

»Sehr schön.«

Abrupt zog sie die Hand von meiner Stirn weg. »Das reicht dann fürs Erste.«

Mir reichte es auch fürs Nächste. Oder Übernächste. Aber statt ihr zu sagen, dass ich es mir anders überlegt hatte, bedankte ich mich brav. Nachdem ich meinen Kuchen gegessen hatte, verabschiedete ich mich mit gespieltem Bedauern unter dem Vorwand, noch ganz dringend nach Oma Gertruds Rasen sehen zu müssen.

»Schätzchen, natürlich musst du nach Hause. Jetzt nimmt eure Geschichte endlich wieder ihren Faden auf. Er war nur lose. Nicht verloren. Vergiss das nie.«

»Ähm … ja. Ich muss dann mal.«

So verwirrt hatte ich Irmgard gar nicht in Erinnerung. Sie war zwar schon immer etwas verschroben gewesen, aber dennoch bei mehr oder minder klarem Verstand. Ich sollte dringend mal unseren Bochumer Studenten bitten, gemeinsam mit Dr. Küffner und seinen gesunden Sprossen nach ihr zu sehen. Schließlich lebte sie hier mit ihrem Kater allein. Das arme Tier!

Kapitel 8

Gedankenverloren stolperte ich in Oma Gertruds Garten. Dem Fahrrad, das neben dem Tor am Zaun lehnte, schenkte ich keine weitere Beachtung.

»Oma?«, rief ich ins Haus. Noch waren ja keine Gäste da, die ich hätte stören können. Und ich war viel zu aufgeregt über das, was mir soeben widerfahren war.

Ich rief abermals. Doch es kam keine Antwort. Wahrscheinlich machte sie einen Spaziergang und genoss noch ein wenig die freie Zeit, ehe sie sich ganz und gar dem Wohl ihrer Gäste verschrieb.

Ich ging direkt vom Flur in mein Zimmer und überlegte kurz, ein kleines Nickerchen zu machen. Der Besuch bei Irmgard hatte mich mehr geschafft, als ich gedacht hatte. Vielleicht lag das aber auch nur am vielen Kuchen. Kurz entschlossen entschied ich mich, mein Gesicht von Irmgards Berührungen reinzuwaschen. Außerdem konnte eine Honig-Joghurt-Maske auf keinen Fall schaden.

Also entledigte ich mich meiner Jeans und schlüpfte in eine bequeme Jogginghose. Das war schon um einiges gemütlicher. Nachdem ich mich im Bad vorm Spiegel davon überzeugt hatte, dass kein Abdruck auf meiner Stirn zu sehen war, kramte ich in meinem Kulturbeutel nach der Packung und schmierte mir den Inhalt aufs Gesicht. Die kühlende Wirkung tat gut, der Geruch war aromatisch-erfrischend.

Und was nun? Ich hatte einen seltsamen Geschmack im Mund, der vermutlich vom vielen Kaffee stammte. Ich putzte mir die Zähne, doch irgendwie wurde es nicht besser. Auch ein Glas Wasser half nicht. Also ging ich in mein Zimmer, um einen Kaugummi zu suchen. In meiner Handtasche war keiner mehr, auch in den Schubladen meiner Kommode wurde ich nicht fündig. Zum Glück. Schließlich wäre der Kaugummi, den ich dort gefunden hätte, nach all der Zeit jenseits von Gut und Böse gewesen. Als ich schon drauf und dran war, in die Küche zu gehen, um den Geschmack mit etwas Sanddorngelee zu bekämpfen, hörte ich Stimmen auf dem Flur. Die weibliche war unverkennbar die Stimme meiner Großmutter. Aber wer war der Mann? Der Bochumer Student? Gut möglich. Ich war ihm bisher noch nicht begegnet, und so langsam hielt ich ihn für ein Phantom oder eine Halluzination meiner Großmutter. Wobei die Keimlingsstation und die Unordnung, die er in seinem Zimmer hinterließ, eindeutig dagegensprachen. Ein Phantom war in meiner Vorstellung irgendwie … disziplinierter.

Auf leisen Sohlen schlich ich zur Zimmertür und legte mein Ohr daran. Damit mir ja nichts entging, lauschte ich gebannt und mit angehaltenem Atem. Doch es war nichts mehr zu hören. Als die Haustür ins Schloss gezogen wurde, atmete ich enttäuscht aus. Herrenbesuch war ein Novum bei meiner Großmutter. Ich hätte doch zu gern gewusst, wem die Stimme gehörte.

Da kam mir eine Idee. Wesentlich weniger leise stolperte ich durch den Raum hinüber zu meinem Fenster, stieß mir den kleinen Zeh an meinem alten Schreibtisch und unterdrückte einen Aufschrei, um keine unnötige Aufmerksamkeit auf mich zu ziehen. Zum einen war das Fenster geöffnet und zum anderen wollte ich Oma Gertrud nur ungern auf den Plan rufen. Wenn sie ins Zimmer käme, wäre meine Chance, einen Blick auf ihren Verehrer zu erhaschen, dahin.

Nichtsahnend taumelte ich den letzten Meter mit schmerzverzerrter Miene zum Fenster. Wie ich es bereits vermutet hatte, stand der Mann draußen an unserem Tor vor seinem Fahrrad. Bisher konnte ich nur seine Kehrseite begutachten, da er zu meinem Leidwesen von mir abgewandt dastand.

Doch was ich erkennen konnte, irritierte mich. Der Typ war mit an Sicherheit grenzender Wahrscheinlichkeit kaum älter als ich. Tausend Fragezeichen schossen in diesem Moment wie ein Kickerball durch meinen Kopf.

Wie gebannt starrte ich nach draußen zum Zaun und wartete darauf, dass er sich endlich zu mir umdrehte. Was machte der Typ denn da so lange? Ich konnte mir nicht vorstellen, dass er sein Fahrrad angeschlossen hatte. Schließlich tat das niemand auf Hiddensee. Wirklich niemand.

Also stellte sich mir unweigerlich die Frage, ob der Mann überhaupt von der Insel stammte. Wer war dieser ominöse Unbekannte, der Oma besucht hatte? Was ging hier bloß vor sich?

Als ich schon ein schlechtes Gewissen bekam, weil ich mich in den vergangenen Jahren eindeutig unzureichend um meine Großmutter gekümmert hatte, wandte er sich zu mir um.

Zu Tode erschrocken duckte ich mich blitzartig nach unten, jedoch nicht, ohne mir dabei das Kinn an der Fensterbank anzuschlagen. Diesmal ließ sich der Aufschrei nicht unterdrücken.

Prompt ertönte eine Stimme: »Hallo? Gertrud? Ist alles okay bei dir?«

Mist! Ole, der Junge, in den ich lange Jahre so schrecklich verliebt gewesen war, stand keine zehn Meter Luftlinie von mir entfernt.

Während ich mir mit einer Hand über das lädierte Kinn rieb, überlegte ich fieberhaft, was ich nun tun sollte. Am liebsten wäre ich rückwärts aus dem Zimmer gekrabbelt. Aber so einfach war es nicht. War es ja nie.

»Oh, Marie, du bist schon zurück«, sagte Oma Gertrud gleichzeitig hinter der Tür und schnitt mir damit den sicheren Fluchtweg ab.

»Gertrud?«, rief derweil Ole ein weiteres Mal. Er klang besorgt.

Nicht so besorgt wie ich. Panisch drehte ich mich zu Oma um und versuchte ihr zu signalisieren, dass sie nichts sagen sollte. Mein vor die Lippen gelegter Zeigefinger würde vermutlich von neunundneunzig Prozent der Weltbevölkerung verstanden werden. Nicht so von meiner Großmutter.

Denn diese vermeldete wie selbstverständlich: »Hier, Ole! In Maries Kinderzimmer!«

Schlagartig schoss mir die Röte ins Gesicht. Es war schon fast zehn Jahre her, dass Ole und ich uns zum letzten Mal gesehen hatten. Meine Abreise damals war etwas überstürzt gewesen, aber in der Zwischenzeit war viel passiert ... bei mir und sicher auch bei ihm. Ich sollte viel souveräner sein. Doch irgendwie war ich das nicht.

Fahrig strich ich mir mit der Hand über die Stirn und bemerkte dabei, dass ich noch immer diese vermaledeite Maske im Gesicht hatte. Leider ertönte Oles Stimme in diesem Moment mehr oder minder direkt über mir.

»Ist alles okay bei dir? Ich habe einen Schrei gehört.« Ole musste jetzt direkt vor meinem Fenster stehen. Ich kauerte mich zu einem runden, ja undefinierbaren Etwas am Boden zusammen und schmierte mir hastig die Reste meiner Honig-Joghurt-Maske ins Shirt. Auf gar keinen Fall wollte ich der ersten großen Liebe meines Lebens nach all den Jahren auf diese Weise begegnen.

»Nein, nein, mein Junge. Bei mir ist alles bestens.« Doch ehe ich erleichtert aufatmen konnte, setzte Oma noch hinzu: »Das war ja gar nicht mein Aufschrei, sondern Maries.«

Bei ihren Worten schnellte mein Puls katapultartig in die Höhe. Das war genau die Antwort von den zwölf Millionen Möglichkeiten, die sie unter gar keinen Umständen hätte wählen sollen.

»Hey, Marie!« Als ich Ole meinen Namen sagen hörte, blieb mir fast das Herz stehen.

Es dauerte einen Augenblick, bis ich dazu in der Lage war, mich aus der knienden Haltung vom Boden zu lösen und mich so würdevoll wie möglich aufzurichten.

Mit einem Lächeln, das hoffentlich lässig und ungerührt wirkte, sah ich ihn an. »Ole, was für ein Zufall! Was machst du denn hier?«

»Deine Großmutter und ich haben die kommende Saison geplant. Ich biete Kurse für ihre Gäste an«, erklärte er wie selbstverständlich, während ich nur Bahnhof verstand.

Was planten die beiden gemeinsam? Welche Kurse bot Ole denn für Omas Gäste an? Und das Wichtigste: Warum hatte mir meine Großmutter davon kein Sterbenswörtchen verraten?

Trotz meiner Verwirrung entging mir nicht, wie gut er aussah. Das lockige dunkelbraune Haar fiel ihm in die Stirn und verlieh ihm etwas Geheimnisvolles. Die breiten Schultern, der forsche Blick und das leichte Schmunzeln, das seine Mundwinkel umspielte – das alles war Ole, aber in einer sehr erwachsenen und eindeutig muskulöseren Variante. Ich konnte kaum meinen Blick von ihm abwenden, auch wenn mir die Schaltzentrale in meinem Gehirn dringend dazu riet. Schließlich schmachtete ich ihn unverhohlen und für alle Augen gut sichtbar an. Besonders für seine.

»Hm«, erwiderte ich wenig geistreich.

»Wenn hier alles okay ist, dann kann ich ja wieder gehen«, sagte Ole freundlich. Doch ich hörte deutlich die Distanz und die Kälte in seiner Stimme. Er bemühte sich nicht einmal darum, sie vor mir zu verbergen.

Der durchdringende Blick aus seinen dunklen, fast schon schwarzen Augen traf mich gänzlich unvorbereitet. Wie ein Reh im Scheinwerferlicht starrte ich ihn an, ohne dabei auch nur ein einziges Mal mit der Wimper zu zucken. Der Wind wehte mir eine Duftmischung aus reiner Meeresbrise, etwas Metallischem und einem Hauch Maschinenöl in die Nase.

»Machs gut, Marie. Du wirst ja sicher nicht lange bleiben.«

Oles Worte wirkten vorwurfsvoll auf mich.

Er hob ein letztes Mal die Hand in Oma Gertruds Richtung.

»Bis bald, mein Junge. Wir telefonieren.«

»Machen wir. Oh, und Marie – du hast da was auf deinem Shirt.«

Ich lächelte tapfer, auch wenn ich mir sehnlichst ein Loch im Boden wünschte.

Kaum dass Ole auf sein Fahrrad gestiegen und davongefahren war, sprudelte es aus mir heraus: »›Bis bald, mein Junge. Wir telefonieren.‹ Was war denn das?«

»Marie! Ich wollte nicht, dass ihr euch so begegnet. Das musst du mir glauben. Ich war felsenfest davon überzeugt, dass du noch mindestens eine weitere Stunde auf Irmgards Couch sitzen würdest. Bis dahin wäre Ole längst gegangen. Was machst du schon hier?«

Ich ignorierte den Vorwurf in ihren Worten und richtete den Fokus wieder auf das Wesentliche. »Du weißt doch ganz genau, dass Ole und ich … Das ist doch nicht dein Ernst, Oma!«

»Aber das liegt doch alles schon so lange zurück. Und um ehrlich zu sein, weiß ich überhaupt nicht, was damals vorgefallen ist. Außer dass Ole und die Insel von heut auf morgen nicht mehr gut genug für dich waren und du gar nicht schnell genug von uns allen wegkommen konntest.«

Mein Herz schlug mir bei ihren Worten bis zum Hals. Plötzlich ging es nicht mehr nur um Ole, sondern auch um die Erkenntnis, dass ich nicht nur ihn und die Insel hinter mir gelassen hatte, sondern auch meine Großmutter.

»Oma Gertrud, das tut mir so leid. Ich wollte dich damals nicht verletzen. Aber ich konnte nicht anders. Ich hatte meine Gründe«, gab ich mich nebulös und bemühte mich darum, mir nicht anmerken zu lassen, wie sehr mich dieses Thema nach all den Jahren noch mitnahm. Gleichzeitig rief ich mich innerlich zur Besinnung. Ich hatte nicht all die Zeit geschwiegen, nur um mich jetzt um Kopf und Kragen zu reden. Das war Schnee von gestern, und so sollte es auch bleiben.

»Und ich hatte meine, als ich mich dafür entschied, mit Ole zusammenzuarbeiten. Wollen wir es für den Anfang dabei belassen?«

Oma Gertrud durchquerte den Raum mit wenigen

Schritten. Einfühlsam legte sie mir ihre Hand auf die Schulter und zog mich vorsichtig an sich.

»Das riecht übrigens richtig toll. Was ist das auf deinem Shirt?«

»Oma!«

»Ist ja schon gut. Ole und ich … Das hat sich irgendwann ergeben. Ich wollte dir mit unseren geschäftlichen Beziehungen nicht in den Rücken fallen. Aber mittlerweile ist doch schon so viel Zeit vergangen.«

»Hast du die plötzliche Kälte im Raum nicht gespürt? Damit könnte Ole der Eiskönigin Konkurrenz machen.« Ich schnaubte wütend. »Was genau macht er überhaupt? Ich dachte, er wolle in die Wirtschaft gehen.«

Ole war immer so zielstrebig gewesen. Während wir alle noch darum bangten, ob wir den nächsten Test bestehen würden, hatte er schon Pläne für die Zukunft geschmiedet.

Oma Gertrud seufzte. »Nun, manchmal macht das Leben seine ganz eigenen Pläne. Ole hat sich dafür entschieden, die Bernsteinwerkstatt seines Großvaters zu übernehmen, als sein Vater bei einem Verkehrsunfall auf dem Festland schwer verletzt wurde. Er leidet bis heute darunter.«

Ich schlug mir die Hand vor den Mund. »Wie schrecklich! Das wusste ich ja gar nicht.«

»Du weißt einiges nicht, mein Kind.« Dann strich sie mir zärtlich mit der Hand über die Wange. »Aber das ist nicht schlimm.«

»Hattest du Ole gegenüber schon angedeutet, dass ich wieder da bin? Hat er irgendwas dazu gesagt?«, fragte ich ganz leise, während ich mich betont vertieft in das Nesteln eines abstehenden Fadens an meinem Shirt gab.

Oma nahm mich daraufhin nur noch fester in die Arme. Die Honig-Joghurt-Maske schien sie nicht im Mindesten abzuschrecken. Dafür liebte ich sie nur noch mehr.

»Ihr beiden Sturköpfe«, war alles, was sie mir darauf antwortete.

Noch immer spielte ich mit dem Faden zwischen meinen Fingern. Faden. Faden. An irgendwas erinnerte er mich …

Erst einige Stunden später mitten im Schlaf kamen mir Irmgards dubiose Worte wieder in den Sinn: »Jetzt nimmt eure Geschichte endlich wieder ihren Faden auf. Er war nur lose. Nicht verloren. Vergiss das nie.« Ich erschrak fürchterlich darüber. So sehr, dass ich in dieser Nacht nicht wieder einschlief und das Gefühl hatte, Lady Gaga über mir an der Wand würde mich mit Argusaugen beobachten. Wer war nun die Verrückte hier?

Kapitel 9

In weniger als zehn Minuten erreichte ich mit dem Fahrrad das Wahrzeichen Hiddensees: das Leuchtfeuer Dornbusch. Der Leuchtturm befand sich im Norden der Insel und war mit seinem weißen Gewand und der roten Haube nicht nur schick anzusehen, sondern wies auch den Schiffen bis in fünfundvierzig Kilometern Entfernung den Weg über die Ostsee.

Anders als die vielen Touristen, die das schöne Muttertagswetter genutzt hatten und zum Dornbusch gepilgert waren, um den Turm zu besteigen und die schöne Aussicht zu genießen, hielt ich mit gebührendem Abstand etwas abseits des Weges inne. Allein der Anblick weckte Erinnerungen in mir, die ich lieber für immer vergessen hätte.

In Ermangelung eines Fahrradständers legte ich Oma Gertruds Rad auf die Wiese. Erst als ich das rote Damenrad so vor mir auf der grünen Grasfläche sah, bemerkte ich die Parallele zu jenem Tag vor ungefähr zehn Jahren, der mein komplettes Leben auf den Kopf gestellt hatte.

Im Nachhinein hatte ich mich noch oft gefragt, was wohl geschehen, wie mein Leben wohl verlaufen wäre, wenn Mama nicht durch ein geplatztes Aneurysma viel zu früh für immer von mir gegangen wäre. Hätte ich dann ebenfalls meine Sachen gepackt und wäre fluchtartig von der

Insel verschwunden? Wäre ich Jan überhaupt begegnet? Und was wäre aus Ole und mir geworden?

Ich schüttelte leicht den Kopf, während ich meine Picknickdecke auf dem Boden ausbreitete und mich mitsamt dem Rucksack darauf niederließ. Trotz der warmen Temperaturen ging eine ordentliche Brise über die Insel. Als meine Arme von einer Gänsehaut überzogen wurden, entschied ich mich dafür, meine Strickjacke rauszuholen und sie anzuziehen.

Kaum hatte ich den Reißverschluss geöffnet, fiel mir eine alte Zigarrenschachtel aus Holz ins Auge, in die ich seit meiner Flucht von der Insel nie wieder einen Blick geworfen hatte. Vorsichtig betastete ich sie mit meinen Fingern, als stünde zu befürchten, dass sie sich öffnen und mir in den Finger zwicken könnte. Als nichts dergleichen geschah, nahm ich die Kiste, in der früher Opas Lieblingszigarren gelagert hatten, aus dem Rucksack und legte sie rechts neben mich auf die Decke.

Mein Großvater war einer der gutherzigsten Menschen gewesen, die ich je hatte kennenlernen dürfen. Wann immer man ihn um Hilfe bat, war er zur Stelle. Zu seiner Beerdigung waren fast alle Einwohner der Insel gekommen, um ihm das letzte Geleit zu geben. Wenn überhaupt, dann hatte er nur ein Laster gehabt: seine Zigarren.

Sosehr er sich bemüht hatte, er war einfach nicht von diesen qualmenden Stinkbomben, wie ich sie als kleines Kind zu nennen pflegte, losgekommen. Heute vermisste ich die schlecht riechende Duftwolke, die ihn beim Rauchen umgab, und erinnerte mich an ihn, wann immer jemand in meiner unmittelbaren Nähe eine Zigarre entzündete.

Das war schon komisch mit diesen Sinneswahrnehmungen. Ein Geschmack oder ein Duft konnten Erinnerungen in einem wachrütteln, die man schon längst vergessen geglaubt hatte.

Schwermütig warf ich abermals einen Blick auf die Schachtel neben mir. Seit fast zehn Jahren hatte ich keinen Blick mehr hineingeworfen. Auch wenn ich wusste, was mich darin erwartete, brauchte ich noch einen Moment, bis ich mich dem Unausweichlichen stellen konnte.

Kinderlachen drang an mein Ohr. Die Kleinen tollten vergnügt über die Wiesen und Wege, während ihre Mütter mit der Sonne über Hiddensee um die Wette strahlten. Das war ihr Tag. Und die meisten schienen ihn in vollen Zügen zu genießen.

Meine Mutter und ich hatten vor allem während meiner Pubertät ein sehr angespanntes Verhältnis zueinander gehabt. Wenn ich heute darüber nachdachte, um wie viele schöne Muttertage ich sie durch mein rebellisches Verhalten gebracht hatte, rannen mir Tränen über die Wangen. So auch jetzt.

Mama fand den Tod an einem Tag, an dem wir noch am Morgen heftig miteinander gestritten hatten. Es ging um nichts mehr als um eine viel zu kurze Jeans, die Mama mich nicht in der Schule hatte anziehen lassen wollen. Oft waren es nur Kleinigkeiten gewesen, die sich mit jedem weiteren Wort zu einem schier unüberwindbaren Berg aufgetürmt hatten. So hatte ich auch an jenem Morgen rebelliert und darauf gepocht, dass ich schon fast volljährig sei und somit selbst über mein Leben bestimmen könnte. Dabei hatte ich meiner Mutter Schimpfwörter an den Kopf geworfen, für die ich mich bis heute schämte. Schließlich waren sie das Letzte, was sie aus meinem Mund gehört hatte. Eine grauenvolle Vorstellung.

Auch wenn mir Dr. Küffner sowie Pfarrer Klüglein mehrmals bestätigt hatten, dass der Streit nicht für ihr geplatztes Aneurysma verantwortlich war, warf ich mir genau das bis zum heutigen Tag vor. Ich trug die Schuld am Tod meiner Mutter. Ich ganz allein. Niemand sonst. Und wofür? Weil ich mal wieder geglaubt hatte, meinen Willen auf Biegen und Brechen durchsetzen zu müssen.

Über mein damaliges Verhalten konnte ich nur den Kopf schütteln. Ich erkannte die Person, die ich gewesen war, gar nicht mehr wieder. So viel hatte sich seither verändert.

Am Himmel hatten sich zwischenzeitlich ein paar harmlose Schäfchenwolken gebildet. Die Flut von Leuchtturmpilgern ebbte nicht ab, ganz im Gegenteil. Eine lange Schlange hatte sich vor dem Verkaufshäuschen gebildet. Auf die Aussichtsplattform selbst durften immer nur fünfzehn Personen gleichzeitig. Und da die Sicht heute ausgesprochen gut war, würden die Wartenden sicher noch einige Zeit dort unten stehen und sehnsüchtig nach oben schauen müssen. Aber das tat ihrer Stimmung keinen Abbruch. Überall war Lachen und freudiges Geplauder zu hören.

Und dann tat ich es doch und fixierte die Stelle, an der Mama damals mit ihrem Fahrrad gefunden worden war. Es war ein schreckliches Bild gewesen, wie ihr Körper so merkwürdig verdreht unterhalb des Leuchtturms gelegen hatte. Zunächst ahnte man nicht, was mit ihr geschehen war. Auch ein Fremdverschulden hatte nicht ausgeschlossen werden können. Und das auf Hiddensee. Ein Novum.

Polizeioberkommissar Henke hatte sich bis zu Mamas

Tod nur mit vermeintlich gestohlenen Fahrrädern und verschwundenen Nähmaschinen herumschlagen müssen. Er wirkte in der ganzen Angelegenheit stets ein wenig zu euphorisch für mein Dafürhalten. Was man ihm aber im Nachhinein nicht zum Vorwurf machen konnte. Schließlich hatte er bis dato noch nie einen derart großen Fall übernommen, wie er nicht müde wurde, uns zu erklären.

Mit einer Mischung aus Trauer und Neugierde griff ich nach der Schachtel zu meiner Rechten und legte sie auf meinen Schoß. Die nächste Etappe war geschafft. Wie lange es wohl noch dauern würde, bis ich endlich den Mut fand, sie zu öffnen?

»Gut Ding will Weile haben«, behauptete meine Großmutter immer. Also legte ich meinen Kopf in den Nacken und sah den kreisenden Möwen über mir zu, wie sie sich vom Wind tragen ließen. Es musste ein unbeschreibliches Gefühl sein, sich so schwerelos zu fühlen und die Gewissheit zu haben, dass man jederzeit von hier wegkonnte. Unabhängig von irgendwelchen Schulden und anderen Altlasten, die man in der Vergangenheit angehäuft hatte.

Meine Gedanken sprangen unvorbereitet zu Jan. Wie es ihm wohl auf seiner Reise erging? Ob er mich vermisste? Eine noch viel quälendere Frage stellte sich mir in diesem Zusammenhang. Eine Frage, die ich mir seit meiner Ankunft auf Hiddensee schon mehrere Male gestellt hatte. Vermisste ich Jan? Sehnte ich mich danach, ihn endlich wieder in die Arme zu schließen und den Rest meines Lebens mit ihm zu verbringen?

Die Antwort auf diese Frage verdrängte ich, wann immer sie mich zu quälen versuchte, und vertagte sie auf einen späteren Zeitpunkt. Auch in diesem Moment, mit den Erinnerungsstücken meiner Mutter auf dem Schoß, erschien es mir unpassend, über Jan und mich nachzudenken. Die richtige Gelegenheit würde schon noch kommen, redete ich mir ununterbrochen ein.

Seit ich einen Fuß auf die Insel gesetzt hatte, ging ich generell alles etwas langsamer an. Ohne es zu wollen, hatte ich mich an das Leben hier angepasst. Die Hiddenseer behaupteten nämlich, dass die Uhren auf ihrer Insel anders tickten als anderswo, da sie sich dem langsamen Trott der Pferde angepasst hätten. Ob dem wirklich so war, konnte ich nicht sagen. Was ich jedoch sagen konnte, war, dass das Leben auf der Insel um einiges stressfreier und entspannter verlief als in München. Das stand außer Frage.

Als mir meine Handfesseln vom Aufstützen allmählich wehtaten, beugte ich mich nach vorne. Nun hatte ich beide Hände frei, um die Holzkiste auf meinem Schoß zu öffnen. Es fehlte mir zwar noch ein wenig Mut, mich dem Unausweichlichen zu stellen, aber den würde ich aufbringen müssen, wenn ich das, was ich vorhatte, zu Ende bringen wollte.

Oma Gertrud wusste nichts von dem Schatz, den ich in dieser Schachtel aufbewahrte. Ich hatte ihn in all den Jahren meiner Abwesenheit unter einer losen Diele in meinem Kinderzimmer versteckt. Dort hatte ich ihn heute Morgen unangetastet vorgefunden. Die Büchse der Pandora unmittelbar unter Großmutters Dach zu öffnen, schien mir jedoch nicht ratsam zu sein. Also hatte ich mich dazu entschieden, einen Ort aufzusuchen, der mich untrüglich an meine Mutter erinnerte.

Die meisten Menschen hätten vermutlich einen Platz oder eine Stelle ausgesucht, die besonders schöne Erinnerungen in ihnen weckten. Es war nicht so, als hätte es diese besonderen Orte nicht für meine Mutter und mich hier auf der Insel gegeben. Aber das, was sich dort in der Kiste befand, sollte mir die schönen Momente nicht trüben. Und da der Friedhof für mich mit all den Grabsteinen und ihren Inschriften ein Ort der Trauer war und ich die Geister, die dort schliefen, nicht wecken wollte, entschied ich mich für das Leuchtfeuer Dornbusch.

Mit angehaltenem Atem bemühte ich mich also, mich den Tatsachen zu stellen, die mir damals den Boden unter den Füßen weggezogen hatten.

Mama war erst seit wenigen Wochen von uns gegangen, als Ole und ich uns näherkamen. Er war für mich da, als ich jemanden brauchte, an dessen Schulter ich mich anlehnen konnte. Schon seit der fünften Klasse hatte ich heimlich für ihn geschwärmt. Jedoch hatte ich nie gewagt, ihm gegenüber offen über meine Gefühle zu sprechen. Viel zu peinlich war mir das alles gewesen. Außerdem hatte ich damals geglaubt, ich sei ohnehin nicht gut genug für Ole.

Und dann hatte er nach Mamas Beerdigung plötzlich einen Schritt auf mich zugemacht, mir seine Hand gereicht und mir beigestanden. Einfach so. Ich hatte ihn nie darum gebeten. Doch ich war dankbar dafür, dass ausgerechnet er für mich da war.

Trotz der vielen Tränen, die ich wegen meiner Mutter vergossen hatte, war es auch eine schöne Zeit gewesen, Ole richtig kennenzulernen, mich von Kopf bis Fuß in ihn zu verlieben und schließlich sogar mein erstes Mal mit ihm zu erleben. In diesen Tagen glaubte ich fest daran, dass doch noch alles irgendwie gut werden würde. Auch wenn nichts den Tod meiner Mutter aufwog, stahl sich heimlich, still und leise immer mehr Licht in meine Dunkelheit.

Bis zu jenem Tag im Sommer, an dem ich diesen hochbrisanten Fund machte. Oma Gertrud war wieder einmal zu Irmgard gegangen, während Ole zu einem Berufsberatungsgespräch zum Arbeitsamt von Bergen auf Rügen gefahren war. Seit Mamas Tod hatte ich es nicht gewagt, auch nur einen Fuß in ihr Zimmer zu setzen. Doch an jenem Nachmittag war etwas anders gewesen. Plötzlich verspürte ich den unnachgiebigen Drang, ihren Kleiderschrank zu öffnen und an ihren Blusen, Pullovern, Shirts und Kleidern zu riechen. Ich brauchte etwas, was ich festhalten, was mich an sie erinnern konnte.

Also ging ich in ihr Zimmer, öffnete den Schrank und zog ihr Lieblingskleid heraus. Es war weiß mit großen Mohnblumen darauf. Wann immer es das Wetter zuließ, trug Mama genau dieses Kleid. Egal ob sie in die Kirche oder zum Einkaufen ging. Begierig legten sich meine Finger auf den dünnen Baumwollstoff und rissen ihn vom Kleiderbügel. Ich presste den Stoff an meine Nase und sog den Duft daraus fest in meine Lunge ein. Doch der erwartete Geruch blieb aus. Statt Mamas lieblichem Rosenduft hing in dem Gewebe ein schwerer kokoslastiger Weichspülerduft. Mama musste das Kleid kurz vor ihrem Tod gewaschen haben.

Nach und nach zog ich immer mehr Kleider aus dem Schrank, vergrub mein Gesicht darin und schnupperte nach dem unverkennbaren Rosenduft meiner Mutter.

Mit einem ganzen Berg an Blusen, Pullovern und Kleidern ließ ich mich schließlich auf ihrem Bett nieder. Ich musste an den Morgen ihres Todestages zurückdenken.

Der Streit kam mir in den Sinn, und ich begann zu weinen, bis ich nichts mehr sah und mich zur Kugel eingerollt auf ihr Bett legte.

Als ich mich wieder ein wenig beruhigt hatte, fiel mir diese Kiste hier ins Auge. Sie lag unter ihren Kleidern im Schrank. Nicht wirklich versteckt. Und doch hatte ich das Gefühl, dass Mama nicht wollte, dass sie von irgendjemandem außer ihr geöffnet wurde.

Zunächst wollte ich ihre Privatsphäre respektieren, die Kleider zurück in den Schrank hängen, die Tür ihres Zimmers hinter mir schließen und so tun, als wäre nichts geschehen. Doch meine Neugier war größer.

Bis zu jenem schicksalhaften Tag hatte ich diese kleine Holzschachtel noch nie gesehen. Ich kannte nur die mit Muscheln besetzte und innen mit rotem Samt verkleidete Schatulle, in der Mama ihren Schmuck aufbewahrte. Meine Gedanken kreisten. Was sich wohl in der Kiste verbarg?

Mama hatte kein Testament hinterlassen. Sie war noch nicht mal fünfzig Jahre alt gewesen, als sie starb. Vermutlich hatte sie damit gerechnet, dass ihr noch viel Zeit bleiben würde, ihren letzten Willen niederzuschreiben. Als hätten wir Menschen auch nur den Hauch einer Ahnung davon, wann wir das Zeitliche segnen würden.

Mein Wunsch, endlich nachzusehen, was sich dort in der Schachtel befand, wurde stärker als das Bedürfnis, ihre Privatsphäre zu achten. Wie in Trance schob ich den Berg an Kleidern von mir und eilte hinüber zum Schrank. Bedächtig kniete ich mich vor diesen Schatz und legte meine Hände auf den Deckel. Ähnlich, wie ich es heute tat.

Auch zu jener Zeit hatte es eine ganze Weile gedauert,

bis ich den Mut gefunden hatte, sie zu öffnen. Und genau wie damals, so verschlug es mir auch jetzt wieder den Atem, als ich zuoberst eine alte Fotografie vorfand, die meine Mutter eng umschlungen mit einem gut aussehenden Mann vor der Bernsteinwerkstatt von Oles Familie zeigte. Das Bild war schon recht abgegriffen. Es wirkte, als hätte Mama es oft in die Hand genommen und mit dem Finger über das Gesicht des Mannes gestrichen.

Dennoch kam ich nicht umhin, feststellen zu müssen, dass zwischen dem Mann auf dem Bild und Oles Vater verdächtig viel Ähnlichkeit bestand. Die breitschultrige Statur, die Größe und die Haarfarbe passten. Daran bestand kein Zweifel.

Und genau wie damals überkam mich in diesem Moment ein Gefühl von Panik und Entsetzen. Genau wie damals drehte ich das Bild schnell herum, um nachzusehen, wann das Foto aufgenommen worden war. Meine Mutter hatte nämlich die Angewohnheit gehabt, all ihre Bilder zu datieren. So auch bei diesem Exemplar. 22.06.1992. Neun Monate später wurde ich geboren.

Im Gegensatz zu der verblichenen Fotografie war die blaue Tinte mit dem Datum noch immer so gut lesbar, als wäre sie für all die Generationen, die noch folgen würden, vor Aberhunderten von Jahren in Stein gemeißelt worden. Irgendwie hatte ich gehofft, es hätte sich auf magische Weise etwas an der Aufnahme verändert. Aber noch immer stand Mama dort vor der Bernsteinwerkstatt mit dem Mann, der untrügliche Ähnlichkeit mit Oles Vater hatte.

Es war ein merkwürdiges Gefühl, dieses Bild nach all den Jahren erneut in Händen zu halten. Oles Vater eng umschlungen mit meiner Mutter. Neun Monate später meine

Geburt. Man brauchte kein Mathegenie zu sein, um eins und eins zusammenzuzählen.

Als ich damals verstand, was dieses Bild für Ole und mich bedeutete, hatte ich die Schachtel unachtsam zu Boden geworfen und war ins Bad gerannt. Schlagartig war mir dermaßen schlecht geworden, dass ich mich übergeben musste. Wenn es stimmte, was ich mir da zusammengereimt hatte, dann waren Ole und ich Geschwister.

Die Erinnerung daran zerfraß mich innerlich Stück für Stück. Heute blickte ich wehmütig auf das zurück, was mir von einem auf den anderen Augenblick genommen worden war. Damals zerbrach eine Welt für mich, die ich mit viel Kleber und Mühe bis heute nicht wieder hatte kitten können.

Wie oft hatte ich mich gefragt, was wohl passiert wäre, wenn mir diese Box nie in die Hände gefallen wäre? Hätten Ole und ich dann geheiratet, oder hätte sein Vater bei der Bekanntgabe unserer Verlobung sein Veto eingelegt und reinen Tisch gemacht?

Bis zum heutigen Tag hatte ich mit keiner Menschenseele über meine Entdeckung gesprochen. Nicht einmal mit Oma Gertrud. Aber ich wollte Oles Familie unter keinen Umständen zerstören, was ich unweigerlich mit meiner Erkenntnis getan hätte. Gleichzeitig wollte ich das Geheimnis meiner Mutter nicht offenbaren. Bis zu ihrem Tod hatte sie niemandem anvertraut, wer mein Erzeuger war. Zumindest behauptete das meine Großmutter bis heute. Und ich glaubte ihr.

Meine Mutter war sehr verschwiegen gewesen. Die meisten Dinge hatte sie mit sich allein ausgemacht. Auf meine Frage, wer denn mein Vater sei, hatte sie mir nie eine

Antwort gegeben. Auch wenn ich des Öfteren weinend vor ihr gestanden und ihr von den Hänseleien meiner Mitschüler berichtet hatte.

Nicht zu wissen, wer mein Vater war, hatte mich schnell zur Außenseiterin gemacht. Schon im Kindergarten hatten die anderen Kinder bemerkt, dass in meiner Familie etwas anders war. Schnell wurde ich ausgegrenzt und als Sonderling abgestempelt. Mein Selbstbewusstsein verlor sich zusehends, selbst wenn Oma Gertrud alles dafür tat, mich aufzumuntern.

Erst als Ole sich mir annäherte und mich so sah, wie ich wirklich war, glaubte ich, den ewigen Kreis durchbrochen zu haben. Für kurze Zeit hatte ich sogar das Gefühl verspürt, endlich dazuzugehören. Ich war eine von ihnen. Zumindest bis zu dem Tag, als ich unter einem fadenscheinigen Grund mit Ole Schluss machte und ihn mit einem gebrochenen Herzen zurückließ.

Aber was hätte ich denn tun sollen? Meine Mutter verraten und Ole erzählen, dass er mit seiner eigenen Schwester geschlafen hatte? Das war keine Option gewesen. Also entschied ich mich dazu, die Beziehung zu ihm zu beenden und die Insel für immer zu verlassen.

Als ich spürte, wie die Tränen in meinen Augen brannten, legte ich das Bild schnell unter den Stoß von Briefen und Gedichten, als könnte ich auf diese Weise die aufkeimenden Erinnerungen aus meinem Gedächtnis verdrängen. Die Umschläge fehlten, und unterschrieben waren die Briefe ebenfalls nicht. Aber sie zeugten von einer Sehnsucht, die ich erst zu verstehen lernte, als ich die Insel Hals über Kopf verlassen und dabei mein Herz auf Hiddensee zurückgelassen hatte.

Die feinfühligen und tiefgründigen Gedichte hätte ich Rainer, Oles Vater, nie zugetraut. In meinen Augen war er der klassische Handwerker, der sich nicht allzu vieler Worte bediente und sich mit seinen Werkzeugen und Materialien oft besser verstand als mit seinen Mitmenschen. Aber mit der Liebe wuchsen dem ein oder anderen ja bekanntlich Flügel. Warum sollte ein wortkarger Arbeiter nicht einen glänzenden Poeten abgeben können?

Noch immer in Gedanken versunken, nahm ich meine Wasserflasche aus dem Rucksack und trank einen großen Schluck. Die leichte Frühlingsbrise hatte nachgelassen. Die Herde der Schäfchenwolken war weitergezogen. Über mir erstrahlte ein blauer Himmel. Ob Mama wohl wirklich dort oben auf einer Wolke saß und auf uns herabsah – so, wie es Oma Gertrud immer behauptete? Gab es ein Leben nach dem Tod überhaupt?

»Was für ein Zufall. Jetzt sehen wir uns in kürzester Zeit schon zum zweiten Mal«, riss Jette mich plötzlich aus meinen tiefschürfenden Überlegungen.

Die Sonne blendete mich, und ich schirmte meine Augen mit meiner Hand ab, um Jette ins Gesicht sehen zu können. Sie lächelte freundlich, doch mir entging die Neugier in ihren Augen nicht. Offenbar fragte sie sich, was vorgefallen war, dass mich die Flut nach all den Jahren wieder auf der Insel angespült hatte.

»Ja«, erwiderte ich etwas wortkarg, weil ich nicht zu viel von dem preisgeben wollte, was mich umtrieb. Ohne den Blickkontakt mit Jette zu unterbrechen, schob ich die Zigarrenschachtel unbemerkt zurück in meinen Rucksack. »Was für ein Zufall.«

Jettes Anwesenheit machte mich nervös. Ihre Worte

klangen in meinen Ohren ganz so, als stünde es mir nicht zu, längerfristig auf der Insel zu verweilen. Als wäre ich nur einer der vielen Tagestouristen, die am Abend zurück nach Rügen oder gleich aufs Festland fahren mussten, weil sie keine Unterkunft auf Hiddensee gefunden hatten.

Vielleicht tat sie es nicht mit Absicht. Vermutlich interpretierte ich ohnehin mal wieder viel zu viel in ihre Aussage hinein. Aber letztlich war ich auch nur ein Mensch, der sich in der Vergangenheit zurückgewiesen gefühlt hatte und deshalb besonders aufhorchte, wenn solche Andeutungen gemacht wurden.

»Bist du allein hier?«, fragte sie mich weiter, während sie suchend meine nähere Umgebung scannte.

»J-ja … Ich bin allein hier«, stotterte ich ein wenig unbeholfen. Zu frisch waren die Erinnerungen an meine Mutter, ihren viel zu frühen Tod und das Erbe, das sie mir hinterlassen hatte.

Ein zufriedenes Lächeln umspannte Jettes Mundpartie.

»Ich muss dann mal weiter. Ole wartet sicher schon auf mich.«

Ein Stich durchfuhr mein Herz beim Klang seines Namens.

Die beiden trafen sich also noch immer. Der Kuss von damals war nicht nur einem meiner unzähligen Albträume entsprungen. Nein, er war real gewesen. So real, dass ich noch schneller von der Insel geflüchtet war, als ich es ursprünglich geplant hatte. Aber darüber wollte und konnte ich in diesem Moment nicht nachdenken. Zu schmerzvoll waren die übrigen Erinnerungen gewesen.

»Tu das!«, erwiderte ich nach einer gefühlten Ewigkeit, während mich Jette nach wie vor durchdringend ansah.

Sie hob ihre Hand zum Gruß, warf mir ein halbherziges

»Bis bald« zu und eilte in ihrem farbenfrohen Frühlingskleid hinüber zum Leuchtturm.

Dort verlor sie sich kurze Zeit später in der lachenden und ausgelassen plaudernden Menschenmasse, während ich meine Flasche in den Rucksack stopfte, den Reißverschluss zuzog und mich eilig aufs Rad schwang, um von diesem verfluchten Ort zu verschwinden.

Kapitel 10

»Marie, bist du so lieb und trägst die frische Sanddornlimonade nach draußen? Die Brandts frühstücken bei dem schönen Wetter im Garten.«

Oma Gertrud drückte mir die Karaffe in die Hand und wandte sich mit einem alten Schlager auf den Lippen anderen Aufgaben zu.

Seit die ersten wirklichen Feriengäste – den Bochumer Studenten zählte ich nicht mit, da wir uns noch immer nicht über den Weg gelaufen waren – im Inselhotel angekommen waren, war meine Großmutter wie ausgewechselt. Voller Elan lief sie den Tag über mit hochgekrempelten Ärmeln durchs Haus, kochte massenhaft Essen, als müsste sie eine ganze Kompanie verköstigen, und plauderte angeregt mit der Familie über die geplanten Unternehmungen auf der Insel, gab Tipps und stand auch sonst mit Rat und Tat zur Seite.

Ohne ihre Gäste schien Oma in einer Art Winterschlaf gewesen zu sein, aus dem sie erst erwachte, sobald die Saison wieder losging. So sehr ich mich auch um sie sorgte und mich ein ums andere Mal fragte, ob sie sich mit all ihren Bemühungen und Ideen nicht übernahm, so sehr freute es mich zu sehen, mit wie viel Freude und Energie sie ans Tagwerk ging. Und das mit ihren fast achtzig Jahren!

Nicht einmal die Ferienwohnung hatte mich Oma Gertrud

herrichten lassen, als die Ankunft der Familie unmittelbar bevorstand. Es hatte mich einiges an Überredungskunst gekostet, bis sie mich zumindest das Badezimmer hatte putzen lassen.

Um Oma in ihrer heimeligen Wohnküche nicht länger im Weg zu stehen, eilte ich mit der Glaskanne nach draußen.

»Guten Morgen, Marie«, grüßte mich Frau Brandt mit einem rührseligen Ausdruck im Gesicht, kaum dass ich über die Schwelle getreten war.

Sie war bei meiner Großmutter bereits zu Gast gewesen, als ich in die erste Klasse gegangen war. Auch wenn wir uns die letzten zehn Jahre nicht gesehen hatten, fühlte es sich doch ein wenig so an, als wäre ich nie weg gewesen, als hätte sich das Rad der Zeit nicht einfach weitergedreht. Das war der ganz eigene Zauber Hiddensees.

»Guten Morgen, Frau Brandt«, erwiderte ich ihren Gruß freundlich und lächelte dabei ihren Enkeltöchtern, den Zwillingen Anna-Lucia und Anne-Marie, zu.

Man sah es den beiden Mädchen mit ihren geflochtenen blonden Zöpfen und den großen blauen Kulleraugen zwar nicht an, aber sie hatten es faustdick hinter den Ohren. Erst vor zwei Tagen hatten sie sich in Oma Gertruds Vorratskammer mit Schinken, Brot und Käse eingedeckt und waren zu einem Picknick am Strand aufgebrochen, ohne jemandem etwas davon zu verraten.

Wir hatten uns alle furchtbare Sorgen um die beiden Ausreißerinnen gemacht. Bis sie am späten Nachmittag auf ihren Rädern eingetrudelt waren, hatten wir sogar Polizeioberkommissar Henke verständigt und waren selbst auf die Suche nach den beiden gegangen. So richtig böse konnte man auf die Mädchen aber nicht sein. Auch wenn sie oft nichts als Flausen im Kopf hatten, waren sie im Grunde ihres Herzens zwei sehr liebe Kinder. Ein bisschen erinnerten sie mich an mich selbst, als ich noch klein war. Und das lag nicht nur an den blauen Augen und dem blonden langen Haar, die uns gemein waren. Aber das sollte ich den beiden besser nicht auf die Nase binden.

Nicht selten hatte ich in meiner Kindheit die Insel auf eigene Faust erkundet, war immer neue Wanderwege abgelaufen und hatte mir eine einsame Stelle in den Dünen gesucht. Weder Oma Gertrud noch meine Mutter hatten sich dabei große Sorgen um mich gemacht. Sie wussten schließlich, dass ich nicht ohne sie ins Wasser gegangen wäre, und von einem Auto hatte ich auf der Insel ebenso nicht angefahren werden können.

»Hallo, Marie«, grüßten mich die beiden Frechdachse.

Ich zwinkerte ihnen verschwörerisch zu, woraufhin die Mädchen zu kichern begannen.

»Marie, ich frage mich, ob deine Großmutter wohl noch etwas von dem köstlichen Sanddorngelee erübrigen könnte?«

Der pensionierte Oberstudiendirektor Heinrich Brandt war mitunter einer der höflichsten Menschen, die ich kannte. Jeder seiner Sätze war formvollendet und zeugte von seinem tiefen Respekt für sein Gegenüber.

Es war ein offenes Geheimnis, wie sehr der ehemalige Lehrer für Oma Gertruds Küche schwärmte. Frau Brandt hatte mir vor Jahren mal unter dem Deckmantel der Verschwiegenheit erzählt, dass ihr Mann nach jedem Urlaub bei meiner Großmutter mit mindestens fünf Kilo mehr auf der Waage zu Hause ankam.

»Ich werde gleich mal nachfragen«, sagte ich und machte

mich, nachdem ich die Karaffe auf dem Tisch abgestellt hatte, wieder auf den Weg zurück ins Haus.

Der Duft von angedünstetem Knoblauch und roten Zwiebeln lag in der Luft. Oma Gertrud summte noch immer einen alten Schlager vor sich hin und schnippelte derweil das Gemüse fürs Mittagessen. Und das, obwohl die Brandts gerade noch beim Frühstück saßen.

Aber meine Großmutter überließ nur ungern etwas dem Zufall. Schon gar nicht beim Kochen. Lieber plante sie sich etwas mehr Zeit ein, damit sie am Ende nicht hetzen musste und mit ihrem Ergebnis so zufrieden war, dass sie es ihren Gästen vorsetzen konnte. Nicht selten gingen die Touristen mittags lieber nur eine Kleinigkeit essen. Die Fischbrötchen bei Willis Fischbarkasse erfreuten sich dabei größter Beliebtheit. Aber da Oma Gertrud den Seebären nicht besonders leiden konnte, wollte sie ihm nur ungern ihre Gäste überlassen. Beim Mittagessen ging es also um nichts weniger als ums Prinzip.

»Das duftet aber herrlich«, erklärte ich, während ich einen Blick über Großmutters Schulter warf.

»Ach, das ist doch nichts Besonderes«, beeilte sie sich, ihr Licht unter den Scheffel zu stellen. »Nur ein ganz einfacher Eintopf, wie ihn schon meine Großmutter zubereitet hat.«

Traditionen waren ihr von jeher sehr wichtig gewesen. Auch wenn sie es mir gegenüber nie offen angesprochen hatte, war ich mir durchaus bewusst, wie sehr ich sie mit meinem Weggang verletzt haben musste.

Der Tradition nach hatte meine Großmutter sich gewünscht, dass ich eines Tages ihr kleines Inselhotel übernehmen würde. Eine sehr lange Zeit war das auch mein

Herzenswunsch gewesen. Aber dann war alles anders gekommen. Und mittlerweile hatte ich das Gefühl, dass es keinen Weg mehr zurück gab.

»Kann ich dir irgendwie behilflich sein?«

Ohne Omas Antwort abzuwarten, griff ich nach einer der Schürzen, die an einem Haken an der Tür zum Vorratsraum hingen. Der Stoff war blütenweiß und gestärkt. Wirklich alles hatte in diesem Haus seine Ordnung.

Oma Gertrud sah mich verwundert an, während ich mir die Schürze umband. Bevor ich vor knapp zehn Jahren das Weite gesucht hatte, war ich nur in die Küche gekommen, wenn mich der Hunger dorthin getrieben hatte. Kochen und Backen waren noch nie eine besondere Stärke von mir gewesen. Aber meiner Großmutter zuliebe wollte ich es zumindest versuchen. Guten Willen zeigen, wenn man so wollte.

»Das ist lieb von dir, mein Kind. Du kannst die Möhren schälen, wenn du möchtest.«

Sie nickte leicht, als sie mir den Sparschäler reichte.

Mit einem Lächeln nahm ich ihn entgegen und machte mich ans Werk. Es tat gut, mit meiner Großmutter Zeit zu verbringen. Auch wenn das nur bedeutete, einvernehmlich schweigend nebeneinander in der Küche zu stehen und Gemüse zu schnippeln.

Als ich die ersten zwei Möhren geschält hatte, fiel mir siedend heiß ein, worum mich Herr Brandt vor wenigen Minuten noch gebeten hatte. Eilig löste ich die Schleife in meinem Rücken, zog mir die Schürze über den Kopf, rannte in den Vorratsraum und suchte eines der Weckgläser, auf denen mit Omas verschnörkelter Handschrift »Sanddorngelee« geschrieben stand.

»Was ist denn jetzt wieder passiert?«, wollte sie prompt wissen.

»Alles bestens!«, behauptete ich, weil ich ihr gegenüber nicht eingestehen wollte, dass ich einen gewaltigen Fauxpas begangen hatte.

Noch konnte ich meinen Fehler wiedergutmachen. Schließlich saßen die Brandts noch immer beim Frühstück.

»Hm. Na, wenn du meinst«, erwiderte Oma Gertrud mit fragendem Blick, als ich wieder aus dem kleinen Vorratsraum herausgekommen war.

Das Gelee hatte ich in meinem Rücken versteckt. Erst als ich die Tür zu Omas Wohnküche hinter mir gelassen hatte, nahm ich die Hände nach vorne, stürmte aus dem Haus, als wäre der Teufel hinter mir her, und rauschte unvermittelt in etwas hinein, das, gemessen an der Schwere des Aufpralls, verdammt viel Ähnlichkeit mit einer Backsteinmauer hatte.

»Aua!«, schrie ich schmerzerfüllt auf.

Doch viel Zeit, um zu verstehen, was da gerade passiert war, blieb mir nicht. Bei dem Zusammenstoß mit wem oder was auch immer war mir das Einmachglas in hohem Bogen aus der Hand geflogen. Ich streckte meine Hände in die Höhe, um es aufzufangen, bevor es auf der Treppenstufe zerschellen und mein Missgeschick doch noch ans Tageslicht kommen konnte.

Mein Gegenüber war schneller. Große Hände legten sich um das Behältnis und bewahrten es vor Schlimmerem. Ich atmete erleichtert auf. Doch nur für den Moment. Als ich erkannte, gegen wessen harte Brust ich da gelaufen war, wünschte ich mir zum zweiten Mal seit meiner Ankunft hier ein Loch im Boden.

»H-hey, Ole. Schön, dich zu sehen!«, hörte ich mich plötzlich sagen.

»Hey«, erwiderte er wenig euphorisch und drückte mir dabei das Marmeladenglas in die Hand. »Sind die Gäste so weit?«, wollte er schließlich von mir wissen.

Ich lächelte noch immer, obwohl ich keinen blassen Schimmer hatte, was er von mir wollte. »Ich verstehe nicht …«

»Eine Familie Brandt hat heute einen Kurs bei mir belegt.«

Als ich ihn noch immer fragend ansah, verdrehte er genervt die Augen.

»Du weißt schon. Sie wollen am Strand nach Bernsteinen suchen und sie anschließend in unserer Werkstatt veredeln«, erklärte Ole.

»Das sind wir!«, jauchzten die Zwillinge freudig und sprangen dabei schwungvoll von ihren Stühlen, dass diese nach hinten ins Gras fielen.

»Oh, wir haben ganz die Zeit vergessen. Das Wetter war so schön und das Essen wie immer ein Gedicht«, versuchte Herr Brandt, sich Ole gegenüber zu rechtfertigen.

Zu meiner grenzenlosen Erleichterung bemerkte ich, dass mein Ex-Freund unserem Gast gegenüber viel entgegenkommender war als mir.

»Das ist doch überhaupt kein Problem, Herr Brandt. Wir fangen einfach an, wenn Sie bereit dazu sind.«

Ein strahlendes Lächeln machte sich auf seinem Gesicht breit. Kleine Grübchen bohrten sich tief in seine Wangen und verliehen ihm dabei etwas Markantes. Mit seinem wirren dunklen Haar und den beinahe stechend schwarzen Augen war Ole auch nach all den Jahren noch immer ein sehr attraktiver Mann. Vielleicht sogar noch eine Spur attraktiver als damals, als ich ihn verlassen hatte, wie ich zugeben musste.

Schließlich ertappte ich mich dabei, wie ich verträumt an seinen Lippen hing und es erst bemerkte, als Ole mich skeptisch ansah.

»Herr Brandt, entschuldigen Sie bitte«, überging ich die Situation einfach und eilte dabei kopflos hinüber zu der Familie.

Nichts wie weg von Ole, der auch heute wieder wie das Paradebeispiel eines beleidigten Kindes auf mich wirkte. Was hatte der Typ nur für ein Problem mit mir? Die Sache von damals lag zehn Jahre zurück. So langsam sollte er darüber doch hinweg sein. Außerdem hatte er sich ja augenscheinlich hinreichend mit Jette getröstet.

»Ach, das ist ja äußert liebreizend von Ihnen, dass Sie sich für mich auf die Suche nach dem Gelee gemacht haben.«

Voller Dankbarkeit nahm Herr Brandt mir das Glas aus der Hand und öffnete es. Bevor er sich etwas davon auf sein Brötchen strich, schnupperte er genüsslich am Glas – mit gebührendem Abstand und dem zufriedenen Lächeln eines Genießers.

»Heinrich, wir sollten den Herrn nicht über Gebühr warten lassen«, ermahnte ihn seine Frau.

»Sehr wohl«, bestätigte ihr dieser augenblicklich, jedoch nicht ohne sein Brötchen mitzunehmen.

»Marie, könntest du uns vielleicht begleiten? Die Mädchen sind ganz vernarrt in dich. Mein Bein macht mir seit einigen Tagen wieder mehr Probleme, als es sollte. Heinrich geht selbst am Stock, sodass er mir seinen Arm nicht reichen kann. Und über die beiden Energiebündel hier will ich erst gar nicht sprechen«, erklärte Frau Brandt mit einem warmherzigen Lächeln in Richtung ihrer Enkelkinder.

Mir entging nicht, wie unangenehm es ihr war, mich um diesen Gefallen bitten zu müssen. Doch dafür gab es überhaupt keinen Grund.

Die beiden Mädchen hüpften ganz aufgeregt um Ole herum, der ihnen gerade die Ausrüstung zeigte. Er wirkte dermaßen vertieft, dass er mich keines Blickes würdigte. Ihm war sicher jedes Mittel recht, um sich nicht weiter mit mir beschäftigen zu müssen. Aber was hatte ich erwartet? Dass er mir nach all den Jahren freudestrahlend um den Hals fiel und mir sagte, wie sehr er mich vermisst hatte? Wohl kaum!

»Ich werde gleich zu Oma Gertrud gehen und sie fragen. Aber wie ich meine Großmutter kenne, wird sie sicher nichts dagegen haben, wenn ich mitkomme.«

Zum Dank tätschelte mir Frau Brandt die Hand.

»Es ist unglaublich schön, dass du wieder hier bist, Marie. Ich habe dich in all den Jahren sehr vermisst«, offenbarte mir die ältere Frau mit wässrigen Augen.

Ich schluckte den Kloß, der sich bei ihren Worten in meiner Kehle gebildet hatte, schnell hinunter. Das Letzte, was ich gerade wollte, war, in Tränen auszubrechen.

»Das ist sehr nett von Ihnen, Frau Brandt«, sagte ich rasch und ging wieder zurück zu Oma Gertrud.

»Na, hast du dich auch im Garten davon vergewissert, dass alles bestens ist?«, fragte diese schmunzelnd, als sie mich sah.

»Was? Ah, ja. Alles bestens«, erwiderte ich schnell, als ich verstand, worauf meine Großmutter anspielte. »Ole ist gekommen. Die Brandts wollen aufbrechen, und Frau Brandt fragt, ob ich sie begleiten kann. Sie braucht etwas Hilfe beim Gehen.«

Oma Gertrud sah mich für einige Sekunden durchdringend an. Sie musste von meinen Augen abgelesen haben, was das abermalige ungeplante Aufeinandertreffen mit Ole in mir bewirkte.

Schließlich nickte sie kaum merklich.

»Das ist doch eine schöne Idee. Wann warst du eigentlich das letzte Mal in Vitte? Das muss doch eine Ewigkeit her sein. Vielleicht findest du dort sogar endlich einen neuen Hühnergott.«

Als ich mir plötzlich vollends der Tatsache bewusst wurde, dass Ole dabei sein würde, verließ mich der Mut. »Ich weiß nicht, vielleicht wäre es besser, wenn …«

»So, jetzt aber schnell! Die warten sicher schon ungeduldig auf dich. Anna-Lucia und Anne-Marie haben seit ihrer Ankunft von nichts anderem geredet. Das wird ein Nachmittag ganz nach ihrem Geschmack. Und vergiss den Hühnergott nicht.«

Mit diesen Worten drängte sie mich aus ihrer Küche und wartete meinen Einwand dabei gar nicht erst ab.

Als ich Oles Blick im Garten auffing, wusste ich, dass überhaupt nichts bestens war.

Kapitel 11

Kreischende Möwen hießen uns am Sandstrand von Vitte, der heimlichen Hauptstadt der Insel, willkommen. Die Kescher in unseren Händen sahen verheißungsvoll für die Tiere aus. Genauestens behielten sie uns im Blick. Aber wer konnte es ihnen schon verübeln? Schließlich bedeutete das mittelalterliche Wort *Vitten* nichts weniger als Heringsfang- und Fischhandelsplatz. Wenn nicht hier, wo also dann?

Ole war mit den beiden Mädchen gleich losgezogen, um ans Werk zu gehen. Mit den Keschern in der Hand standen sie bis zu den Knien im Wasser und holten johlend und kreischend vom Meeresboden das Seegras herauf. Keine Fische. Allmählich dämmerte nun auch den Möwen, dass sie heute leer ausgehen würden.

Kaum dass das Seegras auf dem Sand abgelegt worden war, machten sich die drei Schatzsucher auch schon auf die Suche nach dem Gold der Ostsee. Denn mit viel Glück konnte man darin tatsächlich Bernstein finden. Oft waren die Funde zwar nur mikroskopisch klein, aber das tat dem Spaß an der Sache keinen Abbruch.

Als ich die beiden Mädchen derart glücklich neben Ole herumtollen sah, war ich mir sicher, dass dieser Nachmittag so oder so ein Erfolg werden würde. Auch ganz ohne nennenswerte Entdeckung. Aber noch wollte ich die Hoffnung nicht begraben. Ole wusste sicher, was er da tat.

Herr Brandt stand auf seinen Gehstock gestützt neben dem Seegrashaufen und stocherte suchend darin herum, sobald sich die übrige Truppe abermals in die Fluten gestürzt hatte, um Nachschub zu holen. Die perfekte Arbeitsteilung, wenn man so wollte.

Sogar das Wetter spielte heute mit. Obwohl für den frühen Nachmittag Regen angekündigt worden war, sah man kein Wölkchen am Himmel. Was allerdings noch nichts zu bedeuten hatte. Das Wetter auf der Insel konnte sich nämlich Schlag auf Schlag ändern. Gerade noch strahlender Sonnenschein, wurde im Handumdrehen aus heiter bis wolkig regnerisch bis stürmisch. Das war keine Seltenheit.

Aber ich wollte den Teufel nicht an die Wand malen. Die Mädchen hatten gerade riesige Freude an ihrer ganz eigenen Schatzsuche, dass ich darüber fast schon über den Mann nachzudenken vergaß, der mich seit unserem Aufbruch von Oma Gertruds Haus nicht eines Blickes gewürdigt hatte.

»Ich müsste mich ein wenig ausruhen«, erklärte Frau Brandt mit rasselnder Stimme.

Da ich mich Ole nicht zu weit nähern wollte und die ältere Dame noch immer bei mir untergehakt war, standen wir also mit gebührendem Abstand vom Rest der Gruppe entfernt.

Auf der Wanderung nach Vitte hatte sich Frau Brandt zwar gut geschlagen, doch mittlerweile konnte ich ihr ansehen, dass sie eine kleine Pause benötigte. Ihre Stirn glänzte von der Anstrengung, ihre Atmung ging schneller als vorhin, während der Rest von uns keinerlei Ermüdungserscheinungen zeigte.

»Ich werde gleich mal rübergehen und nachfragen, ob es

noch einen Strandkorb zu mieten gibt«, erwiderte ich und deutete zu einem kleinen braun gestrichenen Holzhäuschen mit weiß umrandetem Fenster, das sich nahtlos an die Düne schmiegte.

Doch Frau Brandt winkte ab. »Mach dir wegen mir bitte keine Umstände. Ich kann mich auf den Sand setzen.«

Ich sah ihr an, wie unangenehm es ihr war, ihren Mitmenschen zur Last zu fallen. Aber so empfand ich das überhaupt nicht. Es bedeutete für mich keine besondere Anstrengung, mich um einen Strandkorb für Frau Brandt zu bemühen. Ich sah es als selbstverständlich an, mich um sie zu kümmern. Und das nicht nur, weil sie eine von Oma Gertruds liebsten Gästen war.

Als ich noch klein war, hatte mir Frau Brandt immer ein kleines Geschenk mitgebracht, wenn sie zu Besuch gekommen war, oft Bücher oder Hörspiele. Manchmal sogar eine Videokassette. Und Frau Brandt hatte das sicher nicht getan, weil sie sich dazu verpflichtet gefühlt hatte, sondern weil sie es wollte. Genauso freute ich mich jetzt darüber, ihr etwas Gutes tun zu können.

»Das kommt überhaupt nicht infrage. Das ist doch viel zu unbequem dort auf dem Boden, außerdem hat man den Sand dann überall in seinen Kleidern. Oma Gertrud würde mir die Hölle heißmachen, wenn sie davon erfahren würde.«

Frau Brandt lachte neben mir auf. »Deine Großmutter ist eine resolute Frau. Ich mag sie sehr, musst du wissen.«

»Dann sind wir uns also einig?«, fragte ich schmunzelnd.

Frau Brandt nickte, und keine zehn Minuten später waren wir stolze Mieterinnen eines in die Jahre gekommenen Strandkorbes. Der weiß-blaue Folienbezug war an der ein oder anderen Stelle etwas brüchig geworden. Im oberen Bereich des Korbes hatte es sich schon die ein oder andere Spinne in ihrem Netz bequem gemacht. Erst als ich die ungebetenen Gäste vor die Tür gesetzt und meinen Schal über die löchrigen Stellen gelegt hatte, bat ich Frau Brandt, Platz zu nehmen.

Auffordernd hielt ich ihr die Hand hin, damit sie sich beim Hinsetzen darauf abstützen konnte. Es fiel ihr nämlich schwer, ihre Knie zu beugen. Mit einem erleichterten Seufzer ließ sie sich schließlich auf dem Polster nieder. Spätestens jetzt wusste ich, dass es eine kluge Entscheidung gewesen war, den Korb anzumieten. Frau Brandt hätte es vielleicht mit Biegen und Brechen irgendwie geschafft, sich auf den Sand zu setzen, aber ich war mir nicht sicher, ob wir sie von dort je wieder hochbekommen hätten.

»Heinrich sieht aus wie ein kleiner Schuljunge. Findest du nicht auch? Wie er da so aufgeregt in dem Seegras herumstochert, könnte man fast meinen, er würde sich Hoffnungen darauf machen, etwas zu finden. Dabei müsste er es besser wissen.« Frau Brandt schüttelte leicht den Kopf und kicherte dabei. »Ich verrate dir etwas: In all den Jahren, in denen wir nun auf Hiddensee Urlaub machen, haben wir noch nie auch nur einen sandkorngroßen Bernstein gefunden.«

Sie blickte wie gebannt zu ihren Enkeltöchtern und ihrem Mann hinüber ans Meer. Ihre Lippen umspannte ein zufriedenes Lächeln, als würde sie sich gerade darüber klar werden, wie froh und dankbar sie für ihr Lebenswerk sein konnte.

Ob es mir wohl je vergönnt sein würde, irgendwann mit meinen Enkelkindern am Strand zu spielen? Hier auf

Hiddensee? Mit fast dreißig hörte ich meine biologische Uhr zwar noch nicht ticken, aber allzu lange würde es nicht mehr dauern.

Dafür stellte sich ein anderes kaum überhörbares Gefühl in mir ein: Gewissheit. Das mit Jan und mir lag nicht länger nur auf Eis. Es war längst vorbei. Mittlerweile war der Zeitpunkt gekommen, mir das einzugestehen, ihn gehen zu lassen und selbst nach vorne zu blicken. Als ersten Schritt auf diesem neuen Weg sollte ich wohl den Gästen Bescheid sagen, dass die Hochzeit nicht stattfinden würde.

Ich schüttelte den Kopf, als meine Gedanken zu trübsinnig wurden.

»Sie werden sehen«, behauptete ich schließlich. »Mit Ole klappt das ganz bestimmt. Seine Familie betreibt bereits in der vierten Generation eine Bernsteinmanufaktur. Aus den Funden, die er hier an den heimischen Stränden auftut, macht er ganz zauberhaften Schmuck, richtige kleine Kunstwerke. Meine Großmutter hat mir erzählt, wie erfolgreich er mit seiner Werkstatt ist.«

Es war merkwürdig, über Ole zu sprechen, als würde ich ihn nicht kennen. Aber in gewisser Hinsicht traf das ja sogar zu. Was wusste ich denn schon von ihm? Menschen veränderten sich. Und zehn Jahre waren eine lange Zeit. Wir beide hatten uns weiterentwickelt. Jeder auf seine Weise.

Frau Brandt tätschelte meine Hand.

»Na, dann will ich mal nicht so sein.« Sie lächelte mir zuversichtlich zu, ehe sie hinüber zu unseren Wegbegleitern blickte. Ole kam gerade wieder mit einem vollen Kescher Seegras zurück an Land gewatet. Das Shirt spannte an seinen Oberarmen.

»Dieser Ole scheint wirklich ein patenter junger Mann zu sein. Äußerst attraktiv, findest du nicht auch?«

»B-bitte, was?« Ich verschluckte mich bei Frau Brandts Worten beinahe an meiner eigenen Spucke.

Statt etwas zu sagen, sah mich meine Korbnachbarin nur schmunzelnd an. »Mit Männern ist das wie mit Bernsteinen. Man muss Glück haben, den Richtigen zu finden. Heinrich und ich sind uns noch von unseren Eltern vorgestellt worden. So waren die Zeiten damals eben. Doch im Vergleich zu vielen anderen Paaren aus unserer Generation, die sich nicht wirklich leiden konnten, wussten Heinrich und ich sofort, dass das mit uns beiden etwas werden konnte. Da war gleich diese intensive Anziehungskraft, wenn wir zusammen waren. Richtig magisch.«

Frau Brandts Schilderungen hörten sich sehr romantisch an. Ich konnte mir gut vorstellen, wie es ihr beim Kennenlernen ihres Mannes ergangen war. Ich hatte dieses Gefühl auch schon einmal verspürt. Es war lange her. Aber ich konnte mich noch genau daran erinnern. Es war wie das Leuchten von Bernstein. Einfach nur magisch.

Mit meinen nackten Füßen zog ich kreisende Bewegungen durch den Sand. Ich mochte das Gefühl, das die kleinen Körner auf meiner Haut hinterließen. Es erdete mich. Vielleicht war das ja so ein Inselkinderding. Oder einfach nur eine ganz persönliche Marotte von mir.

Herr Brandt sah in diesem Augenblick übermütig grinsend zu uns herüber. Er deutete auf etwas in seiner Hand, das wir auf die Entfernung hin nicht erkennen konnten.

»Was ist denn, Heinrich?«, rief seine Frau ihm zu.

Er kam aufgeregt zu uns gewatet. »Schau mal, was ich

gefunden habe!«, jubilierte er ganz außer sich und streckte uns stolz seine Entdeckung entgegen.

»Ist das etwa …?«, begann Frau Brandt.

»Es ist ein wunderschöner Bernstein! Eins-a-Qualität«, sagt Ole.

Ich nickte anerkennend. Allzu oft auf Bernsteinsuche hatte ich mich in meinem Leben zwar noch nicht gemacht, aber als Laie konnte ich ihm bestätigen, dass es sich um einen echten Bernstein handelte.

Verstohlen blickte ich zu Ole und beobachtete, wie er sich das wirre Haar aus der Stirn strich. Es machte ihm mindestens so viel Freude wie den beiden Mädchen, im Seegras zu wühlen und auf Schatzsuche zu gehen.

Ole konnte gut mit Kindern. Schon in der Schule hatte er sich immer gerne um die Jüngeren gekümmert. In den Ferien war er als Gruppenleiter bei den Pfadfindern mit den Kleinen zum Zelten gefahren. Diese Erfahrungen konnte er sich jetzt natürlich zunutze machen. Anna-Lucia und Anne-Marie hingen förmlich an seinen Lippen, wenn er ihnen etwas erklärte oder Neues zeigte.

»Sobald wir in Oles Werkstatt sind, werden wir den Stein rund schleifen und polieren. Dann bekommst du endlich den Ring, den ich dir schon vor einer Ewigkeit versprochen habe.« Herr Brandt lächelte seine Angebetete aus tiefstem Herzen an.

»Das hast du nicht vergessen?« Frau Brandt war sichtlich gerührt über die Äußerung ihres Mannes.

»Du musst wissen, dass Heinrich mir besagten Ring schon zu unserer ersten Reise auf die Insel versprochen hatte. Nur dummerweise hat er es sich zur Aufgabe gemacht, den Bernstein selbst zu finden. Nach dem, was ich dir gerade eben erzählt habe, kannst du dir sicher vorstellen, dass sich die Umsetzung über die Jahre ein wenig schwierig gestaltete.«

Es war ein wahrer Liebesbeweis, dass er nach all den Jahren noch immer bemüht darum gewesen war, sein einst gegebenes Versprechen einzuhalten. Ich konnte nur vermuten, wie beharrlich die Männer meiner Generation nach diesem Stein gesucht hätten. Aber Ausnahmen bestätigten ja bekanntlich die Regel. Einzig wegen meiner schlechten Erfahrungen mit Jan alle männlichen Vertreter gleichermaßen über einen Kamm zu scheren, fand ich nicht fair.

»Was meintest du, meine Liebe?«

Herr Brandt war nicht schwerhörig. Wenn ihm das, was er zu hören glaubte, allerdings nicht gefiel, hatte er die Angewohnheit, noch mal nachzufragen.

»Ich meinte nur, wie sehr ich mich auf meinen Ring freue.«

Er lächelte zufrieden.

Wenn das doch auch in meinem Leben nur so einfach sein könnte. Vielleicht hätte ich mich ja ebenso taub stellen sollen, als Jan mir mit seinen Veränderungswünschen kam. Aber letztlich wusste ich es besser: Er wäre so oder so gefahren. Das Band zwischen uns war nicht annähernd so fest geknüpft wie das zwischen dem Ehepaar Brandt.

Einer der Zwillinge – ich konnte die beiden nicht wirklich auseinanderhalten – kam mit einem blauen Eimerchen bewaffnet zu uns gerannt.

»Oma! Oma!«, rief sie schon von Weitem. »Ich habe einen riesigen Bernstein gefunden. Ole sagt, er sei etwas ganz Außergewöhnliches. So einen großen Fund hatte er noch nie.«

Das Mädchen strahlte bis über beide Ohren.

»Oh, das ist ja ein riesiges Exemplar«, hörte ich nun Herrn Brandt bewundernd sagen. »Einen derart schönen Stein habe ich wahrlich noch nie gesehen«, beeilte er sich, seine Anerkennung gebührend kundzutun.

»Das ist wirklich eine Glanzleistung, Anna-Lucia«, meinte daraufhin Frau Brandt und küsste ihre Enkeltochter auf den Scheitel. »Ich bin sehr stolz auf dich. Aber wo ist denn eigentlich deine Schwester?«

Anna-Lucia zuckte nur leicht mit den Schultern. »Weg«, sagte sie unbekümmert.

»Wie, *weg?*«, hakte ich erschrocken nach.

»Na, weg eben. Sie war eifersüchtig, weil ich den schöneren Stein von uns beiden gefunden hab. Da ist sie weggelaufen«, erklärte das Mädchen unbeeindruckt.

Suchend blickte ich mich zu allen Seiten hin nach dem Kind um. Ich konnte es nicht entdecken. Also erhob ich mich und drehte mich im Kreis, um alle Himmelsrichtungen nach der Kleinen abzusuchen. Aber Anne-Marie war wie vom Sandboden verschluckt.

»Wo kann sie denn nur hin sein?«, fragte Herr Brandt ganz beunruhigt in meinem Rücken.

»Das werde ich gleich herausfinden«, versprach ich.

Im Laufschritt eilte ich hinüber zu Ole.

»Hast du Anne-Marie gesehen? Offenbar hat sie sich über ihre Schwester geärgert und das Weite gesucht«, sprudelte es aus mir heraus.

Ole war gerade damit beschäftigt, das Seegras zurück ins Meer zu kippen.

Bei meinen Worten brach er abrupt ab und sah mich erschrocken an.

»Sie wollten beide rüber zu ihren Großeltern, um denen ihre Steine zu zeigen. Ich bin ihnen nicht nach, weil es ja nur ein paar wenige Schritte sind und ich noch aufräumen musste, bevor wir in die Werkstatt fahren«, versuchte Ole, sich zu rechtfertigen. Dabei machte ich ihm überhaupt keine Vorwürfe.

Ich bemühte mich, einen kühlen Kopf zu bewahren und abzuwägen, was nun zu tun war.

»Okay, wir sollten die Kleine suchen gehen. Vermutlich ist sie noch nicht weit gekommen. Der Strand ist heute gut besucht, und der Aussichtsposten ist mit einem Bademeister besetzt. Es wäre sicher jemandem aufgefallen, wenn sie ins Wasser gegangen wäre. Bleiben also die Dünen und der Weg nach Vitte rein. Wir sollten uns aufteilen.«

Ole nickte mit ernster Miene. »Ich suche hier in den Dünen und am Strand nach ihr.«

»Alles klar«, erwiderte ich schnell und wollte mich schon auf den Weg machen, da spürte ich, wie Oles Hand sich um meinen Arm legte.

Zuerst sah ich auf die kräftigen Finger, die meine Haut berührten und mich festhielten. Dann blickte ich Ole in die Augen. Ein fataler Fehler. Bis zum jetzigen Zeitpunkt hatte ich mich mit aller Macht dagegen gewehrt. Ich wusste noch allzu genau, wie leicht ich mich darin verlieren konnte. Auch Oles Gesicht nahm einen veränderten, fast fragenden Ausdruck an.

»Wir sollten noch …«, sagte er und brach dann mitten im Satz ab.

»Ja?«, hakte ich nach, als er meinen Arm noch immer umklammert hielt und keine Anstalten machte, ihn wieder loszulassen.

Plötzlich konnte ich die Anziehungskraft, von der Frau Brandt mir noch vor wenigen Minuten berichtet hatte, zwischen Ole und mir spüren. Das war nicht gut. Das war ganz und gar nicht gut. Ich musste so schnell wie möglich weg von hier. Weg von ihm.

»… unsere Telefonnummern austauschen.«

Abrupt ließ Ole meinen Arm los, um sein Handy aus der Hose zu holen. Als er das Display entsperrt hatte, sah er mich erwartungsvoll an.

»Also?«

»Also, was?«

»Die Nummer? Damit ich dir Bescheid geben kann, wenn ich Anne-Marie gefunden habe.«

Ole sah mich mit hochgezogener Augenbraue an.

»O ja, natürlich.«

Innerlich schlug ich mir mit der Hand gegen die Stirn.

Während ich mein Handy aus der Hose zog, ließ ich meine langen Haare wie einen Fächer vor mein Gesicht fallen, damit Ole nicht sah, wie ich puterrot anlief.

»Sag nicht, dass du zu den Menschen gehörst, die sich ihre eigene Telefonnummer nicht merken können. Damals in der Schule konntest du die Festnetznummern der kompletten Klasse auswendig«, hörte ich Oles abfällige Feststellung, kaum dass ich das Gerät in der Hand hielt.

Erinnerungen krochen bei seinen Worten aus den Untiefen meines Gedächtnisses hervor. Erinnerungen, die mich als Außenseiterin einer Klassengemeinschaft zeigten. Die meisten der Nummern, die ich damals auswendig gelernt hatte, hatte ich nicht ein einziges Mal angerufen.

»Doch. Genau zu diesen Menschen gehöre ich. Was dagegen?«

Ole grinste dämlich und hob dabei seine Arme in die Höhe.

»Also, was ist jetzt? Willst du dir meine Nummer einspeichern oder nicht? Wir sollten nicht unnötig Zeit verschwenden, während das Mädchen vielleicht unsere Hilfe braucht«, lenkte ich unsere Aufmerksamkeit wieder auf das Wesentliche zurück.

Oles Grinsen erstarb auf seinen Lippen. »Lass uns gehen!«, sagte er mit ernster Miene und machte sich auf die Suche.

Kapitel 12

Am Hafen von Vitte herrschte reges Treiben, was bei dem außergewöhnlich guten Wetter auch nicht weiter verwunderlich war. Die vielen Segelboote ruhten heute nicht in Reih und Glied, sondern tummelten sich wie weiße Farbkleckse im blauen Wasser. Ein schönes Bild. Alles wirkte so ruhig und gelassen. Als ich noch klein war, hatte ich oft im Hafen gestanden und dabei zugeschaut, wie die Schiffe aufs Meer hinausfuhren. Eine Zeit lang hatte ich auch unbedingt einen Segelschein machen wollen. Ich hatte mir schon das Geld dafür zusammengespart. Doch letztlich hatte ich das Ersparte für meinen Neustart auf dem Festland verwendet.

Aber jetzt war nicht die Zeit, sich über verpasste Chancen Gedanken zu machen. Ich musste Anne-Marie finden.

Statt die Großeltern nach einem Bild von ihrer Enkeltochter zu fragen oder gar Anna-Lucia, ihr Ebenbild, mitzunehmen, war ich einfach losgegangen. Zu diesem Zeitpunkt hatte ich noch das Gefühl gehabt, richtig zu handeln und vor allem, schnell etwas tun zu müssen. Mittlerweile war ich mir da nicht mehr so sicher.

Um mich herum schlenderten die meisten Passanten gemütlich mit einer Eiswaffel in der Hand über die Promenade. Die Terrassen der kleinen Cafés waren gut besucht. Überall wurde geplaudert und gelacht, es herrschte eine ausgelassene Stimmung. Wenn ich nicht verzweifelt auf der Suche nach einem vermissten Mädchen wäre, könnte ich mich hier sogar ein wenig treiben lassen. Doch das musste auf einen anderen Tag verschoben werden.

Stattdessen drehte ich mich nur unbeholfen im Kreis, sah mich suchend zu allen Seiten hin um, ehe ich abermals ein paar planlose Schritte machte. Ich rief nach Anne-Marie, erhielt aber nie eine Antwort. Dann befragte ich die Fußgänger, die viel zu sehr mit sich selbst beschäftigt waren, als dass ihnen ein kleines Mädchen aufgefallen wäre.

Als ich nach und nach das Gefühl bekam, dass meine Suche hier nicht besonders erfolgversprechend verlief, überlegte ich fieberhaft, was meine nächsten Schritte sein könnten. Sollte ich Oma Gertrud anrufen? Nein, das war keine gute Idee. Ich wollte sie nicht in Panik versetzen.

Zum gefühlt hundertsten Mal zog ich mein Smartphone aus der Hosentasche. Doch da waren weder ein verpasster Anruf noch eine Nachricht im Display zu sehen. Das alles machte mich noch verrückt.

Da stand ich nun und wusste nicht, wohin mit mir. Vielleicht war Anne-Marie ja schon längst wieder zurück. Oder sie war zu Oma Gertrud gelaufen, um sich dort in der Ferienwohnung zu verkriechen. Die Mädchen kannten die Wege auf der Insel. Schließlich waren sie nicht zum ersten Mal hier.

»Kindchen, deine Aura schreit ja förmlich SOS. Du stehst, wenn man so will, lichterloh in Flammen. Was ist denn nur passiert? Ich war gerade mit einer Freundin im Café *Hedwig* und wollte gemütlich einen Eisbecher genießen, als mich dein Hilfeschrei ereilte.«

»Irmgard!«, rief ich voller Erleichterung. Es tat gut, eine

bekannte Person zu sehen. Auch wenn es nur die Inselschamanin war und unser letztes Aufeinandertreffen ein wenig merkwürdig verlaufen war, freute ich mich dennoch, sie zu sehen.

»Also, was ist los? Lange halte ich den Stoßwellen deiner Aura nicht mehr stand. Wo kommen denn jetzt das viele Blau und dieser sandfarbene Ton her? Was hat das wieder zu bedeuten? Rede, Kind! Siehst du denn nicht, wie ich unter den Visionen leide?«

Ich verstand zwar nur Bahnhof, aber erinnerte mich daran, dass man mit Irmgard trotz ihrer verrückten Art ganz normal sprechen konnte. Also versuchte ich mein Glück.

»Ole und ich waren …«

Bevor ich weitersprechen konnte, klatschte Irmgard ganz aufgeregt in die Hände.

»Ach, das sind ja gute Neuigkeiten. Endlich geht es weiter. Ich bin schon richtig gespannt auf den weiteren Verlauf.« Dann hob sie mahnend ihren Zeigefinger in die Höhe. »Sag nichts, sag nichts! Ich will es fühlen.«

Und noch ehe ich verstand, wie mir geschah, spürte ich Irmgards eiskalte Hand auf meiner Stirn.

»Oh, das Blau verdichtet sich. Kein Anfang und kein Ende. Und was … Ach, das ist das Meer. Richtig? Ole und du, ihr wart am Meer«, schlussfolgerte sie mit einem breiten Grinsen auf den Lippen, als sie ihre Lider wieder geöffnet hatte und mich fragend ansah. »Das Meer gibt. Das Meer nimmt. Aber wie eine frisch verliebte junge Frau siehst du mir nicht aus. Was ist denn passiert?«

»Wir waren mit den Brandts …«, hob ich abermals zu sprechen an, doch Irmgard unterbrach mich erneut.

»Sag nichts! Sag nichts!«

So langsam wurde mir das alles hier zu bunt. Am liebsten hätte ich die Inselschamanin sich selbst überlassen und wäre weitergegangen. Statt mir zu helfen, stand sie mit geschlossenen Augen vor mir und wärmte ihre kalten Finger an meiner warmen Stirn.

Die Leute beobachteten uns schon und tuschelten hinter vorgehaltener Hand. Die Touristen, wohlgemerkt. Bei den Einheimischen war Irmgard so bekannt wie ein bunter Hund.

»Wieder Blau. Nun aber eher ein kräftiges Türkis, hm … Was soll das denn nun wieder bedeuten?«

Irmgard öffnete ein Auge. »Ole und du, ihr kommt nicht gerade zufällig aus der Karibik zurück. Oder?«

»Was? Nein! Wir …«

»Gut, gut!«, unterbrach sie mich rabiat. »Aber was ist das dann? Ein … Eimer? Was habt ihr denn mit dem Eimer gemacht?« Irmgard riss nun beide Lider wieder auf. »Warst du etwa aus lauter Verzweiflung auf der Suche nach einem Hühnergott? Hatte ich dir nicht ausdrücklich gesagt, dass der Stein dich finden muss?«

»Ich habe keinen Hühnergott gesucht. Ole und ich waren mit den Brandts am Wasser. Sie haben einen Bernsteinnachmittag bei ihm gebucht. Für die Kinder. Und jetzt ist eines der Mädchen verschwunden«, sprudelte es schließlich ungehalten aus mir heraus, als Irmgard mir endlich die Möglichkeit dazu gab.

»Himmel! Warum sagst du das denn nicht gleich? Wir müssen sofort nach dem Mädchen suchen. Wie lange ist es schon fort? Habt ihr irgendwelche Hinweise darauf, wo es sein könnte?«

Noch bevor ich ihr auf eine ihrer Fragen eine Antwort

geben konnte, war sie auch schon losgelaufen. Wie ein aufgescheuchtes Huhn wuselte sie um die Passanten herum und bahnte sich einen Weg – Gott weiß wohin.

»Marie! Wo bleibst du denn? Wir müssen los! Dem Kind kann ja in der Zwischenzeit sonst was passiert sein. Wenn ich da nur an das viele Wasser in meiner Vision denke … Marie?«

Resigniert ließ ich die Hände in die Höhe sausen. Widerworte waren bei Irmgard eh zwecklos. Also tat ich das einzig Mögliche und folgte ihr.

Als ich endlich zu ihr aufgeschlossen hatte – Irmgard war trotz ihres fortgeschrittenen Alters noch sehr fit –, schoss die Inselschamanin schon das nächste Feuer auf mich ab.

»Wo genau hast du denn bisher gesucht? Und was ist mit Ole? Habt ihr schon daran gedacht, den Henke zu verständigen? Wobei … wir sollten keine schlafenden Hunde wecken. Der Henke ist imstande und schlägt gleich in großen Wellen Alarm. Mein Gefühl sagt mir, dass das zu viel des Guten wäre.«

Gut zu wissen, dachte ich bei mir und zog abermals mein Handy aus der Hosentasche. Wieder nichts.

»Wo läufst du denn eigentlich hin?«, fragte ich atemlos. Es war fast unmöglich, mit der rüstigen Rentnerin Schritt zu halten.

Vielleicht sollte ich in naher Zukunft doch mal wieder anfangen, mehr Sport zu treiben. In den letzten Jahren in München hatte mich die Arbeit im *Blumenreich* ziemlich eingespannt. Es war kaum Zeit für etwas anderes geblieben.

Plötzlich fragte ich mich, ob ich Jan in den Jahren vielleicht etwas vernachlässigt hatte. Trug ich am Ende vielleicht sogar eine gewisse Mitschuld daran, wie sich alles entwickelt hatte? Aber wenn dem so war, warum hatte er denn nie etwas gesagt? Warum war er lieber gegangen, statt offen mit mir über alles zu sprechen? Gemeinsam hätten wir an unseren Problemen arbeiten können, da war ich mir sicher.

»Kindchen, wir sollten uns jetzt auf das Wesentliche konzentrieren und das Mädchen suchen. Ich kann ihre Schwingungen aber nur erspüren, wenn du dich nicht ständig auf irgendwelche anderen Probleme stürzt. Mein inneres Pendel schlägt in deiner Gegenwart derart heftig aus, dass ich mich auf nichts anderes fokussieren kann.«

»T-tut mir leid«, stotterte ich verlegen.

»So, nun lass mich mal überlegen.«

Irmgard hielt abrupt in der Bewegung inne, legte ihre Hände zur Abwechslung mal an ihre eigenen Schläfen statt auf meine Stirn, schloss die Lider und richtete sich zum Wasser hin aus. Dabei wäre sie beinahe mit einem Passanten kollidiert, der gerade noch im letzten Augenblick aus dem Weg springen konnte. Er fluchte etwas in einer Sprache, die ich nicht kannte. Doch diese Schwingungen schienen Irmgard in keinster Weise aus dem Konzept zu bringen. Offenbar galt das mit dem Pendel nur für Menschen, die sie kannte.

»Dann wollen wir mal sehen«, sagte sie schließlich.

Dann geschah eine ganze Weile rein gar nichts, außer dass die Leute um uns herum wieder zu tuscheln begannen. Vereinzelt deuteten sie sogar mit ihren Fingern in Irmgards Richtung. Das fand ich total daneben.

Ja, okay, Irmgard war schräg. Ein paar ihrer Eigenarten waren zudem ziemlich verschroben. Und so manches Mal verstand ich einfach nicht, was sie mir zu sagen versuchte. Aber niemand hatte es verdient, dass man in aller Öffentlichkeit auf ihn deutete. Nicht einmal dann, wenn man sich vor seinen Mitmenschen zum totalen Deppen machte. Anders zu sein, gab den Menschen noch lange nicht das Recht, darüber zu urteilen.

»Marie!«, hörte ich Irmgard plötzlich sagen. »Es ist okay. Hörst du? Könntest du dich bitte wieder auf Anne-Marie konzentrieren?«, fragte die Inselschamanin mit noch immer geschlossenen Augen in meine Richtung.

»Äh … ja«, erwiderte ich schließlich, während ich mich daran zu erinnern versuchte, ob ich Irmgard den Namen des Kindes verraten hatte.

Augenscheinlich hatte ich genau das getan. Auch wenn es mir zwischenzeitlich wieder entfallen war. Woher sollte Irmgard sonst wissen, wie das Mädchen hieß?

Schnaubend öffnete Irmgard die Augen, während sie hilflos die Arme in die Lüfte und wieder nach unten sausen ließ.

»So wird das nichts. Du musst wirklich dringend lernen, mit deinen Gedanken bei einer Sache zu bleiben. Alles andere macht mir die Arbeit nur unnötig schwer. Ich … Oh, dein Handy wird gleich klingeln. Dann sollten wir mehr wissen.«

»Was?«, fragte ich perplex.

Doch noch bevor ich über Irmgards Andeutung nachdenken konnte, klingelte das Smartphone in meiner Hosentasche.

Mit zittrigen Händen zog ich es heraus. Was war heute bloß los? Woher wusste Irmgard, dass ich einen Anruf bekommen würde?

Mit einem unsicheren »Ja?« nahm ich das Gespräch entgegen.

»Marie?«, hörte ich Ole sagen. »Hallo, Marie?«

»Ja«, sagte ich schließlich. »Ich bin es. Hast du Anne-Marie gefunden?«

Hoffnungsvoll wartete ich auf seine nächsten Worte, während Irmgard mich gebannt ansah. Ich konnte nur hoffen, dass sie in meinen Gedanken nicht wie in einem offenen Buch lesen konnte. Dabei hatten sich allein heute Abgründe aufgetan, die ich mit keiner anderen Menschenseele teilen wollte.

Wieder musste ich an den Moment am Strand denken, als Ole meinen Arm mit seinen Fingern berührt und ich diese vertraute Nähe zwischen uns gespürt hatte. Schlagartig war alles wie früher gewesen. Als hätten wir die viel beschworenen losen Fäden, von denen Irmgard nicht müde wurde zu erzählen, tatsächlich wieder aufgenommen. Aber das alles war nur Wunschdenken gewesen, weil ich mich wahnsinnig nach dieser Zeit mit ihm zurücksehnte. Auch wenn ich es heute doch besser wissen müsste.

»Ja, sie ist zum Glück wieder aufgetaucht. Sie hat sich nur hinter einem der Strandkörbe versteckt. Wir waren gerade weg, da haben die Zwillinge schon wieder zusammen am Strand eine Burg gebaut.«

Erleichterung flutete jede Faser meines Körpers. Gott sei Dank! Das Kind war weder im Meer ertrunken noch sonst wo verloren gegangen. Nicht auszudenken, wenn ihr etwas zugestoßen wäre. Ich hätte mir das nie verzeihen können.

»Die Vorwürfe kannst du dir später noch machen«, hörte ich Irmgard dazwischenfunken.

»Das hört sich gut an. Ich komme gleich zurück, um euch zu helfen«, erwiderte ich.

Doch Ole ging auf Distanz. »Das ist wirklich nicht nötig. Geh du ruhig nach Hause, du musst dich sicher noch um andere Dinge kümmern. Ich bringe die Brandts später mit der Kutsche meiner Eltern zurück. Mach dir deshalb keine Sorgen. Bis dann!«

Tut, tut, tut! Ole hatte es nicht mal mehr für nötig gehalten, meine Antwort abzuwarten. Statt die Chance wahrzunehmen und einen Schritt auf mich zuzugehen, verfiel er lieber wieder in sein altes Muster zurück. Die Sache mit Anne-Marie hatte nicht den alten Ole von damals wie einen Bernstein aus dem Seegras zutage gefördert, sondern ihn nur zeitweise seinen Groll über mich vergessen lassen. Alles auf Anfang also.

»Aufgelegt«, erklärte ich Irmgard und hielt ihr den Hörer entgegen.

Sie schüttelte missbilligend den Kopf. »Und nun?«

»Sollte ich das nicht besser dich fragen?«, hörte ich mich plötzlich sagen, obwohl ich gerade überhaupt nicht zum Scherzen aufgelegt war.

Noch bevor ich etwas dagegen sagen konnte, legte Irmgard ihre Hand auf meine Schulter und zog mich mit sich.

»Es gibt nichts, aber auch wirklich gar nichts, was eine schöne und vor allem große Portion Eis nicht wieder ins Lot bringen könnte«, erklärte sie mir mit einem schelmischen Grinsen auf den Lippen.

»Na, du musst es ja wissen«, erwiderte ich, noch immer niedergeschlagen von der Abfuhr, die mir Ole gerade erteilt hatte.

Kapitel 13

»Marie? Marie! Wo bist du nur mit deinen Gedanken?«

Oma Gertrud stand mit der abgezogenen Bettwäsche in der Hand vor mir. Die Brandts waren heute Morgen nach Hause aufgebrochen, und schon am Nachmittag würden die nächsten Gäste einziehen. Das Rad der Zeit mochte sich auf Hiddensee vielleicht etwas langsamer drehen, aber es drehte sich. Daran bestand kein Zweifel.

Die Zwillinge hatten beim Abschied sogar ein paar Tränen vergossen. Auch ich hatte nur schwer an mich halten können, als Frau Brandt mich ein letztes Mal fest in den Arm genommen hatte und mir sagte, wie sehr sie sich gefreut hatte, mich wiederzusehen.

Das war das Undankbare an diesem Job: Lieb gewonnene Menschen gingen nach einer gewissen Zeit wieder nach Hause. Das Einzige, was blieb, war die Hoffnung, dass sie wiederkommen würden. Und da brauchte ich mir bei den Brandts zum Glück keine Sorgen zu machen.

»Ich musste nur gerade an die Brandts denken. Ihre Zeit bei uns ist wie im Flug vergangen. Findest du nicht auch?«

Oma Gertrud lächelte mich milde an. »So ist das nun mal. Die einen kommen. Die anderen gehen. Das ist nicht weiter schlimm. Man muss nur das Beste aus seiner Zeit machen. Nichts ist schlimmer als der quälende Gedanke, irgendwas verpasst oder eine Gelegenheit nicht beim Schopf gepackt zu haben.«

Meine Großmutter schüttelte das Kopfkissen, ehe sie es mit einem neuen Bettbezug bezog. Das Motiv auf der Bettwäsche wirkte wie einem maritimen Katalog entsprungen. Meer, Muscheln, Möwen – die drei Ms als Garanten für einen authentischen Urlaub an der Ostsee.

Ich machte mich gerade daran, das Fenster im Schlafzimmer der Ferienwohnung zu putzen, als mich die Erinnerung an den Tag am Strand mit Ole und den Brandts hinterrücks ansprang. Bisher hatte ich das Erlebte weitestgehend aus meinem Gedächtnis verdrängen können. Aber das war das Gemeine an Erinnerungen: Wenn man es am wenigsten erwartete, stahlen sie sich in deine Gedanken.

Ohne es zu wollen, erinnerte ich mich wieder an den Moment zurück, als Ole meinen Arm berührt hatte. Funken waren geflogen. Doch noch ehe ich diesem Gefühl länger hätte nachspüren können, war es auch schon wieder vorbei gewesen. Das Nächste, woran ich denken musste, war die herbe Abfuhr, die er mir am Telefon erteilt hatte.

Seither herrschte Sendepause zwischen uns beiden. Aber was hatte ich erwartet? Dass Ole sich bei mir melden und mich um ein Date bitten würde? Ein Kribbeln machte sich bei diesem Gedankengang in meinem Magen bemerkbar. Ein Kribbeln, das da überhaupt nicht hingehörte.

»Ich glaube, das Glas ist von dieser Seite nun ausreichend poliert«, hörte ich meine Großmutter in meinem Rücken sagen. »Du kannst nun das Fenster öffnen und es von außen putzen.«

Ich war dermaßen vertieft in meine Gedanken gewesen, dass ich alles um mich herum ausgeblendet hatte.

Als ich das Fenster geöffnet und von ein paar Spinnweben befreit hatte, nahm ich den Lappen erneut aus dem Eimer, wrang ihn ein wenig aus und versuchte, mich nun einzig und allein auf meine Aufgabe zu konzentrieren. So schwer konnte das doch wirklich nicht sein. Bisher hatte ich mich nicht für eine besonders große Grüblerin gehalten. Erst als Irmgard mich darauf aufmerksam gemacht hatte, dass es mir offenbar schwerfiel, meine Gedanken im Zaum zu halten, war ich mir über meine Veränderung bewusst geworden.

Seither schienen sie ständig in Bewegung zu sein. Und mittlerweile fragte ich mich beinahe täglich, ob es wirklich die richtige Entscheidung gewesen war, Ole damals ohne Vorwarnung vor den Kopf zu stoßen, ohne ihm den wahren Grund für unsere Trennung genannt zu haben.

Die Feindseligkeit, mit der er mir begegnete, seit ich wieder auf der Insel war, ärgerte mich. Insgeheim wünschte ich mir, zwischen uns wäre es anders.

Seit einigen Tagen trug ich mich mit dem Gedanken, Oles Vater aufzusuchen und ihn offen auf die Fotografie anzusprechen. Nicht weil ich meinen Entschluss überdacht hatte und nun doch das heile Familienidyll der Schillings zerstören wollte. Aber wenn Rainer wirklich mein Vater war, dann hatte er ein Recht darauf, es zu erfahren. Weder den Gedichten noch den Briefen, die in der alten Zigarrenschachtel schlummerten, war zu entnehmen, dass ihr Absender von seiner Vaterschaft wusste. Ich hatte mir schon überlegt, ob die Liebesbekundungen wirklich von dem Mann stammten, mit dem Mama auf dem Foto posierte.

Seit ich die Büchse der Pandora nach all den Jahren wieder geöffnet hatte, kreisten meine Gedanken permanent um ihren Inhalt. Mittlerweile wusste ich, dass ich Hiddensee nicht wieder mit all diesen quälenden Fragen im Kopf verlassen konnte. Ich musste endlich Gewissheit darüber erlangen, damit ich Frieden schließen konnte. Sonst würde jedes Mal, wenn ich auch nur einen Fuß auf die Insel setzte, mein Kopfkino von Neuem einen Film abspielen, der mir so gar nicht gefiel.

Nun war die Chance gekommen, mir endlich Klarheit darüber zu verschaffen, wie es damals tatsächlich gewesen war. Auf diese Weise konnte ich den vielen Hätte, Wäre, Könnte, Müsste, Dürfte in meinem Kopf hoffentlich ein für alle Mal einen Riegel vorschieben.

Gleichzeitig machte ich mir Sorgen darüber, was meine Offenbarung mit Oles Vater anstellen würde. Vermutlich würde er sich bemüßigt sehen, nach all den Jahren über seine uneheliche Tochter zu sprechen, und damit schließlich seine heile Welt riskieren. War ich wirklich gewillt, eine ganze Familie aufs Spiel zu setzen, nur um endlich die vielen Fragezeichen in meinem Kopf durch Ausrufezeichen zu ersetzen? Hatte ich ein Recht darauf, überhaupt zu erfahren, wer ich war, auch wenn ich damit die Leben anderer Menschen nachhaltig verändern konnte?

»Grübelinchen?«, hörte ich Oma Gertrud sagen.

Offenbar hatte sie mehrfach versucht, zu mir durchzudringen.

»J-ja?«

»Ich werde jetzt in die Küche gehen und für die Steiners meine Orangen-Sanddorn-Torte backen. Wenn alles gut geht und der Stau sich in Grenzen hält, sollten sie passend zur Kaffeezeit hier eintrudeln.«

»Kann ich dir irgendwie dabei helfen?«

Oma Gertrud lachte. »Lass mal lieber! Sonst schüttest du mir noch Salz statt Zucker in den Teig. Mir wäre aber sehr damit geholfen, wenn du dich nach dem Fenster noch dem Badezimmer widmen könntest. Die Kacheln brauchst du dabei aber nicht blank zu polieren. Es reicht schon, wenn du alles in einen guten, aber sauberen Zustand bringst. Meinst du, du schaffst das?«

Meine Oma zwinkerte mir vielsagend zu. Sie kannte mich vermutlich besser als sonst irgendein Mensch auf der Welt.

Statt meiner Großmutter mit der Arbeit zu helfen und sie zu unterstützen, wo ich nur konnte, war ich viel zu sehr mit mir und meiner Gefühlswelt beschäftigt gewesen, dass ich alles um mich herum einfach vergessen hatte.

Die Ruhe und Abgeschiedenheit auf der Insel taten mir einfach nicht gut. In München war ich nie lange in Grübelei verfallen, weil mir dafür überhaupt keine Zeit geblieben war. Ständig galt es, die sichere Insolvenz des *Blumenreichs* abzuwenden. Gleichzeitig wurde in dieser riesigen Stadt dermaßen viel geboten, dass ich mich bei einem Anflug von Heimweh oder komischen Gedanken einfach ins Theater, ins Kino oder zu einem Mädelsabend mit Caro und Silke flüchten konnte.

Schlagartig wurde mir bewusst, dass ich die beiden schon seit einer Ewigkeit nicht mehr gehört hatte. Mit Caro hatte ich noch gar nicht gesprochen, seit ich aus München weggegangen war. Das Telefonat mit Silke lag weit zurück. Das schlechte Gewissen rollte wie eine Flutwelle auf mich zu. Ich musste mich dringend bei den beiden melden. Und das am besten, bevor sie mich vergessen hatten.

»Ich mache mich gleich ans Werk«, erklärte ich salutierend, was Oma Gertrud abermals ein Lächeln auf die Lippen zauberte.

»Falls ich bis sechzehn Uhr nichts von dir höre, weiß ich ja, wo ich nach dir suchen muss«, scherzte sie und ging mit dem Berg an Bettwäsche unterm Arm aus der Wohnung.

Ich blieb allein zurück mit meinen sich kreisenden Gedanken. Doch jetzt war Schluss damit. Statt weiter Trübsal zu blasen, schob ich die Ärmel meines Longsleeves hoch, öffnete auf meinem Handy meine aktuelle Playlist und schwang im Rhythmus der souligen Sommerklänge meinen Putzlappen.

In Nullkommanichts war die Ferienwohnung für die Steiners aus Franken bezugsfertig. Auch das kinderlose Ehepaar kam nun schon seit mehr als zehn Jahren zu Oma Gertrud ins Inselhotel. Doch im Gegensatz zu den Brandts mochte ich die Steiners nicht ganz so gerne. Sie waren zwar beide sehr nett und immer freundlich, aber es fehlte ihnen das Herzliche, das Frau Brandt auszeichnete. Vermutlich würde ich bei ihrem Abschied keine Träne vergießen.

Während meine Gedanken wieder um Abschiede im Allgemeinen und im ganz Speziellen am heutigen Tag kreisten, musste ich abermals an meine Freundinnen in München denken.

Caro und Silke waren wie die Schwestern, die ich nie hatte. Sie bedeuteten mir unglaublich viel, hatten mir mit Rat und Tat zur Seite gestanden und mir den Rücken gestärkt, wann immer es nötig war.

»Oma, ich gehe noch mal kurz runter an den Strand«, erklärte ich nach getaner Arbeit auf der Schwelle zur Wohnküche.

»Mach das, Liebes! Ist alles fertig für die Steiners?«, fragte sie, während sie den Tortenboden in die Form gab und diese in den Ofen schob.

»Alles picobello sauber. In den Fliesen im Bad kannst du dich spiegeln«, behauptete ich.

»Das ist lieb von dir«, sagte Oma und wandte sich zu mir um.

»Was ist los?«, fragte ich erschrocken und ging die wenigen Schritte zu ihr hinüber, um sie in den Arm zu nehmen.

»Ach, seit du wieder auf der Insel bist, hilfst du mir hier im Hotel. Tagein, tagaus. Du armes Kind, kommst ja zu gar nichts anderem, hängst die ganze Zeit nur mit deiner alten Großmutter rum, statt das Leben zu genießen.«

Oma Gertrud zog ein Taschentuch aus ihrer Schürze und tupfte sich die Tränen aus den Augen.

»Aber das ist doch Unsinn! Ich mache das alles sehr gerne, und ich genieße meine Zeit mit dir. Es ist viel zu lange her, dass ich da war. Ich schäme mich mittlerweile richtiggehend dafür, dass ich dich in all den Jahren mit der vielen Arbeit alleingelassen habe. Das war nicht in Ordnung von mir. Es tut mir leid!«

Sie sah mich mit einem angedeuteten Lächeln an und schob mir eine meiner Haarsträhnen hinters Ohr, die sich aus meinem Zopf gelöst hatte.

»Du bist ein gutes Kind, Marie. Quäl dich nicht länger mit der Vergangenheit. An ihr ist ohnehin nichts mehr zu ändern.«

Die Worte meiner Großmutter stimmten mich nachdenklich. Auf der einen Seite hatte sie natürlich recht. An dem, was hinter uns lag, war nicht mehr zu rütteln. Aber es gab doch trotzdem die Möglichkeit, in der Gegenwart etwas wiedergutzumachen. Oder etwa nicht?

Bevor ich abermals an das Bild in der Zigarrenschachtel denken musste, riss Oma Gertrud mich aus meinen Gedanken.

»Geh jetzt erst mal raus, und lass dir den Kopf von einer frischen Ostseebrise durchpusten. Wirst sehen! Das wirkt Wunder. Nimm dir so viel Zeit, wie du brauchst, und danach gibt es meine leckere Orangen-Sanddorn-Torte. Ich möchte ja nicht eingebildet klingen, aber ich habe schon von einigen meiner Gäste gehört, dass sie noch nie einen besseren Kuchen gegessen hätten. Das Geheimnis ist der fein geriebene Ingwer und die kleine Prise Chili, die niemand darin vermutet. Aber verrat es keinem!« Sie zwinkerte mir verschwörerisch zu.

Ich hob die rechte Hand feierlich zum Schwur und sagte: »Ich verspreche es. Sollte es mir doch irgendwann über die Lippen kommen, soll mich der Blitz treffen.«

Nun lachte Oma Gertrud. »Oje, das hört sich aber ziemlich riskant an. Irmgard ist schon seit einer ganzen Weile auf der Jagd nach meinem Rezept. Wenn die erfährt, dass du die geheimen Zutaten kennst, hat sie Mittel und Wege, dir dein Wissen zu entlocken. Das mit dem Blitz sollten wir also besser aus deinem Schwur streichen. Einverstanden?«

»Einverstanden! Ich geh jetzt los.«

»Mach das, mein Schatz!«

Mit diesen Worten strich sie mir ein letztes Mal einfühlsam über die Wange, ehe ich mich mit dem warmen Gefühl von Geborgenheit tief in mir auf den Weg zum Strand machte.

Im Gegensatz zu meinem ersten Spaziergang am Strand vor Omas Inselhotel, bei dem ich kaum einer Menschenseele begegnet war, tummelte sich hier mittlerweile das Leben. Bis zur Hochsaison war es zwar noch etwas hin, aber kurz vor Pfingsten kamen schon viele Gäste nach Hiddensee, selbst wenn man zu dieser Zeit oft noch gar nicht im Meer baden konnte.

Viele der Touristen hatten es sich mit einem Buch in einem der weiß gestrichenen Strandkörbe bequem gemacht. Die Möwen staksten derweil mit erhobenem Haupt über den Sand, als müssten sie den Menschen, die ihr Revier besetzten, signalisieren, wer hier das Sagen hatte.

Ein paar Kinder bauten emsig an einer riesigen Burganlage mit eigenem Wassergraben. Wenn die Flut kam, wurde die Burg unterspült, doch sie hielt dem Wasser stand, sodass die Kinder sie immer weiter ausbauten und sichtlich ihre Freude daran hatten.

Etwas abseits fand ich einen schönen Platz direkt an den Dünen, auf dem ich mich niederließ, um Caros Nummer zu wählen. Ein merkwürdiges Gefühl machte sich in meiner Magengegend breit. Hoffentlich würde sie mir nicht böse sein, dass ich mich so lange nicht bei ihr gemeldet hatte.

Im Grunde hätte sie sich ja auch bei mir melden können. Aber Caro hatte erst vor wenigen Monaten ihren Vater verloren. Sie steckte noch tief in ihrer Trauer fest, und im Job blieb ihr schon seit Jahren kaum eine Verschnaufpause.

Caro war als Anwältin in einer großen Kanzlei angestellt. Sie liebte ihren Beruf, auch wenn er ihr immer mehr an die Substanz ging. Zwar würde ich meine Freundin nicht als Workaholic bezeichnen, bei näherer Betrachtung musste ich aber zugeben, dass sie in den letzten Jahren mit ihrer

Arbeit verheiratet zu sein schien. Dabei war nicht viel Platz für einen Partner geblieben.

Es tutete bereits zum vierten Mal in der Leitung. Caro hob nicht ab. Ich hatte nicht mal auf die Uhr gesehen. Vermutlich saß sie gerade in einem schrecklich wichtigen Meeting.

»Hey, Marie!«, hörte ich sie plötzlich voller Freude in der Stimme sagen.

Erleichtert atmete ich aus. Zum Glück hatte ich sie weder bei einem Termin gestört, noch war sie mir böse, weil ich mich bisher nicht bei ihr gemeldet hatte.

»Hey, Caro! Wie geht es dir? Es tut mir schrecklich leid, dass ich dich erst jetzt anrufe, aber irgendwie ist hier ständig etwas los.«

Eine Teilwahrheit, die ich bemühte, damit mir Caro weiterhin gewogen war. Denn im Grunde war auf der Insel rein gar nichts los. Wenn ich Oma Gertrud nicht mit ihrem Inselhotel half, hatte ich schon beinahe zu viel freie Zeit. Zeit, die ich ganz dringend mit etwas Sinnvollem füllen sollte. Mit Zukunftsplänen vielleicht. Mit Antworten auf die Frage, wie mein Leben jetzt weitergehen sollte.

»Ach, mach dir deshalb keinen Kopf. In der Kanzlei habe ich gerade alle Hände voll zu tun. Ich komme kaum zum Nachdenken. Aber das ist auch gut so. Wenn ich allein in meinem WG-Zimmer sitze, muss ich ständig an Papa denken und werde ganz wehmütig. Die Arbeit tut mir gerade also ganz gut. Wie geht es dir? Wie geht es deiner Großmutter?«

Caro hatte natürlich vollkommen recht. Mit ausreichend Arbeit konnte man sich von allem ablenken. Doch irgendwann würde der Tag kommen, an dem man sich dem

Unausweichlichen stellen musste. Sei es ein Feiertag oder der erste Urlaub nach dem Tod ihres Vaters – irgendwann würde Caro zu grübeln beginnen. Und ich würde nicht da sein, um ihr beizustehen.

Aber an ein Leben in München war im Moment nicht zu denken. Ich hatte weder Erspartes, um in der bayerischen Landeshauptstadt von Neuem beginnen zu können, noch konnte ich Oma Gertrud in der Hauptsaison mit der vielen Arbeit alleinlassen. Nicht, nachdem ich gesehen hatte, wie gefordert die alte Frau war.

»Oma schlägt sich für ihre fast achtzig Jahre sehr wacker. Heute kommen neue Feriengäste für die separate Wohnung des Hotels. Nächste Woche werden die Doppelzimmer alle belegt sein. Es gibt sehr viel zu tun. In der Freizeit grüble ich zu viel. Aber das macht es auch nicht besser«, gestand ich ihr.

»Hast du noch mal etwas von Du-weißt-schon-Wem gehört?«, fragte Caro nebulös.

»Nein, Jan hat sich seit seiner Abreise nicht mehr gemeldet. Mittlerweile bin ich mir gar nicht mehr sicher, ob ich darauf wirklich warte. Es ist … Wie soll ich das jetzt sagen? Es fehlt diese Sehnsucht, die man verspürt, wenn ein geliebter Mensch nicht in deiner Nähe ist. Weißt du, was ich meine?«

Caro seufzte. »Ja, das kann ich gut verstehen. Vielleicht bist du aber auch zu enttäuscht von seinem Egotrip, dass du dein Herz vor weiteren emotionalen Rückschlägen schützen möchtest.«

Caro war schon immer eine gute Beobachterin gewesen. So natürlich auch heute und auf die Ferne. Ihr machte man nichts vor. Ein paar der stolzierenden Möwen waren neugierig geworden, was ich da so abseits auf ihrem Strandabschnitt trieb. Sie kamen näher. Als sie bemerkten, dass ich keinen Fischhappen für sie bereithielt, wateten sie an den Strandkörben vorbei – auf der Suche nach Essbarem. Als ob das Angebot des Meeres nicht ausreichte. Aber so war das wahrscheinlich mit allen Lebewesen: Warum sollte man es sich unnötig schwer machen, wenn es doch auch leichter ging.

»Jan ist wie eine Möwe«, erklärte ich Caro.

»Das verstehe ich jetzt nicht ganz«, meinte sie, nachdem sie jemanden gegrüßt hatte. Offenbar war sie in die Teeküche geflüchtet, um mehr oder minder ungestört mit mir reden zu können. Der Drache, mit dem sie ihr Zimmer teilte, musste früher bei der Stasi gewesen sein. Er protokollierte all ihre Schritte und ließ sie nicht aus den Augen. Mit an Sicherheit grenzender Wahrscheinlichkeit hatte er sich gerade eine Notiz gemacht, wann Caro das Zimmer verlassen hatte.

»Er ist einfach davongeflogen, als es ernst wurde. Aber vielleicht ist es ja besser so. Jetzt weiß ich, dass ich mich im Ernstfall nicht auf ihn verlassen kann.«

Ich klang weder enttäuscht noch resigniert. Auch die Traurigkeit war aus meiner Stimme verschwunden. Während der ganzen Jan-Sache hatte ich noch nie dermaßen klar auf die Fakten geschaut. Es tat unerwartet gut, die Sache auf den Punkt zu bringen.

»Du klingst sehr aufgeräumt, was ich gut finde! Jan hat es nicht verdient, dass du dort auf deiner Insel sitzt und ihm bittere Tränen nachweinst. Das, was er sich geleistet hat, ist wirklich ein starkes Stück. Aber …«

»Aber, was?«, hakte ich nach, als Caro nicht weitersprach.

»Kann es sein, dass du jemanden von früher wiedergesehen hast?«

»Was?«, hörte ich mich viel zu schrill fragen.

Caro lachte. »Na ja, du hast Silke und mir doch bei einem feuchtfröhlichen Abend in der *Schwabinger 7* von diesem Jungen erzählt, in den du so unsterblich verliebt warst. Mir fällt sein Name gerade nicht ein. Aber ich frage mich, ob ihr euch schon über den Weg gelaufen seid. Hiddensee ist nicht besonders groß, und bekanntlich rostet alte Liebe ja nicht.«

Ich schüttelte den Kopf, woraufhin mich eine der patrouillierenden Möwen skeptisch ansah. »Ole und ich sind uns ein paarmal über den Weg gelaufen, ja. Aber das wars auch schon. Er lebt sein Leben und ich meins. Es gibt so gut wie keine Berührungspunkte zwischen uns.«

Caro kicherte. »Na, das klingt jetzt aber sehr diplomatisch.«

»Ich kann dir nichts anderes berichten«, erwiderte ich eingeschnappt.

»Kann es sein, dass du ein wenig traurig über die nichtexistenten Berührungspunkte bist?«

Plötzlich war am Ende der Leitung ein Rattern zu hören. Es klang wie Jans sündhaft teurer Vollautomat, dessen Abwesenheit ich noch immer schmerzlich vermisste. Oma Gertrud hatte nur eine ganz einfache und erheblich in die Jahre gekommene Filtermaschine. Im Inselhotel war in vielerlei Hinsicht die Zeit stehen geblieben.

»Caro! Ole und ich haben uns seit zehn Jahren nicht mehr gesehen. Er lebt sein Leben und ich meins, sagte ich doch schon«, echauffierte ich mich etwas zu laut.

Die Möwen hatten inzwischen einen gewissen Sicherheitsabstand zu mir aufgebaut. Offenbar gefielen ihnen die Schwingungen, die von mir ausgingen, nicht. Blieb nur zu hoffen, dass Irmgard nicht gleich wieder aus dem Gebüsch gesprungen kam, weil meine innere Unruhe sie auf den Plan gerufen hatte.

»Ist er denn verheiratet? Hat er eine Freundin? Hat er Kinder?«, fragte Caro neugierig.

»Ich glaube, er hat eine Freundin. Jette. Ich weiß nicht, ob ich euch von ihr erzählt habe. Der Abend hat in meiner Erinnerung die ein oder andere Lücke.«

Nun prustete Caro vor Lachen.

»Das hast du sehr schön ausgedrückt. Du warst ganz schön angeheitert. So sehr, dass Silke und ich dich in die Wohnung tragen mussten und Jan nicht wollte, dass du bei ihm im Bett schläfst, weil er Schiss hatte, du könntest dich übergeben.«

Den Abend in der *Schwabinger 7* hatte ich im Nachhinein bitter bereut. Aber Jan hatte zu dem Zeitpunkt schon erste Anzeichen gezeigt, dass er sein Leben grundlegend verändern wollte. Ich wusste damals nicht mit der neuen Situation umzugehen und hatte kurzerhand einen Wodka Lemon nach dem anderen um Rat gefragt. Mit dem Ergebnis, dass der folgende Tag die reinste Hölle wurde, die ich nur mit einer hohen Dosis Schmerztabletten überstehen konnte.

»Wie geht es Silke?«, wechselte ich unvermittelt das Thema.

»So weit ganz gut«, sprang Caro dankenswerterweise auf den Zug auf. »Sie hat ein paar Wassereinlagerungen bekommen, die aber nicht weiter schlimm sind. Quälender ist da wohl die Magensäure, die ihr immer wieder hochkommt und sie vom Schlafen abhält.«

»Ich sollte mich dringend bei ihr melden«, offenbarte ich Caro mein schlechtes Gewissen.

»Sie wird sich freuen, von dir zu hören. Vielleicht erzählst du ihr ja ein bisschen mehr von diesem Ole. Wie sieht er eigentlich aus? In meiner Fantasie hat er rotblondes Haar und hält eine Axt in der Hand«, alberte Caro.

»Du bist verrückt!«, erwiderte ich kopfschüttelnd.

»Ich hab dich auch lieb, Süße!«, erklärte sie. »Leider muss ich jetzt wieder zurück in mein Büro. Frau Schneidegger macht mir sonst die Hölle heiß. Du kennst sie ja.«

»Ich hab dich auch lieb und wünsche dir gute Nerven mit dem Drachen.«

Caro lachte zum Abschied.

Während meine Freundin gleich in der Mittagspause über den Viktualienmarkt schlendern und sich womöglich mit Silke treffen würde, blieb ich allein zurück. Ich zog meine Knie ganz fest an meinen Körper und zwang die Tränen, die sich in meinen Augen gebildet hatten, dorthin zurück, woher sie gekommen waren.

Der Tag würde kommen, an dem wir uns alle wiedersahen. Bis dahin wäre bestimmt auch das leidige Thema mit den beiden Männern in meinem Leben geklärt. Es brauchte nur ein wenig Zeit und Oma Gertruds Orangen-Sanddorn-Torte. Danach sah die Welt sicher schon wieder ganz anders aus.

Kapitel 14

Mit den Worten »Einen schönen Tag wünsche ich Ihnen« verabschiedete ich mich vom Ehepaar Steiner, das Hiddensee für den heutigen Tag untreu werden und auf die Nachbarinsel Rügen fahren würde.

Die beiden freuten sich schon wie kleine Kinder auf die Fahrt zu den Kreidefelsen. Falls das Wetter mitspielte, stand außerdem eine Tour durch den Baumwipfelpfad im Naturerbe Zentrum Rügen auf dem Plan.

Die Prognose war für den heutigen Freitag nicht ganz so schön. Der inseleigene Meteorologe Hannes Leschner sprach von weltuntergangsähnlichen Zuständen und heftigen Böen, die über Hiddensee hinwegfegen würden. Aber der gute Hannes übertrieb ganz gerne ein wenig. Schon in der Schule hatte er sich immer Schauermärchen überlegt, die erklären sollten, warum er seine Hausaufgaben nicht hatte machen können.

Die wohl beeindruckendste dieser Geschichten war die von seiner Spitzmaus Felix gewesen, die beinahe von einem Kater gefressen worden war. Hannes behauptete damals allen Ernstes, die Maus hätte sich aus dem Maul des Katers befreien können, als sich das Tier zur Ruhe gelegt hatte.

Doch damit war das Martyrium der Spitzmaus Felix noch nicht beendet. Denn kaum dass sich das Tier aus seiner ausweglosen Lage hatte befreien können, wurde ein Adler auf die Maus aufmerksam, stürzte sich auf sie und trug sie mit sich in die Lüfte. Nach einem langen und sehr kräftezehrenden Kampf wand sich Felix aus den Klauen des Monsters und fiel in hohem Bogen vom Himmel. Hannes gelang es, das Tier gerade noch in letzter Sekunde vor dem sicheren Aufprall zu retten. Dennoch hatte sich Felix bei den beiden Attacken auf sein Leben schwer verletzt und musste in Dr. Küffners Praxis behandelt werden, wo der kleine Held letztlich doch seinen inneren Verletzungen erlag.

Frau Jungnickel, unsere Mathelehrerin, hatte Hannes' Geschichte schweigend mit angehört, den Kopf geschüttelt und ihm einen Eintrag im Klassenbuch verpasst. Mich hatte die Story um die Heldenmaus Felix augenscheinlich mehr beeindruckt als vermutet, wenn ich mich nach all den Jahren noch immer an jedes Detail erinnern konnte.

Und genau wie damals, so neigte Hannes heute noch immer zu Übertreibungen. Während Felix mit großer Wahrscheinlichkeit nach einem langen Mäuseleben das Zeitliche gesegnet hatte, war auch nicht jeder heranbrausende Sturm mit einem Tornado vergleichbar.

Doch nach all den Jahren, in denen Hannes nun schon das Wetter für unsere Region herausbrachte, hatten sich die Inselbewohner an seine Art der Berichterstattung gewöhnt. Wenn Hannes von einem Weltuntergang sprach, lehnten die Hiddenseer sich entspannt zurück und ließen sich das laue Lüftchen um die Nase wehen.

Während ich den Frühstückstisch der Steiners aufräumte und über alte Zeiten nachdachte, hörte ich plötzlich einen lauten Knall. Er kam von draußen. War Oma Gertrud nicht eben aus dem Haus gegangen? Ihr war doch hoffentlich nichts passiert.

Mit einem ebenso lauten Scheppern ließ ich das Tablett aus meinen Händen zurück auf den Tisch fallen und rannte nach draußen. Im Garten angekommen, blickte ich mich suchend nach allen Seiten hin um. Doch ich konnte meine Großmutter weder bei der Sitzgruppe noch irgendwo sonst entdecken.

»Oma?«, rief ich schließlich.

Wieder war ein lautes Geräusch – gepaart mit Flüchen – zu hören.

»Oma?«, rief ich abermals und näherte mich dem kleinen Schuppen, in dem sich meine Großmutter dem Klang nach mit einem Riesen angelegt hatte.

Ohne ihre Antwort abzuwarten, öffnete ich die Tür.

Oma Gertrud sah mich mit großen Augen an. Die Fahrräder, die sie in dem Gebäude für ihre Gäste aufbewahrte, waren umgefallen und hatten sich derart ineinander verkantet, dass man das Gemisch aus Aluminium und Karbon nur mehr schwerlich voneinander trennen konnte.

»Sind die Steiners schon weg?«, fragte meine Großmutter so leise, dass ich sie kaum verstehen konnte.

»Ja, die sind eben zur Fähre aufgebrochen.«

»Worauf wartest du denn dann noch? Hilf mir mal, bitte! Ich bekomme mein altes Fahrrad hier einfach nicht raus.«

Erleichtert darüber, dass ihr nichts zugestoßen war, trat ich an das Konglomerat aus alten Fahrrädern heran und zog an dem Lenkrad, das mir Oma als ihres bedeutet hatte.

»Wofür brauchst du denn überhaupt dein Fahrrad?«

Ich zog und zerrte. Doch die einzelnen Räder waren derart ineinander verklemmt, dass das alles nichts nutzte.

»Wir sind doch gleich mit Irmgard verabredet«, erinnerte sie mich an das Versprechen, das ich ihr gegeben hatte.

Eigentlich hatte ich mir nach meinem letzten Aufeinandertreffen mit der Inselschamanin geschworen, mich ihr vorläufig nicht auf hundert Meter zu nähern. Zu merkwürdig waren die Begebenheiten auf der Suche nach Anne-Marie gewesen, als dass ich mehr Zeit mit Irmgard hätte verbringen wollen als unbedingt nötig.

»Bist du sicher, dass du noch mit dem Rad fahren kannst?«, fragte ich mit gepresster Stimme, während ich noch immer wie eine Wahnsinnige an dem Lenkrad zog.

»Na, aber nun hör mal. Ich fahre seit meinem sechsten Lebensjahr Fahrrad, und ich werde jetzt sicher nicht damit aufhören, nur weil mich meine Enkeltochter womöglich für zu alt dafür hält«, echauffierte sich Oma Gertrud.

»So war das doch gar nicht gemeint. Ich mache mir nur Sorgen um dich. Ich weiß doch, dass du noch lange nicht zum alten Eisen gehörst. Aber wir könnten doch einfach einen schönen Spaziergang rüber nach Vitte machen«, ruderte ich eilig zurück. »Dafür braucht es ja nicht unbedingt ein Rad.«

»Das Wetter ist heute eher unbeständig. Wenn es zu regnen beginnt, möchte ich lieber schnell nach Hause.«

Von Hannes' Sturmwarnung sprach sie nicht, obwohl sie ganz sicher die Nachrichten gehört hatte. Schließlich war das Radio das Erste, was sie früh am Morgen in ihrer Wohnküche anschaltete, während sie das Frühstück für ihre Gäste zubereitete.

»Wir könnten hinlaufen und uns auf dem Rückweg eine Kutsche nehmen«, versuchte ich abermals, meine Großmutter von ihrem Vorhaben abzubringen.

»Papperlapapp! Wir fahren mit dem Rad, und damit basta!«

Mit vor der Brust verschränkten Armen stand sie neben mir.

Ich wusste, dass ihr letztes Wort in dieser Angelegenheit gesprochen war. Wenn meine Großmutter sich etwas in den Kopf gesetzt hatte, konnte sie mächtig stur sein.

Die autofreie Insel war zwar ein Idyll für jede Radfahrerin. Aber das täuschte nun mal nicht darüber hinweg, dass Oma Gertrud nicht mehr die Jüngste war. Was, wenn sie vom Rad fiel und sich etwas brach? Das würde ich mir nie verzeihen. Auch wenn sie es sich jetzt nicht eingestehen wollte, wäre sie sicher mehr als enttäuscht darüber, wenn sie in der Folge ihre Gäste nicht mehr so verwöhnen konnte, wie sie es gerne tat.

Dennoch spürte ich, dass ihr Entschluss feststand. Also trug ich meinen Teil dazu bei, dass wir mit den Rädern nach Vitte fahren konnten. Statt weiterhin planlos an dem Lenkrad herumzuzerren, löste ich die verkeilten Pedale und Speichen voneinander. Das war derart mühselig, dass ich am liebsten auch laut losgeflucht hätte. Aber noch konnte ich mich zurückhalten.

»Wir sollten uns ein wenig ranhalten. Irmgard wartet nicht gerne«, setzte mich Oma Gertrud zudem noch unter Druck.

Als sich noch immer nichts regte, zog ich in meiner Verzweiflung erneut am Lenker. Diesmal hatte ich Erfolg. So überschwänglich, dass ich mitsamt dem Fahrrad auf dem harten Betonboden aufkam und mir das Steißbein dabei dermaßen wehtat, dass ich Sternchen sah.

»Marie? Ist alles in Ordnung mit dir?«, hörte ich meine Großmutter fragen, während ich mit geschlossenen Lidern auf dem Boden lag und versuchte, den Schmerz dementsprechend wegzuatmen, wie es mir meine Yogalehrerin in München gezeigt hatte.

Doch entweder hatte ich Julia damals nicht richtig zugehört, oder das mit dem Yoga klappte nur in der hippen Großstadt und nicht auf Hiddensee. So oder so: Der Schmerz nahm nicht ab, sondern wurde nur noch schlimmer.

»Hm«, seufzte ich, öffnete die Augen und schob das Rad von mir runter. »Alles bestens«, log ich und kämpfte mich von Oma Gertrud abgewandt mit schmerzverzerrter Miene zurück auf die Beine.

»Worauf warten wir dann noch?«, hörte ich sie daraufhin in meinem Rücken fragen.

Erst in diesem Augenblick wurde ich mir der Tatsache bewusst, dass sich mein Steißbein wahrscheinlich nicht sonderlich darüber freuen dürfte, wenn ich mich jetzt auf den Sattel eines Fahrrades schwang. Aber was tat man nicht alles für seine Großmutter?

Anstelle der kontrollierten Atemtechnik, die heute nicht sonderlich erfolgversprechend erschien, biss ich die Zähne fest zusammen und radelte wenig später etwas wortkarg neben meiner Oma zum verabredeten Treffpunkt mit der Inselschamanin.

Blieb nur zu hoffen, dass sich die Strapazen lohnten und wir einen Hühnergott fanden, den ich nach Irmgards Anweisungen allerdings nicht suchen durfte, da er ja mich finden musste. Um das zu verstehen, musste ich wahrscheinlich einen Abschluss in Hogwarts machen. Dummerweise war meine Einladung bis zum heutigen Tag nie bei mir angekommen. Also stellte ich mich dieser Herausforderung mit schmerzendem Steißbein und der Vorstellung, hier etwas Gutes zu tun.

Seit Oma Gertrud von Anne-Maries Verschwinden und dem Ausgang ihrer Suche Wind bekommen hatte, war sie bestürzt darüber, dass Ole und ich die Gelegenheit nicht genutzt hatten, um uns wieder ein wenig näherzukommen.

Sie kannte den wahren Grund für meine damalige überstürzte Abreise nicht. Ebenso wenig wusste sie über das kleine Foto Bescheid, das einen riesigen Graben zwischen Ole und mir gerissen hatte, den ich nie würde überwinden können.

Denn auch wenn meine Großmutter nicht mit mir darüber sprach, war ich nach wie vor der vollen Überzeugung, dass sie gerne sehen würde, dass wir beide wieder zueinanderfanden. Also Ole und ich. Aber so einfach war das leider nicht.

Dennoch schmiedeten Irmgard und sie seither Pläne für meine Zukunft. Pläne, von denen ich zwar den genauen Inhalt nicht kannte, ich mir aber sicher war, dass sie im Zusammenhang mit meiner ersten großen Liebe standen.

Ich sollte dem ganzen Spuk endlich ein Ende setzen und zumindest meiner Großmutter von der Aufnahme in der Zigarrenschachtel erzählen. Noch fehlte mir dazu aber der Mut. Irgendwann würde er sich schon einstellen. Und bis dahin musste ich wohl oder übel die Zähne zusammenbeißen und mich Irmgards Visionen stellen.

Am Strand von Vitte angekommen, stellten wir die Räder an der Promenade ab, und ich wappnete mich für das, was nun kommen würde.

Die Versuchung war groß, sich das Rad wieder zu schnappen und unter einem Vorwand schnellstmöglich von hier zu verschwinden. Doch aufgeschoben war ja bekanntlich nicht aufgehoben. Oma Gertrud würde keine Ruhe geben, bis ich endlich einen neuen Hühnergott gefunden hatte. Also tat ich ihr den Gefallen und blieb, selbst wenn es mich einiges an Überwindung kostete.

Irmgard stand mit einem gebatikten rot-grün-violetten Oberteil und schwarzer Leggins barfuß neben einem Strandkorb. Mit beiden Armen fuchtelte sie uns so überschwänglich zu, als wären wir Flugzeuge, die bei ihrer Landung eingewiesen werden mussten.

Auch heute war der Strandabschnitt gut besucht, nahezu alle Strandkörbe waren belegt. In der Nähe des Wassers bauten Kinder Burgen oder vergruben ihre Eltern im Sand. Wieder andere waren auf der Suche nach Muscheln oder tummelten sich in den Fluten. Die Stimmung war sehr ausgelassen. Auch wenn es mir tatsächlich etwas zu kalt zum Baden gewesen wäre.

»Wie schön, euch zu sehen!«, flötete Irmgard heiter und nahm uns beide fest in ihre Arme, ganz so, als hätten wir uns vor Jahren aus den Augen verloren und uns nun spontan auf Hiddensee wiedergefunden.

»Ich hab uns hier schon mal einen gemütlichen Strandkorb gesichert, damit wir gleich beginnen können«, erklärte Irmgard viel zu laut und klopfte dabei mit einer Hand auf das Polster der Bank.

Abermals hatte ich das Gefühl, dass die Aufmerksamkeit der angrenzenden Strandkorbmieter auf uns lag, auch wenn ich das aufgrund der Sonnenbrillen, die die meisten von ihnen trugen, nicht mit Gewissheit sagen konnte. Aber selbst ohne diese Blicke überkam mich Unwohlsein. Ich mochte es nicht, im Fokus zu stehen. Schon gar nicht, wenn ich nicht wusste, worum es sich dabei handelte.

Was zum Teufel hatte Irmgard bloß vor? Ich war davon ausgegangen, dass wir drei gemütlich am Strand spazieren gingen und uns nach Strandgut umsahen.

»Ach, das ist ja eine gute Idee von dir gewesen«, schwärmte meine Großmutter und setzte sich sogleich hinein.

Sie sagte es zwar nicht, aber ich konnte ihr ansehen, wie anstrengend die kurze Strecke mit dem Rad für sie gewesen war. Auch wenn sie die Schweißperlen auf ihrer Stirn eilig mit einem Taschentuch wegtupfte, konnte sie mich nicht täuschen.

»Macht ihr es euch ruhig im Korb gemütlich. Ich setz mich auf den Sand«, erklärte ich schnell, als mir ein Bild durch den Kopf schoss, auf dem wir drei so dicht beieinandersaßen, dass kein Blatt Papier mehr zwischen uns gepasst hätte. Dazu wollte ich es auf keinen Fall kommen lassen.

Außerdem war ein gewisser Sicherheitsabstand zu Irmgard durchaus vernünftig. Denn kaum dass man sichs versah, hatte man schon wieder ihre eiskalte Hand auf der Stirn liegen und musste sich etwas von Farben und deren Bedeutung anhören. Davon hatte ich in den letzten Wochen wahrlich genug gehabt. Meine Farbpalette war regelrecht wie leer gefegt.

Gleichzeitig hatte ich nach dem letzten Zwischenfall mit der Inselschamanin Sorge, sie könnte vielleicht doch noch hinter mein Geheimnis kommen. Wenn überhaupt, dann wollte ich zunächst erst mal Oma Gertrud davon erzählen und nicht von Irmgard zu irgendetwas gedrängt werden.

»Fein, fein«, sagte Irmgard wie beiläufig und kramte derweil in ihrer Handtasche, die sie neben Oma auf der Sitzfläche des Strandkorbs abgestellt hatte.

Ich war schon versucht zu glauben, die Schamanin hätte es heute nicht auf mich abgesehen, als sie einen merkwürdigen Gegenstand aus der Tasche zog und ihn mir so dicht vors Gesicht hielt, dass ich ihn unter keinen Umständen erkennen konnte.

»Was ist das?«, fragte ich perplex, woraufhin Irmgard mein beengtes Sichtfeld wieder freigab und einfühlsam über das Etwas strich, als handelte es sich um einen Hundewelpen in ihrer Hand.

»Das ist eine Chakapa«, erklärte Irmgard, als sei damit alles gesagt.

»Und was ist eine Chakapa?«, bohrte ich nach.

»Eine Chakapa ist eine Rassel, die aus einer ganz bestimmten Palmenart gebunden wird. Beim Schütteln erzeugen die Blätter intensiv erfahrbare atmosphärische Geräusche, die in schweren Fällen wie bei dir zur energetischen Heilung eingesetzt werden können.«

Ich schluckte bei ihren Worten und war mir plötzlich gar nicht mehr sicher, ob ich wirklich wissen wollte, was es mit dieser Chakapa auf sich hatte.

»Das ist ... interessant«, sagte ich schließlich und sah mich Hilfe suchend zu Oma Gertrud um.

Doch diese lächelte nur zufrieden. Sie war also eingeweiht. Ich hätte es wissen müssen.

»Und was genau passiert jetzt?«, fragte ich angespannt.

»Mit diesem Schamanen-Werkzeug werde ich deine Aura reinigen. Sagte ich das denn nicht?«

»Jedenfalls nicht, dass ich wüsste«, entgegnete ich perplex, während ich ernsthaft mit dem Gedanken spielte, einfach aufzustehen, mir mein Fahrrad zu schnappen und von hier zu verschwinden.

»Flucht war noch nie eine gute Lösung. Das solltest du doch mittlerweile wissen, mein Kind«, ermahnte mich Irmgard in diesem Augenblick, und ich zuckte erschrocken zusammen.

Seit meiner Kindheit hatte die alte Frau viel Zeit mit diesem abgedrehten Zeug verbracht und sich mehr von diesen Schamanen-Skills angeeignet, als gut für mich war.

Noch ehe ich etwas darauf erwidern konnte, zog Irmgard ein buntes Band mit Rautenmuster aus der Tasche, das sie sich sogleich an ihre Stirn hielt, um die losen Enden am Hinterkopf zusammenzubinden. Dann steckte sie sich einige Federn ins Haar und begutachtete alles mit einem Taschenspiegel.

Als ich schon glaubte, das wäre es nun gewesen, holte sie noch ein Schminkfarbenset hervor, das mich schlagartig an Fasching in meiner Kindheit erinnerte, und malte sich die Augenpartie rot an. Das Ergebnis erinnerte an eine Zorro-Maske. Mit dem einen Unterschied, dass diese hier rot und nicht schwarz war.

»Was machst du denn da?«, fragte ich verwundert.

»Ich bereite mich auf das Ritual vor. Das sieht man doch. Ich hätte ja schlecht in dem Aufzug über die halbe Insel laufen können.«

Wenn mir Irmgard in diesem Aufzug auf der Straße begegnet wäre, hätte ich sehr wahrscheinlich mit dem Gedanken gespielt, Dr. Küffner anzurufen und ihn zu bitten, die Inselschamanin auf Herz und Nieren zu prüfen.

»So!«, rief Irmgard feierlich aus. »Jetzt bin ich bereit.«

Erwartungsvoll blickte sie mich an. Ich war nicht weniger begierig darauf, endlich zu erfahren, was folgen würde. Ich wollte, dass der ganze Hokuspokus schnellstmöglich ein Ende fand. Also machte ich gute Miene zum bösen Spiel.

»Und nun?«, hakte ich nach.

»Am besten kniest du dich in den Sand, schließt deine Augen und denkst zur Abwechslung mal an rein gar nichts«, ermahnte mich Irmgard mit der Chakapa in der Hand.

Wie die alte Frau da vor mir stand – mit der Rassel in der Hand, der vielen Schminke im Gesicht und dem ausgefallenen Haarschmuck auf dem Kopf–, kam ich mir immer mehr vor wie in einem Traum. Einem Albtraum, um es genauer zu sagen. Das konnte doch alles nicht wahr sein.

Und Oma Gertrud? Die hielt sich mit ihren im Schoß zum Gebet gefalteten Händen im Hintergrund und hing wie gebannt an den Lippen ihrer Freundin.

»Wir sollten langsam anfangen«, forderte Irmgard mich erneut auf. »Ich weiß nicht, wie lange die Energien noch fließen, und das Ritual kostet mich große Anstrengungen.«

Sie wollte mir gerade nicht allen Ernstes ein schlechtes Gewissen einreden, oder? Schließlich hatte ich sie mit keinem Wort um diesen Humbug hier gebeten. Ich glaubte nicht an verunreinigte Auren. Ebenso wenig wie an eine zweite Chance in der Liebe oder den Weltfrieden.

Irmgard seufzte, obwohl ich mich in der Zwischenzeit vor sie hingekniet und die Augen geschlossen hatte. »Es wäre wirklich schön, wenn du die nächsten Minuten einfach mal an rein gar nichts denken könntest. Das würde mir meine Arbeit ungemein erleichtern.«

Also konzentrierte ich mich verbissen darauf, an nichts und niemanden zu denken – bis plötzlich Oles Gesicht vor meinem geistigen Auge erschien. Aber nein, das war Jan. Oder doch Ole?

Leise Klänge waren zu hören, die von der schamanischen Rassel ausgehen mussten. Irmgard stimmte dazu ein Lied in einer Sprache an, die ich nicht verstand. Und sosehr ich mich noch vor wenigen Minuten vor diesem spirituellen Ritual gefürchtet hatte, sosehr wunderte ich mich nun über die beruhigende Wirkung, die sich plötzlich von der Inselschamanin auf mich übertrug.

Je länger Irmgard sang, desto entspannter wurde ich. Tief in mir drinnen fühlte ich mich schwerelos wie in diesen Träumen, in denen man glaubte zu fallen, ehe man erschrocken hochfuhr. Aber das hier war anders. Ich träumte nicht, dass ich fiel. Ich träumte, dass ich flog. Eine Wärme breitete sich in meinem Inneren aus und nahm jeden Quadratzentimeter meines Körpers in Beschlag. Nichts schien mehr unmöglich. Energie war im Überfluss da. Ich musste nur lernen, sie richtig einzusetzen.

»Das wars«, hörte ich Irmgard erschöpft sagen.

Zaghaft öffnete ich meine Augen. Ein nebliger Schleier hatte sich davorgelegt, sodass ich mehrere Male blinzeln musste, bevor ich wieder klar sehen konnte.

Oma Gertrud tätschelte die Hand ihrer Freundin und redete ihr gut zu. Offenbar hatte meine Auren-Reinigung Irmgard sehr viel Kraft gekostet. Ihr Gesicht wirkte blass und eingefallen. Die Lider hielt sie geschlossen, und sie atmete dabei schwer.

»Irmgard?«, fragte ich behutsam, ohne mich von der Stelle zu rühren.

»Einen kleinen Moment noch. Gleich wird es besser.« Ihre Stimme war nicht mehr als ein Wispern.

Ich machte mir ernsthaft Sorgen um sie, auch wenn ich nicht verstand, was da soeben passiert war. Noch immer konnte ich nicht glauben, dass Energieflüsse umgeleitet und in schamanischen Zeremonien Auren gereinigt oder geheilt werden konnten. Das passte einfach nicht in mein Weltbild.

Aber auch wenn ich das alles leugnete, kam ich nicht umhin, mir einzugestehen, dass da gerade etwas mit mir passiert war. Was es war und was das alles für Folgen haben würde, konnte ich nicht sagen. Doch ich spürte noch immer diese Zuversicht in mir, dass nun alles anders, vielleicht sogar besser werden würde.

»Du solltest ein paar Schritte am Strand entlanglaufen«, meinte Irmgard nach einigen Minuten, in denen wir uns schweigend gegenübergesessen hatten.

»Ich denke nicht, dass ich euch alleine lassen sollte. Vielleicht ...«, äußerte ich meine Bedenken über ihren Vorschlag.

»Was habe ich dir erst vor ein paar Minuten gesagt? Du sollst weniger denken. Also, wenn du deine Chance nicht verstreichen lassen möchtest, dann solltest du genau jetzt losgehen.«

Irmgards Aussage ließ keine Widerworte zu. Also erhob ich mich, wischte mir die Sandkörner von den Beinen, strich mir den Rock gerade und wollte schon losgehen, als sich mir eine Frage aufdrängte.

»Wohin genau soll ich eigentlich laufen?«

Die Inselschamanin seufzte gequält und öffnete dabei ihre Augen. »Nicht denken! Einfach machen! Das Herz wird dich leiten. Lass dich nur ein einziges Mal treiben. Du wirst es nicht bereuen.«

Omas Freundin klang in meinen Ohren mal wieder sehr mystisch. Doch ich wollte nicht länger auf der ganzen

Sache herumreiten, schulterte meine Handtasche und ging in Richtung Wasser.

Meine Ballerinas hatte ich zwischenzeitlich in meine Tasche gestopft, damit ich barfuß durch den Sand laufen konnte. Noch immer fehlte mir der Weitblick für Irmgards weise Voraussagen. Aber um sie nicht weiter zu erzürnen, ließ ich mich, wie von ihr empfohlen, einfach mal treiben, dachte nicht weiter über meine nächsten Schritte nach und fand mich sogleich in einer mittelschweren Katastrophe wieder.

Hatte Irmgard nicht gerade noch behauptet, dass das jetzt der perfekte Zeitpunkt für was auch immer sei?

Wenn sie damit meinte, dass ich in diesem Moment auf jeden Fall in Oles und Jettes Arme laufen würde, dann hatten ihre hellseherischen Fähigkeiten sie definitiv nicht im Stich gelassen. Was sie damit bezweckte, blieb mir allerdings ein Rätsel.

Bis vor wenigen Minuten war ich noch der Auffassung gewesen, dass Irmgard mich mochte. Mittlerweile bezweifelte ich das stark.

Während die beiden mich noch immer nicht bemerkt hatten und vertraut miteinander über etwas lachten, machte ich auf dem Absatz kehrt, um der Inselschamanin die Leviten zu lesen.

»Marie? Bist du es?«, rief Jette da. Ich schloss bei ihren Worten ertappt die Augen – wie ein kleines Kind, das sich zu verstecken versucht und glaubt, wenn es die Lider nur fest genug schließt, würden die übrigen Kinder es nicht sehen können.

Angespannt ballte ich meine Hände zu Fäusten. Von der Schwerelosigkeit, die ich während des Rituals empfunden hatte, war nichts mehr zu spüren. Auch die Energie und die innere Wärme waren wie weggeblasen.

Ich drehte mich zu den beiden um und zwang mich zu einem freundlichen Lächeln, während sich alles in mir dagegen sträubte.

»Hey, Jette«, begrüßte ich meine ehemalige Klassenkameradin, ehe ich Ole kurz zunickte.

»Das ist ja ein Zufall«, bemerkte Jette übertrieben begeistert, während ich mir inzwischen nicht mehr sicher war, ob es so etwas wie Zufälle überhaupt gab.

Ole stand teilnahmslos neben ihr, würdigte mich dabei keines Blickes und wirkte mit den Händen in den Hosentaschen unnatürlich verkrampft. Er stierte hinaus aufs Meer, als wäre dort soeben der Weiße Hai gesichtet worden. Das Lachen, das ich noch vor wenigen Minuten aus seinem Mund vernommen hatte, war längst verklungen.

Wenn Irmgard mich mit dem Umstand konfrontieren wollte, welche Wirkung ich auf Ole hatte, dann war ihr das wahrlich gelungen.

»Und? Was machst du hier so?«, stellte Jette mir die Eine-Million-Euro-Frage.

Wie war das noch gleich? Konnte ich auch meinen Telefonjoker zurate ziehen oder musste ich mich allein mit der Beantwortung herumschlagen?

Mit »Ich gehe spazieren« glaubte ich, am wenigsten falsch machen zu können.

Jette nickte bei meinen Worten lächelnd, während Ole noch immer nach dem Hai Ausschau hielt.

Die Kälte, die mir von ihm entgegenwehte, war kaum noch zu ertragen. Warum strafte er mich denn nach all den Jahren noch immer so sehr für meine damalige Entscheidung? Er war doch glücklich mit Jette. Warum konnte er mir denn dann nicht einfach Hallo sagen oder mich fragen, wie es mir ging? Wir waren doch zwei erwachsene Menschen. Und das mit uns lag schließlich Lichtjahre zurück.

»Ich muss dann auch mal weiter«, behauptete ich, als mir der Gedanke an die gemeinsame Zeit mit Ole nach und nach die Kehle zuschnürte.

Abermals machte ich auf der Stelle kehrt und lief los, als wäre der Teufel hinter mir her. So schnell ich konnte, eilte ich zu dem angemieteten Strandkorb, in dem ich Oma Gertrud und Irmgard zurückgelassen hatte.

Die beiden lachten gerade ausgelassen, als ich bei ihnen eintraf. Gänzlich gegen meinen Willen hatten sich während meiner Flucht Tränen aus meinen Augen gelöst, die mir sicherlich schwarze Rinnsale auf die Wangen gezaubert hatten. Ob ich damit wohl im Klub der Schamaninnen aufgenommen werden konnte?

»Was ist denn passiert, mein Schatz?«, fragte Oma Gertrud besorgt.

»Nichts weiter. Ich möchte jetzt nur lieber gehen. Kommst du mit oder möchtest du noch bleiben?«

»Sie bleibt noch ein wenig bei mir«, antwortete Irmgard an ihrer Stelle.

Doch ich machte mir schon keine Gedanken mehr darüber, verabschiedete mich eilig von den beiden und stürmte zu meinem Rad.

Nichts wie weg von hier!

Kapitel 15

Der Wind frischte auf. Schon nach kurzer Zeit auf dem Rad war ich ganz entkräftet, so stark musste ich mich gegen die Böen stemmen, um vom Fleck zu kommen. Hannes hatte bei dieser Wetterprognose ausnahmsweise einmal nicht übertrieben. Windstärke 7 oder vielleicht sogar schon 8 war das bestimmt.

Trotz der widrigen Umstände hielt ich an meinem Tempo fest und trat derart heftig in die Pedale, wie ich nur konnte. Immer wieder blickte ich mich über die Schulter hinweg um. Doch es verfolgte mich niemand. Weshalb auch? Warum dachte ich überhaupt so was?

Jette war sicher froh, dass ich mich vom Acker gemacht und ihr das Feld überlassen hatte. Ole hatte ohnehin kaum Notiz von mir genommen. Auch nach all den Jahren war er noch immer nicht über meine Zurückweisung hinweggekommen.

Ole hatte schon immer einen Dickschädel gehabt. Wenn er sich etwas eingebildet hatte, tat er alles dafür, um sein Vorhaben in die Tat umzusetzen. So war er einer der Ersten von uns gewesen, der einen Segelschein gemacht hatte. Auch die Abschlussfahrt nach London hatte er sich in den Kopf gesetzt und hinreichend Argumente dafür gesammelt, bis unsere Klassenleiterin, Frau Arnhold, keine Wahl mehr hatte und schließlich klein beigab.

Noch immer liefen mir Tränen über die Wangen und behinderten meine Sicht. Dabei wusste ich nicht einmal, was mich eben so sehr aus der Bahn geworfen hatte. War es die Vertrautheit, die ich zwischen Jette und Ole gespürt hatte? Ein Stich durchfuhr mein Herz bei dieser Erkenntnis. Wehmut machte sich in mir breit. Und Eifersucht. Wäre das dort an Oles Seite nicht mein Platz gewesen?

Ich schüttelte den Kopf bei diesem Gedanken. Ole und ich konnten nicht zusammen sein. Das wusste ich doch. Warum quälte ich mich also ständig mit diesen Grübeleien? Warum schlug mein Herz allein bei seinem Anblick einen viel zu schnellen Takt an? Was musste ich tun, damit ich das alles endlich hinter mir lassen konnte?

Ein Geistesblitz zuckte durch meine Gehirnwindungen. Ich legte noch einen Gang zu, stemmte mich gegen die Windstöße und fuhr so schnell wie möglich zum Inselhotel zurück. Es war an der Zeit, ein für alle Mal Klarheit zu bekommen. Nur dann würde ich die Gespenster meiner Vergangenheit begraben und mich der Zukunft zuwenden können.

Bei meiner Ankunft warf ich mein Rad achtlos auf die Wiese. Die Tür war nicht abgeschlossen. Zielstrebig schritt ich auf mein Zimmer zu, öffnete die Tür und holte die Zigarrenschachtel unter der losen Diele hervor.

Mein Herz schlug mir bis zum Hals, während sich meine wirren Gedanken verdichteten. Ich musste das einfach tun. So viele Jahre hatte ich geschwiegen. Auf alle hatte ich Rücksicht genommen und das Geheimnis um meinen Vater für mich behalten. Aber ich konnte das nicht länger allein mit mir ausmachen. Ich brauchte Sicherheit. Jemand musste mir bestätigen, dass ich mit meiner Vermutung richtiglag.

Sonst würde mich dieser Funken Hoffnung, der sich seit meiner Ankunft auf Hiddensee und der ersten Begegnung mit Ole wie ein Lauffeuer in mir ausgebreitet hatte, mich innerlich nach und nach verbrennen lassen, bis nichts mehr von mir übrig war.

Mit angehaltenem Atem öffnete ich die Schachtel und besah mir die oben aufliegende Fotografie abermals ganz genau, als könnte sich in der Zwischenzeit etwas an den Personen darauf verändert haben. Es war lächerlich! Und dennoch trug ich ständig diese Hoffnung in mir, dass ich eines Tages aufwachen würde und alles nur ein Albtraum gewesen war.

Als ich meine Finger nach dem Bild ausstreckte, redete ich mir Mut zu. Das Familienglück der Schillings hing nicht einzig und allein von meinem Geständnis ab. Rainer brauchte es ja niemandem zu erzählen. Aber ich hatte ein Recht darauf, endlich zu erfahren, ob er wirklich mein Vater war.

Beherzt griff ich nach dem Foto und steckte es mir in die Handtasche. Dann legte ich die Schachtel zurück in den Hohlraum und spannte die Diele darüber.

Von Kloster machte ich mich erneut auf den Weg nach Vitte. Der Wind zerrte noch immer an mir, als wollte er mich von meinem Plan abhalten. Aber dafür brauchte es schon mehr als nur eine Naturgewalt. Ein Gutes hatte die Wetterlage: Die Wege auf der Insel waren nicht ganz so frequentiert von Wanderern und Radfahrern, wie das die letzten Tage der Fall gewesen war.

Schon von Weitem erkannte ich die alte Scheune mit dem Reetdach, in der die Schillings ihre Bernsteinmanufaktur untergebracht hatten. Das Gebäude war sicher schon weit über hundertfünfzig Jahre alt, aber die massive Bauweise hatte es die Zeiten überdauern lassen.

Ich fuhr in den Hof und sah mich zu allen Seiten hin um. Niemand war zu sehen. Ole war sicher noch mit Jette am Strand unterwegs. Eilig sprang ich vom Rad.

Die Tür zur Werkstatt stand offen. Ich lehnte mein Fahrrad an die Hauswand und streckte zunächst nur zaghaft meinen Kopf ins Gebäude. Doch auch hier: Fehlanzeige. Ich war allein. Meine Enttäuschung war groß. Schließlich hatte es mich einiges an Überwindung gekostet, mich auf den Weg zu Oles Vater zu machen. Wenn er jetzt wirklich nicht da sein sollte, wusste ich nicht, ob ich zu einem späteren Zeitpunkt den Mut aufbringen würde, zu ihm zu fahren und ihn mit dem Foto zu konfrontieren.

Vorsichtig setzte ich einen Fuß in den hallenartigen Raum. Abermals hielt ich inne, um mir meiner nächsten Schritte bewusst zu werden.

»Rainer?«, rief ich zaghaft, aber nicht überzeugt von dem, was ich vorhatte.

Keine Antwort.

Ich lief an Werkbänken und angefangenen Schmuckarbeiten vorbei, ließ Schürzen und Kescher hinter mir.

»Marie?«, fragte mich plötzlich eine dunkle Männerstimme in meinem Rücken.

Mein Herz sprang mir beim Klang meines Namens beinahe aus dem Brustkorb. Wie versteinert stand ich da, unfähig, mich von der Stelle zu rühren.

»Marie?«, fragte die Stimme erneut.

»J-ja?« Meine Unsicherheit lähmte mich. Plötzlich hielt ich es für gar keine gute Idee mehr, hierhergekommen zu sein. Der Mut hatte mich schon an der Schwelle verlassen.

Statt meinen Plan weiter zu verfolgen, hätte ich umdrehen und schnellstmöglich wieder nach Hause fahren sollen.

»Das ist aber nett, dass du mich besuchen kommst. Hast du einen Bernstein gefunden?«

Rainer war mit jedem seiner Worte weiter auf mich zugelaufen, bis er mir schließlich gegenüberstand und mich mit einem freundlichen Lächeln bedachte.

»Ich …«, begann ich zögerlich und fühlte mich dabei, als hätte ich in meiner Tasche eine tickende Zeitbombe, die jeden Moment hochgehen konnte.

War ich mir der Konsequenzen meines Handelns wirklich bewusst? War es richtig von mir, mein Wohl über das der anderen zu stellen? Sollte ich nicht besser schweigen? Das alles lag ja schon so furchtbar lange zurück.

»Nu, was hast du denn auf dem Herzen, mein Kind?«, ermutigte mich Rainer. »Falls du Ole suchst, der ist nicht hier, sollte aber bald zurück sein.«

Das war mein Stichwort. Auf gar keinen Fall wollte ich es auf ein weiteres Zusammentreffen mit Ole ankommen lassen.

Statt Rainer alles zu erklären, ließ ich Taten oder, besser gesagt, Bilder sprechen.

»Oh, ist das deine Mutter auf dem Foto?«, fragte dieser, kaum dass ich ihm die Fotografie unter die Nase gehalten hatte. »Ich muss mir mal eben meine Lesebrille holen. Wo habe ich sie denn noch gleich? Ah, da ist sie ja.«

Rainer lief hinüber zu einem kleinen Tisch, auf dem eine Thermoskanne mit Kaffee und Tassen in verschiedenen Farben und Dekors bereitstanden.

»Ja, das ist die junge Marianne. Ohne Zweifel! Sie war wirklich eine Schönheit. Hat alle auf der Insel abblitzen lassen.« Rainer lachte unbekümmert über die alten Zeiten, während es in mir zu rattern begann.

»Dann bist du das gar nicht auf dem Bild?«

Rainer schüttelte den Kopf.

»So nahe bin ich der schönen Marianne nie gekommen. Auch wenn ich es mir damals oft gewünscht hätte.«

Unbeholfen und starr vor Schreck blickte ich Oles Vater an, als mir bewusst wurde, was ich damals für einen riesigen Fehler begangen hatte. Statt einen kühlen Kopf zu bewahren und die Lage zu peilen, hatte ich rotgesehen und mein ganzes bisheriges Leben von der einen auf die andere Sekunde auf der Insel zurückgelassen. Und wozu das alles? Jetzt zu sehen, wie einfach sich das Rätsel löste, war wie ein Faustschlag in den Magen. Aber sie sahen sich so ähnlich. War es da nicht verständlich, dass ich falsche Schlüsse gezogen hatte?

»Weißt du denn, wer der Mann auf dem Bild sein könnte?«, hakte ich nach, als ich den ersten Schock verwunden hatte.

Rainer kniff die Augen zusammen und hielt das Bild schließlich unter eine Lampe, um die Gesichter der Menschen darauf besser sehen zu können.

»Hm, also ich bin mir nicht sicher. Er kommt mir bekannt vor. Aber es ist keiner von uns.«

Keiner von uns bedeutete in etwa so viel, als dass der Mann an Mamas Seite kein Einheimischer war. Vielleicht ein Tourist?

Rainer hielt das Bild noch immer ganz dicht unter die Glühbirne. Resigniert schüttelte er nach einer Weile den Kopf und reichte mir die Fotografie.

»Da weiß ich leider auch nicht weiter«, erklärte er bedauernd und streckte mir das Foto entgegen.

Bei der Übergabe der Aufnahme ging allerdings etwas schief, sodass sie auf dem Boden landete. Rainer bückte sich danach. Nach oben zeigte nun die Rückseite mit Mamas handschriftlich notiertem Datum.

Rainer zog die Stirn in Falten und kratzte sich am Kopf. »Das muss in dem Sommer gewesen sein, als der Bruder vom alten Küffner da war.«

Um sich seine Vermutung zu bestätigen, drehte Rainer das Bild wieder um und ging mit ihm zurück zur Lampe.

»Ja, das ist er«, erklärte er dann mit einem zufriedenen Lächeln auf den Lippen. »Peter war sein Name, wenn ich mich recht entsinne. Aber warum willst du das alles denn überhaupt wissen?«, stellte Rainer mir ausgerechnet die Frage, auf deren Beantwortung ich nicht sonderlich scharf war.

»Ach, ich habe das Bild unter den Sachen meiner Mutter gefunden und … Na ja, aber ich muss jetzt leider ganz fix zurück ins Inselhotel. Oma wartet schon auf mich«, log ich.

»Grüß die Gute von mir, ja? Dank ihrer Übereinkunft mit Ole hat der Junge zum Glück genug zu tun. Seit meinem Unfall vor ein paar Jahren kann ich leider nicht mehr besonders lange am Stück arbeiten. Wenn Ole nicht geblieben wäre, gäbe es die Bernsteinmanufaktur wahrscheinlich gar nicht mehr. Und dass er blieb, ist unter anderem ein großer Verdienst von Gertrud. Patente Frau! Wirklich«, sang Rainer sein Loblied auf Oma Gertrud.

»Das mache ich gerne. Könnte ich bitte noch …«, sagte ich und deutete auf meine Fotografie, die er noch immer in Händen hielt.

Mit den Worten »O ja, natürlich! Die schöne Marianne.

Gott hab sie selig!«, reichte er sie mir mit einer Spur Wehmut in der Stimme zurück.

Ohne mir die Aufnahme noch einmal anzusehen, verabschiedete ich mich von Rainer und machte mich auf den Nachhauseweg.

Kapitel 16

Neben dem Sturm, der sich in der Zwischenzeit tatsächlich zu dem ausgewachsen hatte, was Hannes vorhergesagt hatte, setzte nun auch noch Regen ein. Dicke Tropfen fielen mir auf den Kopf und rannen mir über den Kragen meiner Bluse den Rücken hinunter.

Es war noch keiner dieser unvergleichlichen Sommerregen, bei denen Gras und Erde so herrlich dufteten. Als Kind war ich oft mit Gummistiefeln ausgestattet in den Garten gerannt, kaum dass es zu regnen begonnen hatte. Wie wild hatte ich mich dann im Kreis gedreht und mich irgendwann ins nasse Gras gelegt und dort Engelsfiguren gemacht. Es war eine herrliche Zeit gewesen. So unbeschwert. Was gäbe ich darum, nur noch einen einzigen Tag Kind sein zu dürfen?

Bis zur Einschulung war meine Kindheit so behütet verlaufen, dass ich mir keinerlei Sorgen hatte machen müssen. Doch während sie bei meiner Einschulung vielleicht die Größe einer Mücke hatten, wuchsen sie sich im Verlauf meines Erwachsenendaseins zu einem Elefanten aus. Plötzlich fühlte es sich so an, als wäre genau dieser Elefant heute Nachmittag um ein ganzes Stück geschrumpft worden.

Es war nun mal so: Rainer hatte mir zwar bestätigt, dass er nicht der Mann auf Mamas Fotografie war. Das änderte aber nichts an der Tatsache, dass ich Ole vor zehn Jahren das Herz gebrochen hatte und er seither mit Jette zusammen war.

Immerhin wusste ich nun, dass mein Erzeuger offenbar Dr. Küffners Bruder war, und konnte auf Spurensuche gehen. An meinem angespannten Verhältnis zu Ole würde sich dadurch nichts ändern.

Zumindest so lange nicht, bis ich mit ihm darüber gesprochen hatte. Aber würde er mir überhaupt zuhören? Würde er mir glauben, dass ich es nur gut gemeint hatte und seine Familie nicht hatte gefährden wollen?

»Achtung!«, schrie plötzlich jemand so laut, dass ich ins Schlingern kam und mich keine zwei Sekunden später im Straßengraben wiederfand.

Eine Plankutsche donnerte an mir vorbei. Es war Freitag. Die Lebensmittel waren vom Festland auf die Insel gekommen und wurden gerade an die einzelnen Haushalte verteilt.

»Alles in Ordnung bei dir?«, fragte mich der Kutscher, der mir nicht bekannt vorkam. Offenbar ein Zugezogener.

»Jaja, es geht schon. Ich komme allein klar«, winkte ich ab, als er die Pferde zum Stehen brachte, um nach dem Rechten zu sehen.

Der Mann hatte sicher mehrmals versucht, zu mir durchzudringen, während ich meinen Tagträumen nachgehangen hatte. Irmgard hatte recht behalten: Es war nicht gut, ständig nachzugrübeln. Nun bekam ich ihre These sogar am eigenen Leib zu spüren. Aua!

Als die Kutsche erneut anfuhr und um die nächste Ecke bog, bemühte ich mich, wieder auf die Beine zu kommen. Aber es gelang mir nicht. Sobald ich nur den Versuch startete, meinen rechten Knöchel zu belasten, schoss mir ein

Schmerz durch den Körper, der mich am helllichten Tag Sternchen sehen ließ.

Der Kutscher war mit seinem Planwagen und den Pferden längst über alle Berge. Der Regen hatte zwar dankenswerterweise etwas nachgelassen, dennoch verirrte sich keine Menschenseele zu mir. Es war wirklich zum Verrücktwerden! Für gewöhnlich war der Weg voller Fußgänger und Radfahrer. Ausgerechnet heute war ich auf mich allein gestellt.

Meine Pechsträhne wollte einfach kein Ende finden. Konnte das denn wirklich alles mit diesem verlorenen Hühnergott zusammenhängen? Bisher war ich kein besonders abergläubischer Mensch gewesen. Doch langsam war ich gewillt, Oma Gertrud und Irmgard Glauben zu schenken. Zumindest, was die Sache mit meinem Talisman anbelangte.

Der Stoff meines Rocks war bereits vollgesogen vom nassen Gras. Mir wurde allmählich kalt. Ich musste dringend Hilfe rufen, bevor ich mir eine Lungenentzündung einfing und Oma Gertrud neben ihren Hotelgästen auch noch mich versorgen musste.

Beim Sturz war mir meine Tasche von der Schulter gerutscht und auf dem Kiesweg gelandet. Unbeholfen robbte ich zu der Stelle, ohne meinen Knöchel über die Maßen zu beanspruchen.

Bei der Tasche angelangt, brauchte ich eine kurze Verschnaufpause, ehe ich den Reißverschluss öffnen und nach meinem Handy suchen konnte. Doch das war wie vom Erdboden verschluckt.

Immer wieder wühlte ich mich von der linken zur rechten Seite durch, jedoch ohne nennenswerten Erfolg: Das

Handy blieb verschwunden. Dabei war ich mir ganz sicher, es vor der Radtour mit Oma Gertrud eingepackt zu haben. Meine Pechsträhne hatte so gar kein Erbarmen mit mir. Zu meinem Glück gesellten sich wieder dickere Regentropfen, die meine weiße Bluse mit den lilafarbenen Karos im null Komma nichts durchgeweicht hatten.

Was für ein Tag! Bis vor wenigen Minuten hätte ich trotz des schamanischen Rituals, das Irmgard am Strand von Vitte für die Öffentlichkeit gut sichtbar an mir vollführt hatte, gesagt, dass es ein guter Tag war. Schließlich hatte ich nach all den Jahren endlich den Mut gefasst, das Geheimnis der Zigarrenschachtel zu lüften. Und letztlich war ich für diesen Mut belohnt worden. Ole und ich waren keine Geschwister.

Was allerdings noch lange nicht hieß, dass wir dort weitermachen konnten, wo wir vor zehn Jahren aufgehört hatten. Aber wollte ich das überhaupt? Ich kannte Ole ja gar nicht mehr. Und wie er mich seit meiner Ankunft auf Hiddensee behandelte, machte ihn mir nicht sehr sympathisch. Außerdem hatte Ole ja Jette.

»Ah!«, brachte ich meinen Unmut über meine ausweglose Situation zum Ausdruck. Schreien konnte ich hier ja so laut und so viel, wie ich wollte. Die Gefahr, jemanden damit zu stören, war ziemlich gering.

Als mir die Kälte langsam in die Knochen fuhr, schaute ich mich abermals nach allen Richtungen hin um. Aber da war nichts außer Gras und Kies. Kein Baum, unter dem ich mich vor dem Regen hätte schützen können. Nicht mal eine Hecke. Nichts. Nada. Und der Himmel ergoss sich inzwischen über mir, als hätte er seine Schleusen nur für mich geöffnet.

Doch meine Dankbarkeit hielt sich in Grenzen. Ich würde jetzt lieber in Oma Gertruds Inselhotel sitzen – mit einem Sanddorntee und einem riesigen Stapel Waffeln mit ganz viel Puderzucker darauf. Die hatte es früher immer gegeben, wenn ich keinen guten Tag in der Schule gehabt hatte oder krank war. Omas Waffeln waren einfach die besten. Plötzlich konnte ich an nichts anderes als an den betörenden Duft und leicht zitronigen Geschmack der Leckerei denken.

»Hallo?«, hörte ich eine männliche Stimme aus der Ferne rufen. »Ist da jemand?«

»Ja, hier!«, antwortete ich ganz euphorisch. Endlich würde sich das Blatt für mich wenden. Nicht mehr lange und ich war wieder zu Hause, wo mir Oma Gertrud Waffeln machte und mir sagte, wie froh sie doch war, dass mir nichts Schlimmeres passiert war.

Erst als ich erkannte, wer mir da zu Hilfe eilte, war ich mir nicht mehr ganz so sicher, ob das wirklich etwas mit Glück zu tun haben konnte.

»Du?«, fragte Ole mit leicht geneigtem Kopf und gekräuselter Stirn.

»Ja, ich«, antwortete ich eine Spur zu wütend.

Statt mir seine Hand zu reichen, um mir endlich vom Boden aufzuhelfen, stand er lieber mit den Händen in der Hosentasche in fünf Metern Sicherheitsabstand von mir entfernt und fragte mich, ob ich wirklich ich war. Was sollte das denn bitte?

»Was ist denn passiert?«, fragte er zögerlich, ehe er sich schließlich ein Herz fasste und zu mir herüberkam.

Erleichterung flutete meine Blutbahnen, während sich mein ganzer Körper noch immer in Alarmbereitschaft befand.

»Mein Knöchel«, sagte ich und blickte auf das geschundene Körperteil.

Ole betastete die Stelle mit seinen Händen.

»Aua!«, schrie ich prompt.

»Das sieht nicht gut aus.«

»Tatsächlich?«, erwiderte ich leicht sarkastisch. »Vor deiner weisen Diagnose bin ich felsenfest davon ausgegangen, heute noch einen Marathon laufen zu können.«

Ole ging nicht auf meine Spitze ein.

»Ich bringe dich zu Dr. Küffner. Meinst du, wir schaffen es bis zu ihm nach Hause, wenn du dich bei mir aufstützt?«

Ich nickte verlegen. Allein die Vorstellung, Ole derart nahezukommen, trieb mir die Hitze ins Gesicht. Ich konnte nur hoffen, dass die einsetzende Dämmerung und der rabenschwarze Himmel über uns dazu führten, dass er meine knallroten Wangen nicht sah.

»So wird das nichts«, stellte Ole folgerichtig nach mehreren Versuchen, in denen ich wie ein nasser Sandsack immer wieder zu Boden geglitten war, fest.

Ohne ein weiteres Wort ging er zu seinem Rad hinüber. Perplex blickte ich ihm nach. Er würde doch nicht einfach abhauen und mich hier mir selbst überlassen, oder?

Doch er schob sein Herrenrad zu mir rüber und klopfte auf die Stange.

»Bitte einmal Platz nehmen«, vermeldete er.

Es war nicht mehr das Rad von früher, auf dem Ole mich über die Insel gefahren hatte. Ich war auch nicht mehr das junge Mädchen, das in jenen Momenten glaubte, dem Himmel nie näher sein zu können.

Dennoch begann es abermals zaghaft in meinem Bauch zu kribbeln. Ein wohliges Gefühl stellte sich ein. Erinnerungen konnten etwas Schönes sein. Sie konnten einem aber auch vor Augen führen, was man schmerzlich vermisste.

»Worauf wartest du? Wenn wir noch lange warten, sind wir morgen beide sterbenskrank.«

»Das war nur … Ich … 'tschuldige«, sagte ich schließlich mit leicht zerknirschter Miene.

Kaum dass ich mich auf dem Rad niedergelassen hatte, fuhr Ole schon los. Die Wärme, die mir von seinem Körper entgegenstrahlte, hüllte mich ein wie eine warme Decke. Ich fühlte mich beschützt und geborgen.

Anfangs widerstand ich dem Bedürfnis, meine Augen zu schließen. Doch je weiter wir fuhren, desto wohler fühlte ich mich in Oles Armen. Meine Lider schlossen sich schließlich von ganz allein, während Oles Duft meine Nase umspielte. Es war eine herbe, männliche Mischung – bestehend aus Maschinenöl und frischer Seeluft. Immer tiefer sog ich den Duft ein, bis er mich vollends ausfüllte.

»Wir sind gleich da«, hörte ich Ole dicht an meinem Ohr sagen.

Eine Gänsehaut überzog meinen ganzen Körper. Trotz der Schmerzen in meinem Fuß bogen sich meine Mundwinkel wie von Zauberhand zu einem Lächeln nach oben. Ich hoffte inständig, dass diese Fahrt immer weitergehen würde und wir Dr. Küffners Haus nie erreichten.

Doch es kam, wie es kommen musste. Wir erreichten unser Ziel. Auch wenn ich mittlerweile nicht mehr ganz so sicher war, ob wir dasselbe angesteuert hatten.

Als Ole anhielt, erlangte ich bittere Gewissheit. Unser vertrauter Moment endete abrupt. Ein letztes Mal reichte Ole mir seine Hand, um mir von der Stange zu helfen. Mir entging der prüfende Blick aus seinen dunklen Augen nicht.

Ich machte mich schon auf die Kälte darin gefasst, mit der er mich erst vor wenigen Stunden am Strand bedacht hatte. Doch zum ersten Mal blieb sie aus.

Kapitel 17

Nass bis auf die Haut standen Ole und ich vor Dr. Küffners Hausarztpraxis. Der Regen hatte zwischenzeitlich zwar etwas nachgelassen, aber der Wind blies noch immer unerbittlich über die Insel hinweg. Ich fröstelte mittlerweile so sehr, dass meine Zähne klapperten. Auch meine vor dem Körper verschränkten Arme änderten daran nichts.

»Bist du so weit?«, fragte Ole nach einigen Minuten, in denen ich einfach nur dagestanden, gebibbert und Dr. Küffners Steinhaus betrachtet hatte.

Es war einige Jahre her, dass ich das letzte Mal hier gewesen war. Das Haus zählte zu einem der jüngeren auf der Insel. Das Dach bestand aus klassischen Ziegeln, war also nicht mit Reet gedeckt. Früher waren mir die neuen Bauten merkwürdig vorgekommen. Zeitweise hatten sie mich sogar gestört. Denn sie waren anders und passten in meinen Augen irgendwie nicht zu Hiddensee. Heute kannte ich es aus München gar nicht mehr anders. Wie sich die Wahrnehmung doch verändern konnte.

Als ich realisierte, dass ich Ole noch eine Antwort schuldig war, nickte ich ihm kurz zu und ging humpelnd auf das kleine Tor zu, an dem die Sprechstunden der Praxis standen, an die sich ohnehin kaum jemand hielt. Zumindest war das früher so gewesen.

Dr. Küffner bewohnte mit seiner Frau das obere Stockwerk des Gebäudes und war somit für jeden zu jeder Tages- und Nachtzeit greifbar. Noch nie hatte ich erlebt, dass er jemanden abgewiesen hatte, nur weil dieser nicht in der veranschlagten Zeit bei ihm vorbeigekommen war.

Notfälle halten sich nicht an Sprechstunden, das war seine Devise.

»Lass dir doch helfen!«

Kaum dass ich ein paar Schritte zurückgelegt hatte, spürte ich Ole an meiner Seite, wie er meinen Arm wie selbstverständlich mit seinem stützte.

Wir kamen uns dabei erneut so nahe, wie ich es in diesem Leben nicht mehr für möglich gehalten hätte. Verschwunden war die unnachgiebige Kälte, mit der er mich seit unserer ersten Begegnung auf der Insel bedacht hatte. Ein zaghaftes Kribbeln machte sich in meinem Bauch breit wie der sanfte Flügelschlag eines Schmetterlings. Doch es war weder die richtige Zeit noch der richtige Ort, diesem Gefühl länger nachzuspüren.

Als wir bei der Haustür ankamen, klingelte Ole für mich.

»Es geht schon«, bemerkte ich lächelnd, während ich mich am Türrahmen festhielt und so etwas räumliche Distanz zwischen uns schaffte. Zu ungewohnt war die plötzliche Nähe zwischen uns. Nun war ich diejenige von uns beiden, die auf Abstand ging.

Noch ehe Ole etwas sagen oder tun konnte, öffnete Frau Küffner schwungvoll die Tür und bedeutete uns, schnell ins Haus zu kommen.

Wir folgten ihrer Anweisung und standen sogleich im Wartebereich der Praxis ihres Mannes.

»Was führt euch bei diesem schrecklichen Sturm zu

uns?«, fragte sie an Ole gewandt. Offenbar hatte Frau Küffner mich nicht erkannt.

Ole deutete auf mich, ohne mich dabei eines Blickes zu würdigen. »Marie ist gestürzt.«

Frau Küffner besah mich bei seinen Worten etwas genauer. Zunächst blickte sie zu meinem rechten Fuß, den ich angewinkelt in der Luft hielt, um ihn nicht zu belasten. Als ihre Augen mein Gesicht erreichten, breitete sich ein Lächeln auf ihren Lippen aus.

»Marie Ryske?!«

Ich nickte.

»Das ist ja schön, dich nach all den Jahren mal wiederzusehen. Wie geht es dir?« Dann lachte sie unvermittelt auf und machte dabei eine wegwerfende Handbewegung. »Dumme Frage! Entschuldige bitte.«

Sie zeigte auf einen der Stühle, auf dem ich Platz nehmen sollte.

»Mein Mann kommt gleich. Er telefoniert mit einem alten Studienfreund aus England.«

Auf halbem Weg zur Treppe drehte sich Frau Küffner noch mal zu uns um.

»Wo bleiben nur meine Manieren? Ihr beiden seid ja bis auf die Haut durchnässt. Ich bringe euch gleich noch ein paar Handtücher und frische Sachen. So holt ihr euch sonst noch den Tod. Und das beim Hausarzt. Das kann ich nicht verantworten.« Sie kicherte über ihren eigenen Scherz, ehe sie flink wie ein Wiesel nach oben verschwand.

Bei ihren Worten hegte ich eine schreckliche Vermutung. Es dauerte einen Moment, bis ich es wagte, meine weiße Bluse zu mustern. Und tatsächlich: Der Stoff war komplett durchweicht und klebte wie eine zweite Haut an mir, wodurch deutlich zu erkennen war, was ich drunter trug.

Plötzlich fühlte ich mich furchtbar nackt neben Ole, der sich ebenfalls gesetzt hatte, und verschränkte eilig meine Arme vor der Brust. Was ziemlich witzlos war. Vermutlich hatte er ohnehin schon alles bestens in Augenschein nehmen können, und wenn dem nicht so war, hatte er mich ja eh schon einmal nackt gesehen. Selbst wenn das ziemlich lange her war.

Die Stille zwischen uns war unerträglich. Gerade noch waren wir uns so nahe gewesen, und nun versuchte jeder von uns, den anderen bloß nicht anzusehen oder versehentlich am Arm zu streifen. Das war doch verrückt!

Ganz egal, wie sehr ich darüber nachdachte, mir wollte einfach kein unverfängliches Thema einfallen, über das wir reden konnten. Also beließ ich es dabei und hüllte mich weiter in Schweigen.

Ein Knarzen ertönte aus Richtung der Treppe. Erleichtert atmete ich auf. Das war sicher Dr. Küffner, der mich gleich in seinem Sprechzimmer untersuchen würde. Und das ganz ohne Ole.

Freudig sprang ich von meinem Platz auf. Bis sich mir der Grund für meine Anwesenheit in der Praxis schmerzvoll in Erinnerung rief, kaum dass ich mit meinem verletzten Fuß auf dem Boden auftrat. Der Schmerz war so übermächtig, dass mir ganz schlecht dabei wurde. Ein Schrei entwich meiner Kehle.

Schon spürte ich wieder Oles Hände auf meiner Haut, die mich stützen, mir Halt geben wollten. Gerade noch im letzten Moment konnte ich dem Bedürfnis widerstehen, mich von ihm loszureißen.

»Marie!«, begrüßte mich Dr. Küffner bestimmt, aber herzlich.

Dann schob er sich seine Lesebrille aus seinem Haar auf den Nasenrücken und machte sich ein Bild von der Lage.

»Ole, hilfst du Marie in mein Sprechzimmer? Ich bin nicht mehr so rüstig wie früher.« Er lachte. »Nicht einmal vor einem Arzt hält der Zahn der Zeit inne«, witzelte er und lächelte mich dabei freundlich an.

Ohne es zu wollen, besah ich mir sein Gesicht etwas genauer und suchte nach Ähnlichkeiten zwischen uns. Schließlich war Dr. Küffner, wenn ich den Worten von Oles Vater Glauben schenken konnte, ja mein Onkel.

Doch weder seine Nase noch seine Ohren, Augen oder Haare erinnerten mich in irgendeiner Form an meine. Auf den ersten Blick konnte ich nichts erkennen, das uns gemein war. Vielleicht hatte sich Rainer auch getäuscht, und der Mann auf dem Foto war gar nicht Dr. Küffners Bruder. Das Ganze lag immerhin schon fast dreißig Jahre zurück.

Zweifel machten sich in mir breit. Gleichzeitig verspürte ich den unbändigen Wunsch, endlich ein Ausrufezeichen hinter die Frage meines Erzeugers setzen zu können.

»Aber natürlich«, hörte ich Ole Dr. Küffners Bitte nachkommen.

Er hielt mich nicht länger, sondern bot mir nun wieder seinen Arm an, damit ich mich darauf abstützen konnte. Unsere Blicke verfingen sich in diesem intimen Moment ineinander und wollten gar nicht mehr voneinander ablassen.

Der zarte Schlag der Schmetterlingsflügel wurde immer heftiger. Das Kribbeln in meinem Bauch kitzelte mich so sehr, dass ich beinahe übermütig zu lachen anfing.

»Ich wäre dann nun so weit«, vermeldete Dr. Küffner aus seinem Sprechzimmer, als wir noch immer keine Anstalten machten, uns vom Fleck zu rühren.

Ole und ich erwachten wie aus einer tiefen Trance, schüttelten leicht die Köpfe, wie um die letzten Gedanken und Gefühle daraus zu verbannen, und sahen betreten zu Boden, als wären wir soeben bei etwas Unanständigem erwischt worden.

Dr. Küffner bedachte uns mit einem wissenden Lächeln. Vom Schreibtisch in seinem Sprechzimmer aus hatte er einen guten Blick auf uns beide. Schlagartig schoss mir die Hitze ins Gesicht. Eilig machte ich mich von Ole los, bevor dieser sehen konnte, wie es um mich stand, und humpelte zu Dr. Küffner ins Zimmer. Überaus schwungvoll ließ ich die Tür in meinem Rücken ins Schloss fallen und setzte mich dann mit einem erleichterten Seufzer dem Arzt gegenüber.

Der blickte mich derweil belustigt über den Rand seiner Lesebrille an, verlor mir gegenüber allerdings kein Wort über seine Erkenntnisse.

»Nun, Marie, was führt dich zu mir?«, fragte er ruhig, während die aufgescheuchten Schmetterlinge in meinem Bauch noch verwirrt umherflatterten.

»Mein Fuß«, begann ich schließlich etwas holprig zu erzählen. »Ich musste einer Pferdekutsche ausweichen und bin dabei vom Fahrrad gestürzt. Seither tut mein rechter Fuß hier unterhalb des Knöchels furchtbar weh.«

Wie zum Beweis fuhr ich mir mit der Hand über die Stelle an meinem Bein und verzog bei der Berührung schmerzvoll das Gesicht.

»Hm«, machte Dr. Küffner, erhob sich schwerfällig von

seinem Platz und betastete nur einen kurzen Moment später meinen Fuß nebst Knöchel. »Das sieht mir nach einer Verstauchung aus. Kannst du das Bein mal ausstrecken und den Fuß kreisend bewegen?«

Ich tat, wie mir geheißen. Allerdings war das Prozedere mit solchen Schmerzen verbunden, dass Dr. Küffner mir schnell zu verstehen gab, ich könne damit aufhören.

Als er abermals auf seinem Stuhl Platz genommen hatte, notierte er etwas auf einem Zettel.

»Das wird dich wahrscheinlich die nächsten Tage noch etwas in Beschlag nehmen. Am besten wird sein, ich mache dir einen Druckverband. Der Knöchel scheint nicht übermäßig angeschwollen zu sein. Offenbar hat das stürmische Regenwetter auch etwas Gutes.« Wieder blickte er mich über den Rand seiner Lesebrille an, und ich spürte, wie mir erneut die Hitze ins Gesicht schoss. »Ole bringt dich dann am besten auf dem schnellsten Wege zurück nach Hause, damit du dein Bein hochlegen kannst. Kein Sport und keine anderweitige übermäßige Beanspruchung des Fußes!«, erklärte er über das Blatt Papier gebeugt, auf dem er schon wieder etwas notierte.

Ein Klopfen war an der Tür zu hören, und schon stürmte Frau Küffner in den Raum, als ginge es um nichts weniger als unser aller Leben.

»Werner, Frau Köttel hat eben angerufen. Ihre Kuh kalbt«, vermeldete Frau Küffner und legte mir dabei ein Handtuch über die Schulter und einen Stoß Kleider vor mich auf den Tisch.

»Ah, das trifft sich gut. Dann bin ich vielleicht vor der regulären Abendsprechstunde wieder zurück«, erklärte Dr. Küffner pragmatisch.

Als seine Frau den Raum wieder verlassen und Dr. Küffner

mir den Druckverband angelegt hatte, spürte ich, dass nun die Zeit gekommen war, mir ein für alle Mal Klarheit über den Mann an Mamas Seite auf dem Bild aus der Zigarrenbox zu verschaffen.

Etwas zögerlich und mit leicht zitternden Fingern öffnete ich den Reißverschluss meiner Tasche.

Dr. Küffner interpretierte mein Handeln falsch und winkte ab.

»Ich brauche dein Versichertenkärtchen nicht, Marie. Das geht aufs Haus.« Er lächelte herzlich.

Ich erwiderte es etwas verlegen.

»Wenn dann sonst nichts mehr ist, würde ich gerne weiter«, fuhr Dr. Küffner fort.

»Natürlich«, sagte ich schließlich und war bereits im Begriff, vom Stuhl aufzuspringen, als meine Finger das Bild in meiner Tasche zu fassen bekamen. Ich nahm all meinen Mut zusammen.

»Ich habe nur eine kleine Frage: Erkennen Sie den Mann auf dem Bild, der neben meiner Mutter steht?«

Dr. Küffner, der bereits von seinem Schreibtischstuhl aufgestanden war, ließ sich beim Anblick des Fotos abrupt zurückfallen.

»Woher hast du das?«, fragte er mit einer gewissen Sorge in der Stimme. Als wüsste er, dass es um viel mehr ging als nur um diese Frage.

»Es ist aus dem Nachlass meiner Mutter«, erklärte ich wahrheitsgetreu, ohne dabei näher auf den Umstand einzugehen, wie ich an das Bild herangekommen war.

Dr. Küffner seufzte. Er besah sich sehr lange die Fotografie in seiner Hand, ehe er sein Augenmerk wieder auf mich legte.

»Das auf dem Bild ist mein jüngerer Bruder Peter. Es …« Er brach ab und seufzte abermals. »Deine Mutter und er haben sich hier auf der Insel kennengelernt. Er war ohne seine Familie zu Besuch.«

Dr. Küffner ging nicht weiter auf die Beziehung der beiden ein. Das musste er auch nicht. Sein Blick sprach Bände, und das schlechte Gewissen stand ihm offen ins Gesicht geschrieben. Er wusste es. Er wusste alles.

»Wie geht es ihm?«, versuchte ich möglichst unverfänglich, das Gespräch am Laufen zu halten.

Dr. Küffner räusperte sich verlegen.

»Nun, wie soll ich das jetzt sagen. Du hast dir vermutlich nach all den Jahren etwas anderes erhofft, aber … Dein Vater ist leider schon vor vielen Jahren ums Leben gekommen. Du warst damals noch sehr klein.«

Ein Stich durchfuhr mein Herz. Der Schmerz im Knöchel war vergessen. Mein Vater war tot. Ich würde nie die Chance haben, ihn kennenzulernen. Ich würde nie erfahren, wer ich wirklich war.

Tränen füllten meine Augen und rannen mir über die Wangen, während ich verstehend nickte und doch so gar nicht verstand, wie mir das Schicksal nur so übel hatte mitspielen können.

Das war einfach nicht fair! Endlich hatte ich all meinen Mut zusammengenommen, um hinter das Geheimnis des Bildes zu kommen. Und wozu das alles?

Plötzlich fühlte ich mich so verlassen und einsam wie nie zuvor in meinem Leben.

Dr. Küffner schien furchtbar überfordert mit der Situation zu sein. Ich konnte ihm ansehen, wie er mit sich rang, ob er aufstehen und zu mir rübergehen sollte.

Oder ob es besser war, sitzen zu bleiben und erst mal abzuwarten.

»Danke«, sagte ich schließlich und meinte damit so viel mehr als den Druckverband an meinem Fuß. Zu mehr war ich nicht in der Lage.

Noch ehe ich verstand, was ich da tat, humpelte ich mit dem Handtuch über den Schultern wie ein Superheld mit seinem Cape zur Tür, riss sie auf und hielt geradewegs auf den Ausgang zu. Mit dem winzigen Unterschied, dass ich mich kein bisschen heldenhaft fühlte.

Nichts wie weg von hier, war der einzige Gedanke, der mir durch den Kopf schwirrte. Auch dann noch, als mich eine Hand auf der Schulter vom Weitergehen abhielt.

»Wo willst du denn so plötzlich hin?«, hörte ich Oles Stimme in meinem Rücken fragen.

Ole. An ihn hatte ich bei meiner überstürzten Flucht gar nicht mehr gedacht. Gleich würde er sehen, dass ich geweint hatte. Wenn ich Glück hatte, glaubte er, mein Gefühlsausbruch läge an den Schmerzen, die mein Fuß verursachte. Ich hob zu einer Erklärung an, als Dr. Küffner im Türrahmen seines Sprechzimmers erschien.

»Marie! Er hätte sich zu dir bekannt, sich um dich gekümmert, wenn er die Möglichkeit dazu gehabt hätte. Das solltest du noch wissen.«

Ole sah irritiert zwischen mir und Dr. Küffner hin und her, doch er sagte kein Wort.

Ich nickte meinem Onkel dankbar zu und versuchte mich an einem Lächeln, das jedoch kläglich auf meinen Lippen verunglückte. Zu groß war die Trauer um die verpassten Chancen und vertanen Möglichkeiten, die ich nie selbst in der Hand gehabt hatte, auch wenn ich das seit meinem Fund in Mamas Schlafzimmer wie selbstverständlich geglaubt hatte.

»Komm wieder, wenn du Fragen hast oder ich dir von ihm erzählen soll«, bot er mir weiter an.

Bei diesen Worten rannen mir abermals Tränen über die Wangen. Meine Kehle schnürte sich zu bei dem Gedanken, dass ich all die quälenden Fragen, die mich ein Leben lang begleitet hatten, die ein Teil von mir geworden waren, nie an meinen Vater selbst richten konnte. Mir wurde schwindelig. Ich brauchte dringend frische Luft.

Doch noch ehe ich nach der Türklinke greifen konnte, hatte Ole die Tür bereits für mich geöffnet.

Ich suchte seinen Blick und bedankte mich mit einem stummen Nicken bei ihm. Er verstand mich ganz ohne Worte und wies mir den Weg zu seinem Rad.

Auf der Fahrt zu Oma Gertruds Inselhotel saß ich auf dem Gepäckträger, da ich dort mehr Halt fand. Dabei schmiegte ich mich wohl eine Spur zu fest an Ole. Aber ich brauchte gerade jemanden, an dem ich Halt finden konnte. Zu schmerzlich und zu weltverändernd waren die Erkenntnisse, die ich in den letzten Minuten gewonnen hatte.

Ole ließ mich gewähren. Er radelte wie ein Wilder, als könnte er es gar nicht abwarten, seinen Ballast wieder loszuwerden. Gleichzeitig hatte ich mit jedem Meter, den wir gemeinsam zurücklegten, das Gefühl, dass wir uns nie näher waren.

Während der ganzen Fahrt über sprach keiner von uns beiden ein Wort. Jeder von uns hing seinen eigenen Gedanken nach. Ole versuchte vermutlich, einen Sinn in Dr. Küffners Worten zu finden. Derweil bemühte ich mich darum, mich mit meinem Schicksal zu versöhnen.

Aber so einfach war das nicht. Auf die vielen Fragen, die mich mein ganzes Leben begleitet hatten, würde ich vermutlich nie die passenden Antworten finden. Das war traurig und schmerzhaft.

Die ganze Zeit schluchzte ich leise vor mich hin. Der Fahrtwind war so eisig, dass die feine Wasserspur auf meiner Haut wehtat.

Als mein Blick nicht länger von den Tränen verschleiert war, bemerkte ich, dass es nur noch wenige Meter bis zu Oma Gertruds Haus waren. Gleich würde Ole mich meiner Großmutter übergeben und ihr mit wenigen Worten schildern, was vorgefallen war, während ich jeden Augenblick wie ein Kartenhaus in mir zusammenzufallen drohte.

Wenn überhaupt möglich, schmiegte ich mich noch eine Spur enger an Ole, um den Moment festzuhalten und ihn nicht eher loszulassen als nötig. Dabei vergrub ich meine Nase in seinem klitschnassen Strickpullover.

Offenbar hatte er Frau Küffners Ersatzwäsche ebenfalls nicht übergezogen. Mein Glück. So roch jede Faser des Stoffes nach salziger Meeresluft, schmierigem Motorenöl und Ole. Ein unverkennbarer Duft, den ich überall auf der Welt unter Hunderten von Gerüchen wiedererkannt hätte.

»Wir sind gleich da«, machte Ole mich auf den Umstand aufmerksam, dass unsere gemeinsame Reise bald ein jähes Ende finden würde.

Ich schluckte schwer beim Gedanken daran, wie ich vom Rad absteigen und wir uns umständlich und unbeholfen voneinander verabschieden würden.

Statt zu schweigen, sollte ich Ole endlich erklären, was heute alles passiert war, ihm sagen, was damals dazu geführt hatte, dass ich ihn von heut auf morgen verlassen hatte. Aber was würde ich damit ändern? Ole war mit Jette zusammen. Was einst gewesen war, zählte längst nicht mehr. Wir beide hatten unsere Leben weitergelebt.

So stieg ich schwerfällig von Oles Gepäckträger. Er reichte mir seine Hand, und ich hielt sie noch immer, als ich längst wieder sicheren, wenn auch leicht wackligen Stand hatte.

»Marie, wenn ich …« – »Ole, vielen Dank, dass du …«, begannen wir beide gleichzeitig zu sprechen, als die Stille kaum noch zu ertragen war.

Ole grinste schelmisch. Vielleicht war ja doch noch nicht alles Geschichte zwischen uns.

»Marie!«, hörte ich plötzlich eine Stimme wie aus weiter Ferne meinen Namen rufen.

Es dauerte einen Augenblick, bis ich sie einer ganz bestimmten Person zuordnen konnte.

»Jan?«, fragte ich halb entsetzt, halb überrascht darüber, ihn hier auf Hiddensee zu sehen. »Was machst du denn hier?«

Auf einem Bein hüpfend drehte ich mich zu ihm um, während Ole noch immer meine Hand festhielt, um mir Halt zu geben.

Jan fragte nicht mal nach dem Verband an meinem Fuß oder danach, wer der Mann an meiner Seite war, dessen Hand noch immer in meiner lag. Stattdessen nahm er mich schwungvoll in die Arme, hob mich hoch und wirbelte mich so schnell durch die Luft, dass mir beinahe schlecht wurde.

»Stopp! Sofort aufhören!«, flehte ich ihn an, als das Karussell in meinem Kopf mich ganz schwummrig machte.

Jan lachte und ließ mich wenig zimperlich zu Boden

fallen. Wie nicht anders zu erwarten, landete ich auf beiden Beinen und schrie schmerzerfüllt auf, als ich schon zum zweiten Mal am helllichten Tag Sterne sah.

Doch statt sich nach meinem Befinden zu erkundigen, legte Jan seine Hände auf meine Wangen und machte Anstalten mich zu küssen.

»Nachdem ich hier wohl nicht mehr gebraucht werde, mach ich mich mal auf den Weg«, verkündete Ole mit der gewohnten Kälte in der Stimme.

»Nein, bleib!« Ich sandte einen verzweifelten Blick in seine Richtung.

Ole zögerte, sah zwischen dem Rad und mir hin und her, als stünde auf dem Weg zwischen uns beiden die Antwort geschrieben, was er nun tun sollte.

»Marie, ich bin zurück und werde dich nie wieder verlassen. Hörst du? Keine Ahnung, was mich die letzten Wochen geritten hat. Aber ich bin mir jetzt ganz sicher, dass ich einen schlimmen Fehler begangen habe. Ich will nicht mehr nach Südostasien. Das Einzige, was ich möchte, bist du und mindestens drei Kinder mit dir.«

Noch ehe ich Jan sagen konnte, was ich von seiner Offenbarung hielt, küsste er mich wenig zärtlich und presste dabei seine Hände ganz fest auf meine Wangen.

Es gab eine Zeit, da hatte ich mir genau das gewünscht: Jan, wie er reumütig zu mir zurückkehrte, um mir seine ewige Liebe zu schwören. Aber etwas hatte sich verändert. Ich hatte mich verändert. Ich liebte Jan nicht mehr. Ihm eine weitere Chance zu geben wäre falsch.

Und was war das mit Ole und diesem vertrauten Gefühl, das ich in seiner Gegenwart verspürte? Konnte ich das denn einfach so achtlos beiseite wischen und nahtlos an der

Stelle weitermachen, an der Jan mir offenbart hatte, Mamas Plattenspieler für fünfzig Euro verscherbeln zu wollen? Wohl eher nicht.

Außerdem war Jan von uns beiden derjenige gewesen, der alles, was wir uns gemeinsam aufgebaut hatten, für eine fixe Idee über Bord geworfen hatte. Er hatte in München eine Entscheidung für uns beide getroffen und erwartete nun schon wieder von mir, dass ich das tat, was er wollte.

Aber ich war nicht mehr die eingeschüchterte Marie von vor ein paar Wochen. Mein Glück, meine Zukunft, mein ganzes Ich hingen nicht mehr von Jan ab. Sondern einzig und allein von mir selbst. Das wurde mir schlagartig klar.

»Hast du dir auch nur einen winzigen Augenblick Gedanken darüber gemacht, dass ich inzwischen gar kein Interesse mehr daran haben könnte, dich zu heiraten und mit dir Kinder in die Welt zu setzen?«, brach es für mich ziemlich unerwartet deutlich aus mir heraus.

In München hatte ich völlig neben mir gestanden, als Jan seine Zukunftspläne schmiedete und mich dort mit keinem Wort erwähnte. Das Herz war mir Stück für Stück gebrochen, als er erst unsere Wohnung und dann ohne Weiteres das gemeinsame Leben in München aufgab. Als wären die letzten sieben Jahre zusammen nichts weiter als schwerer Ballast für ihn gewesen, von dem er sich dringend hatte losmachen müssen.

Doch wir waren nicht in München. Und ich verspürte nicht länger das taumelnde Gefühl einer nahenden Ohnmacht. Ich war hellwach und sah ziemlich klar. Vielleicht so klar wie schon lange nicht mehr.

»Hat deine plötzliche Meinungsänderung zufällig etwas mit diesem Kerl hier zu tun?«, fragte Jan in Oles Richtung, als wäre er der Grund für all unsere Probleme.

Jan hatte mal wieder überhaupt nichts verstanden. Irgendwo auf dem Weg zu seinem Selbstfindungstrip hatte er sich spontan eine neue Marschroute für sein Leben überlegt und meinte nun, ich müsste alles stehen und liegen lassen und ihm bedingungslos bis ans Ende der Welt folgen. Ein Fingerschnipsen genügte, und Marie hatte parat zu stehen wie ein abgerichteter Jagdhund.

Ich schäumte fast über vor Wut, während Ole die Ruhe selbst blieb und sich von Jan nicht aus der Reserve locken ließ. Auch wenn er mittlerweile jeden erdenklichen Grund hatte, von hier zu verschwinden, blieb er, was ich ihm hoch anrechnete.

Ein, zwei Sekunden länger hatte mein Blick hinüber zu Ole nicht gedauert. Zeit genug für Jan, um sich mir abermals aus dem Hinterhalt zu nähern und mir seinen Mund auf die Lippen zu drücken.

Völlig überrumpelt ließ ich ihn zunächst gewähren, bis ich mich gefasst hatte. Dann wehrte ich mich gegen seine ungewollten Annäherungsversuche – so gut das mit verletztem Bein eben ging. Jan schien jedoch gar nicht zu begreifen, dass ich nicht von ihm geküsst werden wollte. Wie ein Ertrinkender klammerte er sich an mir fest. Ich schwankte und spürte bereits, wie mir mein gesundes Bein jeden Moment den Dienst versagen würde.

Da zog Ole Jan von mir weg und brachte so viel Distanz zwischen uns, dass ich wieder frei atmen konnte und einen festen Stand bekam.

»Ich denke, es ist wohl besser, wenn du jetzt gehst.« Ole

war noch immer die Ruhe selbst und weckte damit erst recht Jans Argwohn.

»Du hast mir gar nichts zu sagen!«, blaffte mein Ex ihn ungehalten an und verpasste ihm eine.

Das ließ Ole nicht auf sich sitzen. Keine zwei Sekunden später wälzten sich die beiden wie pubertierende Jugendliche vor mir im Gras.

»Aufhören! Hört sofort auf damit!«, schrie ich immer wieder, ohne Gehör bei den beiden zu finden.

Humpelnd ging ich schließlich dazwischen – in der Hoffnung, die Schlägerei beenden zu können, bevor sich einer der beiden Kampfhähne noch ernsthaft verletzen konnte –, und erntete zum Dank doch prompt Jans Linke im Gesicht.

Nun taumelte ich wirklich und landete prompt unsanft im Gras. Mein verletztes Bein fühlte sich an, als hätte mir jemand ein Messer hineingerammt. Ich umklammerte die Stelle an meinem Fuß und spürte erst etwas zeitversetzt den Schmerz auf meiner rechten Wange.

»Marie!«, rief Jan perplex, ehe Ole ihn mit sich schleifte, um ihm ein für alle Mal klarzumachen, dass er hier nicht länger erwünscht war und es nun besser für ihn wäre, die nächste Fähre aufs Festland zu nehmen.

Zu meiner grenzenlosen Verwunderung schien Jan auf Ole zu hören. Denn er trollte sich augenblicklich in Richtung Anlegestelle und war wenig später nicht mehr als ein Punkt in der Ferne, unter den ich einen Schlussstrich setzte.

Kapitel 18

»Na, ihr beiden?«, trällerte Oma Gertrud vergnügt, als sie mit dem Fahrrad von ihrem Treffen mit Irmgard zurückkam.

Weder Wind noch Wetter hatten ihr etwas anhaben können. Offenbar hatten sich die beiden noch rechtzeitig zu Irmgard oder in eines der urgemütlichen Cafés in Strandnähe retten können. So oder so war ich erleichtert darüber, dass sie unversehrt zu Hause angekommen war.

»Ole, wie schön ...«, begann Oma zu sprechen, als sie vom Rad stieg und sich ihres Helmes entledigte.

Sie stoppte abrupt, als ihr mein lädiertes Bein ins Auge fiel, und legte mir dann fürsorglich die Hand auf die Stelle, an der ich unliebsame Bekanntschaft mit der Linken meines Ex-Verlobten gemacht hatte.

»Was ist denn nur passiert?«

Völlig überfahren von den Erlebnissen des Tages suchte ich nach einem guten Anfang und einem schnellen Ende, öffnete den Mund und schloss ihn unverrichteter Dinge wieder.

Oma Gertrud tätschelte verständnisvoll meinen Arm. »Bei diesem unbehaglichen Wetter sollten wir nicht länger draußen stehen als unbedingt nötig. Findet ihr nicht auch?«

Ihr zuversichtliches Lächeln war imstande, tiefschwarze Gewitterwolken mit nur einer einzigen Handbewegung zur Seite zu wischen.

»Stütz dich ruhig auf mich auf, Liebes. Ich bin nicht so alt und klapprig, wie ich auf euch wirken mag. Ist alles bloß Tarnung.«

Sie zwinkerte mir verschwörerisch zu. Ich legte meine Hand auf ihre Schulter, und meine Mundwinkel bogen sich wie von selbst nach oben.

»Ach, Ole, wärst du so lieb, mein Fahrrad in den Schuppen zu stellen? Ich werde in nächster Zeit wieder öfter fahren, also lass es am besten gleich vorne an der rechten Wand stehen. Dann komm ich gut ran, wann immer ich es brauche.«

Ole nickte und schob ihr Fahrrad in die gewiesene Richtung, jedoch nicht, ohne einen letzten prüfenden Blick auf mich zu werfen.

Ich würde ihm alles in Ruhe erklären müssen, sobald sich die Eindrücke der letzten Minuten bei mir gesetzt hatten. Er hatte es verdient, die ganze Wahrheit zu erfahren. Über Jan und mich und das Bild in der alten Zigarrenschachtel, das vor vielen Jahren einen Keil zwischen uns getrieben hatte und dabei nichts anderes als eine falsche Annahme gewesen war.

Als Ole sich in Richtung Schuppen aufmachte, gingen Oma Gertrud und ich langsam aufs Haus zu. Als wir das Gartentor passierten, humpelte ich eigenständig den schmalen Weg auf die Haustür zu und öffnete sie.

»Ich habe heute Morgen bei Willi Aal besorgt und mache uns gleich mal Hiddenseer Schmoraal mit Pellkartoffeln.«

Oma Gertrud brauchte das Gericht nur zu erwähnen, und schon lief mir das Wasser im Mund zusammen. Eine kulinarische Köstlichkeit der Insel, die ich zuletzt vor Jahren gegessen hatte. Erinnerungen an meine Kindheit wurden wach, an gesellige Abende in Omas Wohnküche bei Spielen und Schmoraal. Das lenkte mich ein wenig von meinem Gedankenkarussell ab.

»Seit wann kaufst du deinen Fisch denn bei Willis Fischbarkasse?«, fragte ich, als gäbe es nichts Wichtigeres zu besprechen.

Oma Gertrud hatte nie einen Hehl daraus gemacht, dass sie den alten Seebären nicht besonders leiden konnte. Seit ich denken konnte, ließ sie kein gutes Wort an ihm, und jetzt kaufte sie einfach so ihren Fisch bei ihm? Das roch doch drei Meilen gegen den Wind.

Oma Gertrud zuckte leicht mit den Schultern und ging hinüber zum Gefrierfach, um einen Kühlakku für mich zu holen.

Während sie ihn geschäftig in ein Küchentuch wickelte, meinte sie wie beiläufig: »Willi ist eigentlich ein ganz Netter.«

Dann wandte sie sich mir zu und wechselte unvermittelt das Thema.

»Das solltest du dringend auf deine Wange legen.« Sie reichte mir das eingepackte Bündel, zögerte jedoch kurz vor der Übergabe und hielt schließlich inne. »Hat Ole irgendetwas damit zu tun?«, fragte sie mit Blick zur Tür.

Ole würde sicher jeden Moment zurück sein.

»Was? Nein! Natürlich nicht!«, beeilte ich mich, Ole über jeden Zweifel erhaben zu machen.

»Jan war da«, ließ ich die Bombe schließlich platzen.

Meine Großmutter legte mir die kühlende Packung auf die Wange. Ich umschloss sie mit meinen Fingern, während sie sich neben mich auf die Eckbank setzte.

»Jan war das?«, fragte sie mit gefurchter Stirn. »Aber der ist doch mit dem Rucksack in Südostasien unterwegs.«

»Das dachte ich auch. Bis vor knapp einer Stunde. Da stand er plötzlich vor dem Inselhotel und wollte mich zurück.«

»Und wo ist er jetzt?«

»Weg«, erwiderte ich schulterzuckend.

»Wie meinst du das, *weg*? Was soll das denn nun wieder heißen? Wirf mir doch bitte nicht nur winzige Brocken hin. Ich bin alt und hab nicht mehr ewig Zeit.«

Oma Gertrud drehte es immer so, wie sie es gerade brauchte.

Ich seufzte. Jetzt würde ich doch einen Anfang finden müssen. »Jan war wohl auf dem Weg nach Südostasien, als er es sich anders überlegt hat. Jetzt möchte er plötzlich unbedingt mit mir zusammen sein, mich heiraten und mindestens drei Kinder mit mir.«

Sie nickte verstehend. »Aber das willst du jetzt nicht mehr. Richtig?«

Statt ihr zu antworten, stellte ich eine Gegenfrage: »Was wird nächste Woche sein? Will er da zu einer Expedition in die Antarktis aufbrechen oder doch lieber Medizin in Oxford studieren? Ich kann das nicht länger. Dieses Hin und Her macht mich ganz seekrank. Außerdem …« Beim nächsten Gedanken stockte ich kurz.

»Außerdem ist dir in den vergangenen Wochen hier auf der Insel bewusst geworden, wie wenig du Jan vermisst«, beendete sie meinen Satz.

Meine Großmutter hatte mitten ins Schwarze getroffen. Jan und ich, das war spätestens dann vorbei gewesen, als er Mamas Plattenspieler hatte verkaufen wollen. Schon da hätte mir klar sein müssen, dass wir beide keine gemeinsame Zukunft haben würden. Aber es hatte erst eine Reise zurück zu meinen Wurzeln gebraucht, bis ich mir das selbst eingestehen konnte.

Eine Beziehung zu beenden bedeutete gewissermaßen, sich einzugestehen, dass man versagt hatte. Nachdem die Lage im *Blumenreich* immer aussichtsloser geworden war, hatte ich mit allem, was mir zur Verfügung stand, um meine Beziehung gekämpft. Aber es war einfach nicht genug gewesen. Jan war gegangen.

Hier hatte ich nun genug Zeit gehabt, mir über alles Klarheit zu verschaffen. Und so ungern ich es zugeben mochte, aber Oma Gertrud und Irmgard hatten recht behalten. Das mit Jan und mir war einfach nicht für die Ewigkeit bestimmt gewesen.

Während ich so grübelte, betastete meine Oma ganz vorsichtig die Stelle, die Bekanntschaft mit Jans Linker gemacht hatte.

»Und wie ist das passiert?«, fragte sie mit besorgtem Blick.

»Jan hat mich bedrängt, und Ole wollte mir helfen. Die beiden sind aufeinander losgegangen. Ich wollte dazwischengehen und dann …«

Oma Gertrud schüttelte ungläubig den Kopf. Doch bevor sie etwas dazu sagen konnte, machte Ole auf sich aufmerksam.

»Das Fahrrad ist gut verräumt und wartet auf seinen nächsten Einsatz.«

Ole lehnte etwas unbeholfen am Türrahmen. Ich hatte ihn gar nicht kommen hören. Wie lange er dort wohl schon stand?

»Vielen Dank, mein Junge.«

Meine Oma erhob sich von der Bank und ging hinüber

zu ihrem Schrank, nahm einen großen Topf daraus hervor und füllte Wasser hinein, ehe sie ihn auf den Herd stellte.

»Wenn sonst nichts mehr ist, würde ich mich jetzt auf den Weg machen.«

Mein Magen zog sich bei Oles Worten auf Erbsengröße zusammen. Er sollte noch nicht gehen. Jedenfalls nicht, solange so viele ungesagte Dinge zwischen uns standen, von denen ich das Gefühl hatte, sie könnten mich jeden Moment wie eine Lawine überrollen.

»Wieso willst du denn schon gehen? Es gibt doch gleich Schmoraal.« Oma hob den toten Fisch in die Höhe. »Außerdem seid ihr beiden bis auf die Haut durchnässt. Ihr solltet dringend eine warme Dusche nehmen.«

Sie sah besorgt auf meinen lädierten Fuß. »Wobei, dich packen wir am besten in die Badewanne, bis das Essen fertig ist. Deine Lippen sind schon ganz blau vor Kälte, mein Kind. Dagegen müssen wir dringend was machen, sonst liegst du morgen mit einer Erkältung flach.«

Dann wandte sie sich wieder an Ole. »Und du kannst in einem der Gästezimmer duschen. Ich lege dir ein paar frische Kleidungsstücke raus, die ich noch von Eberhard habe. Sie sind vielleicht nicht ganz so schick wie deine Sachen, aber sie werden dich vor Schlimmerem bewahren.«

Oles Blick traf den meinen. Er versuchte, in mir nachzuspüren, ob ich auch wollte, dass er blieb. Ich wollte. Auch ganz ohne Schmoraal und warmer Dusche. Wobei letztere sicher sehr ratsam für ihn war.

»Ich will aber nicht stören. Es ist schon spät«, zierte er sich.

»Ach, mein Junge, jetzt lass dich doch nicht bitten.«

Oma Gertrud nahm den gesäuberten Aal, salzte und

pfefferte ihn und träufelte schließlich etwas Zitronensaft darüber. Dann holte sie Kartoffeln aus der Speisekammer und gab sie ins Wasser.

»Ole hat bestimmt schon was Besseres vor«, kam ich ihm zu Hilfe. Allerdings nur mit mäßigem Erfolg.

»Was Besseres als meinen Schmoraal? Was soll das bitte schön sein?« Oma Gertrud stemmte ihre Hände in die Hüften und sah erwartungsvoll in Oles Richtung.

Schon tat es mir leid, dass ich versucht hatte, für ihn in die Bresche zu springen.

Doch Ole zuckte nur die Schultern.

»Wo du recht hast, hast du recht. Es gibt definitiv nichts Besseres als deinen Schmoraal, Gertrud. Und eine warme Dusche kann sicher auch nicht schaden.«

Kapitel 19

Der wohltuende Duft von Lavendel lag in der Luft. Oma Gertrud hatte mir Wasser in die Badewanne eingelassen und einen Kühlakku auf einem Hocker bereitgelegt. Dennoch war sie erst zurück in die Küche gegangen, als ich ihr glaubhaft versichert hatte, dass ich gut allein zurechtkommen würde.

Etwas vorschnell, wie sich jetzt zeigte. Denn sosehr ich mich auch bemühte, ich schaffte es einfach nicht, ohne Hilfe in die Wanne zu steigen.

Ich war schon fast so weit, mir meine nassen Kleider erneut überzustreifen und auf den Flur zu gehen, um nach ihr zu suchen, als es an der Tür klopfte.

»Marie?«, fragte Ole besorgt.

»Ja?«, erwiderte ich irritiert.

»Ist alles okay bei dir? Ich hab gesehen, dass Gertrud zurück in die Küche ist. Kommst du klar?«

Die Sorge in seiner Stimme imponierte mir. Wenn ich daran dachte, wie unnahbar er sich mir bisher präsentiert hatte, dann brauchte ich einen Moment, um zu realisieren, dass das hier wirklich passierte.

Gleichzeitig musste ich meine Gefühle im Zaum halten und ihnen verbieten, mehr in die Angelegenheit hineinzuinterpretieren, als da wirklich war. Ole hatte sicher nur ein schlechtes Gewissen, weil ich Jans Linke an seiner Stelle abbekommen hatte. Nichts weiter.

»Geht schon! Ich muss nur … Ah!«, kreischte ich auf, als ich abermals erfolglos versuchte, in die Wanne zu steigen, und mein lädiertes Bein dabei unkontrolliert auf dem Boden aufkam.

»Marie? Was ist passiert? Soll ich reinkommen?«

»Es geht schon«, behauptete ich wieder. Doch meine Stimme brach und strafte mich Lügen.

Einzelne Tränen rannen mir über die Wangen. Der Schmerz war so übermächtig, dass ich mich für einen Augenblick auf den kleinen Hocker setzen musste, auf dem Oma Gertrud mir ein frisches Handtuch bereitgelegt hatte.

»Marie, ich komme jetzt rein«, hörte ich Ole entschlossen sagen.

»Was? Nein!«

Es gelang mir gerade noch, mir das Handtuch über meine Blöße zu legen.

Ole errötete schlagartig bei meinem Anblick.

»Entschuldige, Marie! Ich wusste ja nicht …«, versuchte Ole, sich für sein kurz entschlossenes Handeln zu rechtfertigen.

Er war schon auf dem Rückzug, als ich ihn zurückhielt.

»Jetzt, wo du schon mal da bist, könntest du mir auch kurz helfen, in die Wanne zu steigen. Ich schaffe es tatsächlich nicht allein«, gestand ich, während ich mich nicht sonderlich wohl in meiner nackten Haut fühlte.

Ole ließ sich nicht zweimal bitten. Er überwand die wenigen Meter, die zwischen uns lagen, und reichte mir seine Hand.

Dankend nahm ich sie an, während ich mit meiner freien Hand das Handtuch bestmöglich vor meinen Körper presste.

Doch Ole wandte seinen Blick ganz gentlemanlike von mir ab, während er mir beim Einsteigen in die Wanne half.

Ich warf das Handtuch zurück auf den Hocker und ging langsam in die Knie, um mich hinzusetzen. Die Wanne war nur zur Hälfte gefüllt, anders hätte ich es nicht geschafft, meinen Fuß auf den Wannenrand zu legen. Und ohne Oles tatkräftige Unterstützung säße ich vermutlich noch immer bibbernd auf dem Hocker.

Die Wärme des Wassers fühlte sich augenblicklich wie wohltuender Balsam an.

Ole wagte einen verschmitzten Blick in meine Richtung. »Wenn du sonst noch was brauchst …«

»… werde ich ganz sicher nicht nach dir rufen. Du bist derjenige von uns beiden, der noch immer mit seinen klatschnassen Klamotten herumläuft.«

Ole grinste. »Ich geh dann mal besser rüber und dusche.«

Er war schon im Begriff, das Zimmer zu verlassen, als er auf dem Absatz kehrtmachte und mir direkt in die Augen sah. So tief und eindringlich, dass ich für einen Moment zu blinzeln vergaß.

Ich holte tief Luft. »Jetzt geh aber. Ich komm schon klar. Du weißt doch: Unkraut vergeht nicht«, sagte ich bemüht scherzhaft, um die angespannte Situation etwas aufzulockern.

Ich war heillos überfordert. Noch vor wenigen Stunden hätte ich Stein und Bein darauf geschworen, dass Ole nichts mehr mit mir zu tun haben wollte. Und jetzt stand er dort in Oma Gertruds Badezimmertür und bot mir freimütig seine Hilfe an. Das war neben den anderen Ereignissen des Tages alles etwas viel für mich.

»Unkraut vielleicht nicht«, wiederholte Ole mit Bedacht,

während er mich nicht aus den Augen ließ. Ein Lächeln breitete sich auf seinem Gesicht aus, ehe er die Tür ins Schloss zog und mich meinen Gedanken überließ.

Ich atmete auf und schloss die Augen. Die Geschehnisse der letzten Stunden wirbelten in meinem Kopf umher. Rainer und das gelüftete Geheimnis um das Foto, mein Unfall, Ole, Dr. Küffner und schließlich Jan.

Langsam ließ ich mich vom warmen Wasser einlullen und versuchte, das Gedankenkarussell ein wenig zu drosseln.

War das Kapitel mit Jan jetzt ein für alle Mal beendet? Oder würde er mich erneut auf der Insel heimsuchen? Meine Wange schmerzte. Ich hatte den Kühlakku auf dem Hocker liegen lassen. Ganz egal, wie sehr ich mich auch bemühte, ich bekam ihn einfach nicht zu fassen. Aber Ole würde ich nicht erneut um Hilfe bitten.

Schließlich würde ich ohnehin in ein paar Minuten schon wieder aus der Wanne steigen müssen, das Essen war bald fertig.

Wie aus dem Hinterhalt hörte ich plötzlich Dr. Küffners Worte in meinem Kopf herumspuken. Seine Andeutung, mein Vater hätte sich um mich gekümmert, wenn er nur gekonnt hätte, wollte mich einfach nicht loslassen.

Woher wollte er das wissen? Hatte er es ihm selbst gesagt, oder ging Dr. Küffner lediglich davon aus, dass sein Bruder sich seiner Verantwortung gestellt hätte? Freiwillig oder eher aus einem Pflichtgefühl heraus?

Mittlerweile ärgerte ich mich fast ein wenig über mich selbst. Statt so schnell wie möglich Reißaus zu nehmen, hätte ich die Zeit nutzen und Fragen stellen sollen.

Wenn nur dieses beklemmende Gefühl nicht gewesen

wäre, das mir förmlich die Luft zum Atmen genommen hatte.

Ich musste dankbar dafür sein, dass Ole am heutigen Tag für mich da war. Ohne ihn würde ich vermutlich noch immer dort im Regen auf dem Boden neben meinem Rad liegen und darauf hoffen, dass mich jemand fand.

Ole. Der zaghafte Flügelschlag eines Schmetterlings machte sich in meinem Bauch bemerkbar. Doch ich versuchte, ihm keine weitere Beachtung zu schenken.

Plötzlich musste ich an das warmherzige Lächeln meiner Mutter denken. Meine Erinnerung öffnete ein weiteres Kapitel meines Lebens, das noch nicht vollständig war. Etliche Fragezeichen warteten darin auf Beantwortung. Leerzeichen klafften wie Gräben zwischen den einzelnen Worten.

Wie musste sich Mama damals gefühlt haben, als sie erfahren hatte, dass mein Vater bereits eine Familie hatte? War sie wütend oder enttäuscht gewesen? Beides? Oder erst das eine und dann das andere? Hatte sie ihm je verziehen, was er ihr angetan hatte? Und hatte sie ihn trotz allem bis an ihr Lebensende geliebt?

Meine Mutter war mir nie einsam vorgekommen. Sie hatte viele Freunde gehabt und war überall beliebt gewesen. Dennoch haftete ihr eine tiefe Melancholie an, von der ich nie wusste, woher sie rührte. Nun bekam ich ein Gefühl dafür, was die Ursache gewesen sein könnte.

Und was war mit meinem Vater? Hatte er meine Mutter geliebt oder die Affäre mit ihr rückblickend vielleicht sogar als Fehler gesehen? Hätte er seine Familie verlassen, wenn er nicht vorher gestorben wäre?

Die vielen Fragen kreisten in meinem Kopf auf der

Suche nach Antworten. Antworten, die ich mir nicht selbst liefern konnte. Was wusste Dr. Küffner? Und was war er bereit, mir zu erzählen? Hat er je mit meiner Mutter über seinen Bruder gesprochen?

Mein Herz zog sich zusammen, als ich begriff, dass ich meinen Vater bereits verloren hatte, noch ehe ich mich auf die Suche nach ihm hatte machen können. Das Schicksal war wirklich mies. Wann genau war er eigentlich gestorben?

»Essen ist gleich fertig«, ertönte Oma Gertruds Stimme im Flur und riss mich ins Hier und Jetzt zurück.

Für den Augenblick würde ich diese Episode hier beenden müssen. Aber zu gegebener Zeit würde ich darauf zurückkommen.

Kapitel 20

Wieder aus der Wanne herauszukommen, war eine ähnlich qualvolle Tortur wie hineinzugelangen. Irgendwie bekam ich es schließlich hin. Und das ganz ohne Oles Hilfe, worauf ich ein wenig stolz war. Ich hatte ihm einfach nicht schon wieder hilflos und splitterfasernackt gegenüberstehen wollen.

Nachdem ich mich auf dem Hocker abgetrocknet und mir neue Klamotten übergestreift hatte, humpelte ich unbeholfen zur Tür.

Kaum dass ich sie geöffnet hatte, stolperte ich über die Schwelle und wäre sicher recht unsanft auf dem Dielenboden im Flur aufgekommen, hätte Ole mich nicht in ebendiesem Augenblick aufgefangen.

War das denn zu fassen? Musste er denn immer als Retter in der Not zur Stelle sein? Ob er mir vor der Badezimmertür womöglich aufgelauert hatte?

»Gehts wieder?«, fragte er mich peinlich berührt. Offenbar war der heutige Tag auch an ihm nicht spurlos vorübergezogen.

Eine frische Meeresbrise umspielte meine Nase. Oles nasses Haar hing ihm tief in die Stirn und verlieh seinem Aussehen etwas Verwegenes. Die unliebsamen Biester in meinem Bauch regten sich bei seinem Anblick neuerlich. Also ging ich so schnell wie möglich auf Abstand.

»Danke«, sagte ich und machte mich eilig von ihm los, ehe ich weiterhin humpelnd in Oma Gertruds Küche flüchtete.

Ein vertrauter, ja herzhafter Duft nach Heimat und Kindheit lag in der Luft. Bei dieser Verheißung konnte mein Magen nicht länger an sich halten und kündete mein Erscheinen mit einem lauten Knurren an.

Oma Gertrud drehte sich besorgt zu mir um und stürmte auf mich zu, um mich zu stützen und zu meinem Platz zu begleiten.

»Lass dich ansehen, mein Kind.« Einfühlsam strich sie mir die Haare aus dem Gesicht. »Ich hole dir schnell einen neuen Kühlakku. Wir müssen darauf achten, dass wir deine Wange gut kühlen. Ansonsten schwillt sie doch noch an.«

Ole stand derweil in der Tür und sah unschlüssig zu mir herüber.

Als Oma Gertrud mir den neuen Kühlpack nebst Küchentuch auf die Wange legte, ermahnte sie Ole mit den Worten: »Komm schon rein, und steh da nicht länger in der Tür herum! Das macht mich ganz hibbelig.«

Und mich erst. Noch viel hibbeliger stimmte mich allerdings die Aussicht, dass Ole den Abend hier verbringen würde.

Ich fragte mich, ob es mir etwas gebracht hätte, bereits heute Morgen zu wissen, wie der Tag enden würde. Wäre ich dann ebenfalls mit Oma Gertrud und Irmgard am Strand gewesen? Hätte ich Rainer besucht und nach dem Bild gefragt? Wäre ich der Pferdekutsche ausgewichen? Aber säße Ole dann überhaupt in Oma Gertruds Wohnküche? Und wollte ich das wirklich?

Mein Kopf schwirrte bei den vielen Fragen. Plötzlich

drängte sich Irmgard in diese und befahl mir, mich endlich auf das Wesentliche zu konzentrieren und nicht länger über das Was-wäre-Wenn nachzugrübeln.

»Schmoraal, also«, sagte Ole und nahm schmunzelnd neben mir auf der Eckbank Platz. Dabei sah er mir so tief in die Augen, dass mir noch schwindeliger wurde, doch ich hielt seinem Blick stand. Und er dem meinen.

Oma Gertrud ging hinüber zum Küchenbüfett, das seit den Sechzigerjahren des vergangenen Jahrhunderts wie ein Urgestein in dieser Küche thronte, öffnete die untere linke Tür und holte eine Flasche mit einer knallorangenen Flüssigkeit und zwei kleine Gläser daraus hervor.

Bedächtig stellte sie die beiden Likörgläser vor uns auf den Tisch, öffnete die Flasche und füllte die orangefarbene Flüssigkeit jeweils bis dicht unter den Rand.

Ole zögerte nicht und griff nach dem Glas.

»Was ist mit dir?«, fragte er Oma.

Die winkte nur ab.

»Frag besser nicht! Dr. Küffner hat mir bis auf Weiteres jeden Alkohol verboten. Verträgt sich wohl nicht so gut mit meinen Kreislauftabletten.«

Ole sah erwartungsvoll in meine Richtung.

Kaum dass ich den Stiel des Glases berührt hatte, überkam mich eine Vorahnung. War es wirklich ratsam, auf mehr oder minder nüchternen Magen Oma Gertruds hochprozentigen Sanddornlikör zu trinken? Andererseits, was sollte so ein Tröpfchen schon Schlimmes anrichten können? Und gleich gab es ja auch noch Schmoraal mit Pellkartoffeln.

Meine Großmutter lächelte zufrieden, als Ole und ich anstießen. Sie wirkte ein wenig, als sei sie glücklich darüber, dass ihr Plan aufging. Je mehr ich von dem süßen Likör kostete, desto leiser wurde diese unnachgiebige Stimme tief in mir, die mich zur Wachsamkeit ermahnte.

»Jetzt, da die Sache mit deinem Ex-Verlobten vom Tisch ist, wirst du … länger auf der Insel bleiben?«

Ole sah mich bei seiner Frage nicht an, sondern gab sich vertieft in den winzigen Rest der orangefarbenen Köstlichkeit in seinem Glas, als würde er in Teeblättern lesen wollen. Vielleicht hatte er ja eine Vorahnung.

Oma Gertrud werkelte inzwischen an ihrem Herd und trällerte ein Lied dabei. Wir hatten ihr mehrfach angeboten, ihr behilflich zu sein. Doch sie hatte nur gemeint, dass wir uns von den Strapazen des Tages erholen und ein wenig Ruhe finden sollten. Das Kochen würde sie entspannen. Allerdings nur dann, wenn ihr nicht ständig jemand im Weg stünde.

Also hatten wir es aufgegeben und warteten wie die Kinder von einst auf das Abendessen. Früher war dabei noch Benjamin Blümchen im Hintergrund gelaufen. Seltener Bibi Blocksberg, aber die mochte ich nicht ganz so gerne. Heute gab es Sanddornlikör. Reichlich davon. Denn ehe ich michs versah, hatte Ole schon wieder nachgeschenkt. Und mit jedem weiteren Schluck, den ich aus meinem sich nicht leeren wollenden Glas nahm, konnte ich mich immer besser mit dieser Veränderung arrangieren. Hicks!

Als ich Oles ungeduldigen Blick aufschnappte, fiel mir wieder ein, dass er mir ja eine Frage gestellt hatte.

»Gut möglich«, antwortete ich wenig aussagekräftig.

Aber es war nun mal so: Bei all dem Chaos, das gerade in meinem Leben vorherrschte, hatte ich noch nicht mal annähernd Zeit dafür gefunden, mir Gedanken über mein weiteres Leben zu machen. Ständig passierte etwas, das die Lage veränderte. Schlag auf Schlag.

Ole nickte und bohrte nicht weiter nach, was ich ihm hoch anrechnete. Allerdings verebbte damit auch die Unterhaltung zwischen uns. Die Stille wurde ungemütlich. Während ich krampfhaft überlegte, was ich sagen oder tun konnte, beobachteten wir Oma Gertrud dabei, wie sie das Essen zubereitete. Selbstredend mit gebührendem Abstand. Und mit hochgelegtem Bein.

»Ich habe mich noch gar nicht bei dir bedankt, dass du dort am Strand so beherzt eingegriffen und gleich nach dem Mädchen der Brandts gesucht hast«, sagte Ole nach einer Weile und schenkte uns beiden nach. Der Alkohol lockerte ihm erkennbar die Zunge. So hatte er in den vergangenen zehn Minuten sicher mehr Worte an mich gerichtet als den ganzen Nachmittag über.

»Ach, das war doch selbstverständlich«, winkte ich ab. »Das hätte jeder gemacht.«

Ole neigte den Kopf ein wenig zur Seite. Seine dunklen Augen leuchteten auf eine mir wohlbekannte Weise. Erinnerungen an längst vergangene Tage wurden wach.

Ole und ich Hand in Hand, wie wir am Strand spazieren gingen, taumelnd vor Glück im Meer badeten oder uns heimlich im Naturschutzgebiet liebten. Beim Gedanken an Oles Hände auf meiner nackten Haut bekam ich plötzlich einen Kloß im Hals, den ich dringend hinunterspülen musste. Wie gut, dass er das Glas schon wieder aufgefüllt hatte. Hicks!

»Vielleicht. Vielleicht auch nicht.« Ole lächelte schelmisch.

Ich kicherte albern und schlug ihm gegen den Oberarm.

»Wo führt das hin?«, fragte ich mehr zu mir selbst.

»Wohin du möchtest«, antwortete Ole mit einer solchen Bestimmtheit in der Stimme, dass ich das Gefühl hatte, das Rad der Zeit könnte sich doch noch mal in eine andere Richtung drehen.

Oles Worte klangen verheißungsvoll. Ein Knistern war zu spüren. Der ganze Raum schien damit erfüllt zu sein. Mein Blick glitt wie beiläufig über seine Lippen und das markante Kinn. Wie gerne ich ihn jetzt küssen würde.

Als ich mir meiner Gedanken bewusst wurde, schüttelte ich leicht den Kopf, wie um mich zur Besinnung zu bringen. Was nach vier Gläsern Sanddornlikör nicht mehr ganz so einfach war und zwangsläufig zu einer wilden Karussellrunde in meinem Kopf führte.

Ich versuchte, meinen Blick von Ole abzuwenden und mich auf die geblümte Wachstischdecke auf Oma Gertruds Küchentisch zu konzentrieren. Sonnenblumen waren schon immer meine Lieblingsblumen gewesen. Aber Ole durchschaute mein Manöver und drängte sich zurück in mein Sichtfeld.

Sein schiefes Lächeln war ungleich sexy. Ich konnte mich nicht daran erinnern, wann er mich das letzte Mal so angesehen hatte. Und ich konnte es nicht fassen, dass er es gerade jetzt in Oma Gertruds Wohnküche tat.

Mein ganzer Körper geriet in Wallung. Vermutlich eine Nebenwirkung des Alkohols. Aber vielleicht war auch etwas oder, besser gesagt, jemand ganz anderes für dieses aufgeputschte Gefühl in meinem Inneren verantwortlich.

Mir wurde so heiß, dass ich mich wieder auf die Sonnenblumen vor mir auf dem Tisch konzentrierte. Ihr Gelb leuchtete mit dem Sanddornlikör in unseren Gläsern um die Wette.

Noch ehe ich etwas sagen konnte, legte meine Großmutter zwei Untersetzer auf den Tisch und stellte auf einen der beiden die Pellkartoffeln.

»Ole, bist du so lieb und holst uns noch Teller und Besteck aus dem Schrank?«

»Aber klar doch.«

Ole sprang auf ihre Bitte hin ohne Umschweife von seinem Platz auf und eilte hinüber zu ihrem Küchenschrank. Routiniert öffnete er Türen und Schubladen.

»Ihr habt mir noch gar nicht erzählt, wie ihr beiden euch gefunden habt«, meinte Oma Gertrud nach einer Weile, in der wir uns ausschließlich auf das gute Essen konzentriert hatten.

Bei ihren Worten blieb mir fast das Stück Fisch im Hals stecken, das ich mir eben erst in den Mund geschoben hatte.

»Wie bitte?«, fragte ich eine Spur zu entsetzt.

Meine Gabel fiel scheppernd auf den Teller. Ich fühlte mich schrecklich ertappt. Dabei war rein gar nichts passiert.

»Na, wie kommt es, dass wir heute zu dritt am Tisch sitzen?«, holte sie etwas weiter aus, und ich verstand endlich, worauf sie hinauswollte.

Schlagartig wurde mir so heiß, dass ich sicher bis unter den Scheitel tomatenrot anlief. Wie gut, dass ich mich in diesem Moment nicht sehen konnte.

»Marie ist mit dem Rad gestürzt«, erklärte Ole sachlich und nahm den nächsten Bissen.

»Und dabei hast du dir das Bein verletzt«, mutmaßte Oma Gertrud vollkommen richtig.

»Ich konnte einer Pferdekutsche der Altenthals gerade

noch ausweichen und bin auf der nassen Fahrbahn ausgerutscht«, ergänzte ich und spürte nach und nach, wie mein Körper wieder auf die übliche Betriebstemperatur herunterfuhr.

»Ich hab Marie auf dem Heimweg gefunden und sie zu Dr. Küffner gebracht«, berichtete Ole wie bei einer Zeugenaussage bei der Polizei.

Plötzlich musste ich daran denken, wie ich ihn heute mit Jette am Strand gesehen hatte. Ob er sie wohl liebte?

Verstohlen sah ich ihn von der Seite an. Da war etwas zwischen uns. Ich konnte es deutlich spüren. Sobald es mir möglich war und wir beide ungestört miteinander reden konnten, musste ich ihm alles erzählen. Besonders die Sache mit Mamas Bild lag mir schwer im Magen. Das Kapitel Ole verdiente noch ein würdiges Ende. Eines, mit dem ich gut leben konnte.

Bist du sicher, dass du es abschließen und nicht von Neuem beginnen möchtest?, fragte mich meine innere Stimme besserwisserisch, doch ich schenkte ihr kein Gehör.

»So«, erklärte Oma, nachdem sie und Ole den Tisch abgeräumt, das Geschirr gespült und wieder verräumt hatten. Ich hatte helfen wollen, aber meine Großmutter hatte mich sanft auf die Eckbank zurückgedrückt, wofür ich dann doch dankbar war, denn mein Fuß schmerzte immer noch. »Ich bin ganz schön müde, Kinder. Ich geh mich mal hinlegen.« Lächelnd sah sie uns beide an.

»Das sollte ich wohl auch besser tun. Dr. Küffner hat mir viel Ruhe verordnet.«

Das war nicht mal gelogen.

»Es ist wirklich schon spät geworden …«, sagte nun Ole mit Blick auf Oma Gertruds Küchenuhr, die über der Tür hing. Offenbar war ihm die Vorstellung, wir beide könnten gleich allein sein, ebenfalls nicht ganz geheuer.

Wahrscheinlich wartete ohnehin bereits Jette auf ihn.

Er sollte gehen, sagte mein Verstand.

Er muss bleiben!, rief derweil mein Herz.

»Heute war einiges los«, pflichtete uns Oma Gertrud bei. »Aber es wäre gut, wenn du den Kühlakku noch ein wenig länger auf der Wange lassen könntest.« Sie wandte sich an Ole. »Ich habe in der Kühltruhe noch einen weiteren Akku, den du Marie holen könntest, sobald der hier zu warm geworden ist. Ich möchte nicht, dass sie hier in ihrem Zustand allein herumsitzt.«

Ole nickte ergeben. »Natürlich.«

»Das ist lieb von dir.« Sie tätschelte ihm wie bei einem Fünfjährigen die Wange, küsste mich auf die Stirn und ging schließlich in ihr Schlafzimmer.

Ole stand etwas unbeholfen mitten im Raum.

»Möchtest du noch einen Likör?« Er machte einen Schritt auf mich zu.

Erleichtert atmete ich auf. Jetzt war die Zeit gekommen, über alles zu sprechen, was mir auf dem Herzen lag. Ole sollte wissen, dass ich nie aus freien Stücken gegangen war. Dass mein Herz es nicht ertragen hätte, ihn glücklich mit Jette zu sehen.

Als er sich zu mir setzte, wollte ich ihm alles beichten, ihm Stück für Stück erklären, wie es damals zu allem hatte kommen können und wie sehr mich der Kuss verletzte, den er Jette vor meinen Augen gegeben hatte.

Doch als ich gerade zu einer Erklärung ansetzen wollte, verschwand Ole in der Speisekammer und kam mit einem neuen Kühlakku zurück.

Wie selbstverständlich nahm er das warme Exemplar aus meiner Hand und tauschte es gegen das neue. Ich spürte seine Hände verheißungsvoll auf meiner Wange.

Aus einem Augenblick wurde Unendlichkeit.

Oles Blick hielt dem meinen stand und suchte darin nach einer Antwort auf seine Frage, ob ich das, was er da vorhatte, auch wollte. Ich wollte. Sehr sogar. Aber sollte ich nicht erst reinen Tisch machen? Sollte ich nicht besser erst mal …

Da lagen Oles Lippen plötzlich auf meinen, und das zarte Stimmlein der Vernunft wurde immer leiser, bis es schließlich ganz verklungen war.

Unser erster Kuss nach all diesen Jahren war nahezu keusch. Ganz vorsichtig bewegte Ole seine Lippen auf meinen. Und dennoch war das Gefühl, das er damit in mir auslöste, heftig und sehnsüchtig erwartet. Es fühlte sich altbekannt und aufregend neu zugleich an. Fast schien es, als hätten zwischen unserem letzten Kuss und dem jetzigen keine zehn Jahre gelegen, allenfalls zehn Minuten, so vertraut waren mir sein Geruch, seine Berührungen, sein Geschmack.

Ich ließ mich fallen. So musste sich der Himmel anfühlen. So und nicht anders.

»Marie, ich …« Ole hatte den Kuss abrupt beendet und sah mich voller Sorge an.

Doch noch ehe er weitersprechen konnte, legte ich ihm meinen Zeigefinger auf den Mund. Unter gar keinen Umständen wollte ich jetzt von ihm hören, wie er sich für diesen Kuss entschuldigte und mir erklärte, dass es nie wieder passieren würde.

Morgen. Ja, morgen. Vielleicht. Und auch nur dann,

wenn er es wirklich als Fehler betrachtete. Nüchtern und ohne den Sanddornlikör als Zungen- und Lippenlöser. Aber nicht heute.

Heute wollte ich Ole ganz nahe sein, ihn küssen, ihn lieben. Was morgen sein würde, spielte jetzt keine Rolle. Für mich zählte nur der Augenblick. Der Wunsch, Ole ganz für mich allein zu haben. Auch wenn es nur für diese eine Nacht sein sollte.

Alle Zweifel und Sorgen blendete ich aus, schob sie weit von mir. Sie konnten mich wieder quälen, sobald die Sonne aufging. Bis dahin wollte ich keinen Augenblick an sie verschwenden.

»Nicht«, flüsterte ich, als Ole abermals zu sprechen anhob. Und er verstand.

Sein Blick war sehnsüchtig und erregt, voller Leidenschaft und Begehren für mich. Er wollte es. So wie ich. Noch ehe ich michs versah, hob Ole mich auf seine Arme, als wäre ich leicht wie eine Feder, und trug mich in mein Zimmer.

Lady Gaga nahm uns wie damals in Empfang. Ole besah sich den Raum genauer. Ein Schmunzeln machte sich auf seinen Lippen breit.

»Was?«, fragte ich mit vor der Brust verschränkten Armen, nachdem er mich auf dem Boden abgesetzt hatte.

Ole schüttelte den Kopf und grinste schelmisch dabei.

»Nichts. Nur, dass …«

»Dass *was*?«

»Wirklich, es ist nichts«, wich Ole mir weiter aus.

»O nein, mein Lieber! So kommst du mir nicht davon.«

»Willst du mir etwa drohen?«

Ein freudiges Leuchten war in Oles Augen zu sehen. Er

genoss das kleine Spielchen zwischen uns offenbar in vollen Zügen.

»Ich würde es keine Drohung nennen. Ich bin vielmehr eine Frau der Taten«, sagte ich und ließ dabei meine Hände unter seinen Pullover gleiten, um ihn zu kitzeln.

Ole lachte aus vollem Hals und kriegte sich gar nicht mehr ein, während ich auf nur einem Bein stehend um mein Gleichgewicht rang.

»Erbarmen!«, flehte er nach einer Weile, als ihm wieder ausreichend Luft zum Sprechen zur Verfügung stand.

»Also?«, forderte ich ihn auf, endlich damit herauszurücken, was ihn so amüsierte.

Zur Antwort küsste er mich einfach. Fordernd lagen seine Lippen auf meinen, während meine Hände begierig über seinen Sixpack fuhren. Den hatte er damals definitiv noch nicht gehabt. Es war also doch nicht alles wie vor zehn Jahren. Der Gedanke erregte mich. Gleichzeitig führte er mir klar vor Augen, dass es diese zehn Jahre wirklich gegeben hatte.

Mit jedem weiteren Kuss näherten wir uns meinem Bett. Als ich die Kante in meinen Kniekehlen spürte, ließ ich mich auf die Matratze fallen. Ole folgte mir, ohne dabei mit dem Küssen aufzuhören.

Keiner von uns beiden wollte sich freiwillig von dem anderen lösen. Also entledigten wir uns etwas umständlich unserer Kleider. Als Ole meine Bluse aufknöpfte, sah er mir sehr lange in die Augen. Ganz so, als wollte er sich ein letztes Mal vergewissern, dass ich es wirklich wollte.

Zur Antwort krallte ich meine Finger in seinen Nacken und zog ihn zu mir herunter. Das ließ sich Ole nicht zweimal sagen. Schon im nächsten Augenblick spürte ich seine

Hände überall auf mir. Ein wohliger Schauer überzog meinen ganzen Körper.

Der etwas schüchterne Junge von damals, der nicht so recht gewusst hatte, wie er mich anfassen sollte oder ob mir dies oder jenes gefallen könnte, war Geschichte. Ole hatte einiges dazugelernt. Seine Berührungen und Liebkosungen entlockten mir ein zufriedenes Stöhnen. Der Schmerz in meinem Knöchel war für den Moment vergessen.

Ole sah mich zufrieden an, ehe er eine Spur aus Küssen von meinem Ohr über meine Brüste bis zu meiner intimsten Stelle zog. Mein ganzer Körper stand lichterloh in Flammen, als wir uns endlich miteinander vereinten. Ich taumelte vor Glück, liebestrunken und erregt. Viel zu schnell sprangen wir Hand in Hand über die Klippe, atemlos kamen wir unten an.

Ole streichelte meine Wange, küsste mich zärtlich und kuschelte sich fest an mich. Müdigkeit überfiel mich aus dem Hinterhalt. Ich wollte nicht schlafen. Wollte jede Minute mit Ole auskosten. Doch schließlich ergaben wir uns beide und fielen in einen tiefen Schlaf.

Diese Nacht quälten mich keine Albträume. Die Schatten der Vergangenheit ließen mich in Ruhe. Ich war im Einklang mit mir und meinem Schicksal. Was sollte jetzt noch schiefgehen?

Kapitel 21

Am Morgen erwachte ich mit schrecklichen Kopfschmerzen. Hinter meinen Schläfen hatte sich über Nacht ein Bergwerk angesiedelt, in dem rund um die Uhr Kohle abgetragen wurde. Das unnachgiebige Geräusch war kaum zu ertragen.

Mit den Händen tastete ich an den Schläfen entlang und strich bedacht darüber. Das änderte leider nichts an dem Gefühl, dass mir jeden Moment der Schädel platzen würde.

Vorsichtig öffnete ich eines meiner Lider. Ich hatte vergessen, die Jalousie zu schließen. Die Sonne hatte sich bereits im ganzen Raum ausgebreitet und lächelte mich freundlich an.

Für gewöhnlich vergaß ich nie, die Fenster zu verdunkeln. Schon der kleinste Lichtstrahl reichte aus, um mich um den Schlaf zu bringen. Warum hatte ich also gestern nicht daran gedacht?

Als der Schmerz hinter meinen Schläfen übermächtig wurde, schloss ich abermals meine Augen und drehte mich auf die andere Seite. Ein vertrauter Duft lag in der Luft. Wie auf Kommando waren all die Erinnerungen vom gestrigen Abend zurück.

Wirklich alle! Der Sanddornlikör. Oma Gertruds Schmoraal. Noch mehr Likör. Und schließlich Oles Hände und Lippen auf meinem Körper.

Vorsichtig tastete ich auf dem Bettlaken herum. Aber es war leer. Ich war allein. Ole hatte sich wie ein Dieb noch vor dem Morgengrauen davongeschlichen. Dabei konnte ich mich gar nicht daran erinnern, dass Hannes auch für den heutigen Tag weltuntergangsähnliche Zustände vorausgesagt hatte.

Ole war gegangen. Die Erkenntnis war so schmerzvoll, dass ich die Presslufthammer hinter meinen Schläfen für einen Moment vergaß.

Aber was hatte ich bitte schön erwartet? Dass Ole und ich nach dieser einen Nacht wieder zusammen waren? Wahrscheinlich lag er längst neben Jette im Bett und versöhnte sich mit ihr.

Mein Magen rebellierte so heftig, dass ich mich aufsetzen musste. Torkelnd kam ich auf die Füße und humpelte im Schneckentempo hinüber ins Bad, um mir eine Kopfschmerztablette aus meiner Badetasche herauszusuchen.

Als ich im Spiegel mein Gesicht erblickte, hielt ich einen Moment inne. Auf meiner schmerzenden Wange hatten sich über Nacht sämtliche Regenbogenfarben angesiedelt. Offenbar hatte ich die Stelle nicht ausreichend lange gekühlt. Ich war ja mit wichtigeren Dingen beschäftigt gewesen …

Statt jedoch weiter über die gemeinsame Nacht mit Ole nachzudenken, kramte ich in meiner Tasche und ärgerte mich ein wenig über mich selbst.

Auch nach all der Zeit, die ich mittlerweile zurück auf Hiddensee war, hatte ich noch immer nicht meine Sachen in dem Spiegelschrank im Badezimmer verstaut oder meine Kleider in den alten Schrank in meinem Jugendzimmer geräumt. Wie eine Nomadin lebte ich aus dem Koffer.

Als hätte ich gewusst, dass der Tag schneller kommen könnte, als mir lieb war, an dem ich meine Sachen packen und von hier verschwinden wollte.

Aber so einfach war das nicht. Wohin sollte ich denn gehen? Ich hatte nichts mehr als Oma Gertruds Inselhotel. Und das wenige Ersparte, das mich über Wasser hielt, ging langsam, aber sicher zur Neige. Große Anschaffungen wie eine eigene Wohnung irgendwo auf dem Festland, am besten weit weg von Ole, waren nichts als Wunschdenken.

Nach längerem Kramen wurde ich schließlich fündig. Mit viel Wasser schluckte ich die Tablette hinunter. Und den sauren Geschmack, den Oles filmreifer Abgang in mir hervorrief, gleich mit. Zumindest versuchte ich es. Die Wahrheit sah anders aus.

Nur mit einem einfachen Schlafshirt bekleidet, humpelte ich möglichst leise zurück in mein Zimmer, schloss die Jalousie und legte mich erneut in mein Bett – in der stillen Hoffnung, noch etwas Schlaf zu finden.

Ein Blick auf das Display meines Handys zeigte mir, dass es erst sechs Uhr war. Wenn überhaupt, dann war nur Oma Gertrud in der Küche zugange, um das Frühstück für ihre Gäste vorzubereiten. Der Rest des Hauses schlief sicher noch tief und fest.

Ebenso wie ich es besser noch tun sollte. Denn ausgeschlafen wäre die Wucht der Enttäuschung, die wie ein Tsunami über mich hinweggerollt war, vielleicht einfacher zu ertragen gewesen.

Nach weiteren zwei Stunden, in denen ich mich rastlos umhergewälzt hatte und von einem schlechten Traum in den nächsten gerauscht war, stand ich schließlich ernüchtert auf. Ausschlafen war nicht. Und Vergessen schon gleich gar nicht.

Wütend auf mich und den Mann, dem ich heute Nacht nicht nur meinen Körper geschenkt hatte, riss ich das dünne Bettlaken von mir, zog mir Shorts und ein einfaches hellblaues T-Shirt über und machte mich humpelnd auf den Weg zurück ins Bad, um mich fertig zu machen.

Die Kopfschmerzen würden mich vermutlich den Rest des Tages begleiten. Aber sie würden mich ebenfalls daran erinnern, mein Herz nicht einfach so an den Nächstbesten zu verschenken. Auch wenn es sich dabei um Ole und damit um meine erste große Liebe handelte.

»Shit!«, entfuhr es mir, kaum dass ich einen Schritt in den Flur gesetzt hatte.

Was hatte ich mir nur dabei gedacht, mit Ole zu schlafen? Wie hatte ich mein schlechtes Gewissen Jette gegenüber nur so weit von mir schieben können, um die Nacht mit ihm zu verbringen? Was war ich nur für ein Mensch, dass ich mein Glück über das ihre gestellt und bereitwillig alles in Kauf genommen hatte, um eine schöne Liebesnacht mit ihrem Freund verbringen zu können? Wir hatten sie hintergangen. Und das sehenden Auges.

Was bedeutete die gemeinsame Nacht für Ole? War sie nur eine einmalige Sache für ihn, um die man nicht viel Aufhebens zu machen brauchte?

Eine zarte Stimme ganz tief in mir wollte ihn noch nicht als das Arschloch abstempeln, als das er sich mir präsentiert hatte.

Meine zittrigen Finger legten sich vorsichtig auf die Türklinke zur Wohnküche. Ein Funke Hoffnung blieb. Was wäre, wenn Ole gar nicht gegangen war, sondern nur nicht mehr hatte schlafen können und aufgestanden war, um mich nicht zu wecken? Den Gedanken, dass das Ganze mehr als zwei Stunden her war und er seither davon ausgehen musste, dass ich wach war, schob ich weit weg.

Schließlich nahm ich all meinen Mut zusammen und drückte die Klinke hinunter. Ich blickte in Oma Gertruds freudiges Gesicht.

»Guten Morgen, meine Kleine.«

So hatte sie mich schon lange nicht mehr genannt. Unumwunden überkam mich das Bedürfnis, zu ihr zu eilen und mich von ihr trösten zu lassen.

Aber dafür hätte ich ihr alles erzählen müssen. Denn bis auf Oma Gertrud war niemand im Raum. Ernüchterung machte sich schlagartig in mir breit, und auch der letzte Funken Hoffnung war erloschen. Ole war gegangen.

»Wie geht es dir? Hast du gut geschlafen? Tut deine Wange sehr weh?«, prasselten Oma Gertruds Fragen ähnlich wie der Regen am gestrigen Nachmittag auf mich ein.

Ich seufzte schwer.

»Kaffee?«, fügte Oma mit einem verständnisvollen Blick hinzu.

Ich nickte und hüpfte auf einem Bein zur Eckbank. Mein verletzter Knöchel tat wieder mehr weh, also legte ich das rechte Bein hoch, um es zu schonen.

Als Oma Gertrud mir ihre Lieblingstasse mit dem kleinen grinsenden Schaf darauf reichte und mich erwartungsvoll ansah, wusste ich, dass sie nicht eher Ruhe geben würde, bis ich ihr ein paar Antworten geliefert hatte.

»Ole ist noch etwas länger geblieben«, erzählte ich, ohne ins Detail zu gehen.

»Ich hoffe, ihr hattet noch einen schönen Abend.«

»Ja, er war … wirklich schön«, erwiderte ich mit einem angedeuteten Lächeln.

Kaum dass ich die Erinnerungen an letzte Nacht wieder zuließ, wurde mir ganz eng ums Herz. Einzelne Tränen rannen mir über die Wangen. Ich kämpfte sie zurück, doch ich verlor haushoch gegen sie.

»Was ist denn passiert?«, fragte meine Großmutter nun besorgt. Sie schob einen köchelnden Topf von der Herdplatte und setzte sich dann zu mir auf die Eckbank. Aus der Tasche ihrer Kittelschürze reichte sie mir ein Taschentuch. Ich nahm es dankend an.

»Ole … Er ist über Nacht geblieben.«

Oma Gertruds Miene hellte sich auf. »Aber das sind doch gute Nachrichten.«

»Heute Morgen war er dann einfach weg. Kein Abschied. Keine Erklärung.«

Sie sah mich lange an. »Vielleicht hatte er einen dringenden Termin und wollte dich nicht wecken? Heute ist Samstag. Da kommen bestimmt viele Tagestouristen, die eine Tour bei ihm gebucht haben.«

Ich zuckte mit den Schultern. »Ja, vielleicht.«

»Na, komm schon, ich mach dir erst mal ein leckeres Frühstück, danach sieht die Welt gleich ganz anders aus. Hm?«

»Da ist noch etwas.«

»Ist es wegen Jan? Hast du ein schlechtes Gewissen ihm gegenüber? Das brauchst du nicht. Schließlich hat er dich verlassen.«

»Jan?«, fragte ich perplex.

An ihn hatte ich bei der ganzen Sache keinen einzigen Gedanken verschwendet. Ein untrüglicher Beweis dafür, wie abgeschlossen unsere Beziehung für mich war. Wenigstens ein Lichtblick an diesem weniger schönen Morgen.

»Nein, es geht nicht um Jan.« Es dauerte einen Moment, bis ich die Kraft fand, doch noch weiterzusprechen. »Es geht um Mama.«

»Um Marianne?«, fragte Oma Gertrud verwundert. »Aber was hat die denn mit der ganzen Sache zu tun?«

»Nichts. Zumindest nicht mehr. Irgendwie.« Dann atmete ich einmal tief durch, um mich zu sortieren und die Geschichte Schritt für Schritt zu erzählen.

»Nach Mamas Tod fand ich ein Bild in ihrem Zimmer. Es lag in einer von Opas alten Zigarrenschachteln. Darauf war sie mit einem Mann zu sehen, vor Rainers Bernsteinwerkstatt. Und der sah Rainer sehr ähnlich.«

Oma Gertrud öffnete den Mund ungläubig, wartete jedoch geduldig ab.

»Als ich das Bild sah, nahm ich an, dass Ole und ich Halbgeschwister seien. Ich wusste nicht, was ich machen sollte. Ich wollte seine Familie nicht zerstören, aber ich wusste gleichsam, dass ich unter gar keinen Umständen länger mit ihm zusammen sein durfte. Also bin ich gegangen.«

Meine Großmutter griff sich ans Herz.

»Aber warum hast du denn nie mit mir darüber geredet? Warum hast du das alles mit dir allein ausgemacht? Du warst doch damals gerade mal achtzehn. Und ich dachte immer, du hättest das Landleben satt und wolltest raus in die große, weite Welt. Ich hätte mehr Fragen stellen, dich abhalten sollen, allein zu gehen. Ich wusste ja nicht … Wenn ich doch nur …«

Nun kullerten ihr Tränen über die Wangen.

»An der Vergangenheit lässt sich nichts mehr ändern«, versuchte ich ihr das schlechte Gewissen zu nehmen. »Es war meine freie Entscheidung, einfach zu gehen. Auch wenn die Gründe dafür nicht ganz selbst gewählt waren.«

Ich senkte den Blick und dachte über die erste Zeit in München nach. So einsam wie damals hatte ich mich bis dato noch nie in meinem Leben gefühlt.

In einer Großstadt lebte jeder sein eigenes Leben. Manche Nachbarn kannten sich nicht, obwohl sie seit Jahren nebeneinander lebten. Anfangs hatte ich geglaubt, nie irgendwo Anschluss zu finden. Bis ich Caro und Silke kennengelernt und das Blatt sich gewendet hatte.

»Gestern endlich bin ich mit Mamas Foto zu Rainer gefahren und hab ihn mit meiner Vermutung konfrontiert. Ich konnte einfach nicht länger mit der Ungewissheit leben. Er hat mir erklärt, wer der Mann wirklich war.«

Oma Gertrud machte große Augen.

»Dann war Rainer nicht der Mann auf der Aufnahme?«

Ich schüttelte den Kopf.

»Nein, es war Dr. Küffners Bruder.«

Omas Stirn kräuselte sich.

»Der junge Mann aus Berlin, den Marianne mir vorgestellt hat? Aber der hatte doch Familie.«

Ich nickte. »Er hat seine Familie betrogen. Ich frage mich, ob Mama davon wusste, als sie sich auf ihn eingelassen hat.«

Kaum dass ich den letzten Satz laut ausgesprochen hatte, musste ich an vergangene Nacht denken. Wie bereitwillig ich mich auf Ole eingelassen und dabei keinen Gedanken an Jette verschwendet hatte.

Was war nur los mit mir? Das war doch sonst nicht meine Art, vorschnell über andere Menschen ein Urteil zu fällen.

»Darauf kann ich dir leider keine Antworten geben, mein Kind. Aber vielleicht kann Dr. Küffner dir etwas über diesen Teil deiner Familie erzählen und den Kontakt herstellen«, sagte sie milde lächelnd.

Ich senkte den Blick. »Dr. Küffner hat mir gestern erzählt, dass sein Bruder schon lange nicht mehr lebt.«

Oma Gertrud seufzte schwer. »Das war gestern ja wirklich ein sehr einschneidender Tag für dich. Wenn ich das gewusst hätte, hätte ich Ole nicht gebeten, sich um dich zu kümmern.«

Ich legte meine Hände auf die ihren, die sie in ihrem Schoß gebettet hatte.

»Dich trifft wirklich keine Schuld. Ole und ich sind erwachsen und selbst für unsere Taten verantwortlich. Sein Verschwinden spricht Bände. Vermutlich sollte ich es hinnehmen und es dabei belassen.«

»Das tut mir so leid! Aber vielleicht gibt es ja wirklich für alles eine ganz einfache Erklärung«, wurde Oma Gertrud nicht müde, mir Hoffnung zu machen. Etwas, wofür ich ihr sehr dankbar war, auch wenn ich mir bereits mein eigenes Bild gemacht hatte. Ole hatte keinen Termin gehabt. Er hatte sich lieber bei Nacht und Nebel aus dem Staub gemacht, statt sich seiner Verantwortung zu stellen.

Vielleicht war es ja besser so, behauptete mein Verstand, während mein Herz in Scherben vor mir lag.

»Ich bin so schnell gekommen, wie ich nur konnte.«

Irmgard platzte völlig atemlos in die Wohnküche. Ihre langen Locken standen ihr wirr vom Kopf ab. Auf ihrer Stirn war ein schwarzer Fleck zu sehen. Ich tippte auf Maschinenöl.

»Irmgard, wie schön, dass du da bist. Aber waren wir nicht erst für heute Nachmittag verabredet?«

Oma Gertrud erhob sich von der Eckbank und ging hinüber zu ihrer besten Freundin, um sie in Empfang zu nehmen.

»Was?«, fragte die Inselschamanin ganz außer sich. »Ach, jaja. Das weiß ich doch. Nein, ich bin wegen Marie da.« Dabei sah sie eindringlich in meine Richtung.

»Wegen mir?«

Was hatte ich denn jetzt nur wieder für Signale ausgesandt? Ich war mir nicht mal im Klaren darüber gewesen, dass Irmgard so eine enge Verbindung zu mir hatte, dass sie sogleich aus ihrem Hexenhaus spurtete, wenn es mir nicht gut ging.

Das in Vitte hatte ich ihr nicht ganz abgekauft. Sie hätte mich dort von der Terrasse des Café *Hedwig* aus nämlich gut sehen können, ohne dass ihr das Universum oder wer auch immer irgendwelche Zeichen übermittelt hatte.

So sehr mich Irmgards schamanische Fähigkeiten auch faszinierten, war ich mir ziemlich sicher, dass es sich dabei nur um ausgeklügelte Tricks handelte, die man erlernen konnte. Wie bei einem Zauberer, der Kaninchen aus dem Zylinder zog oder seine attraktive Assistentin im Wandschrank verschwinden ließ – Irmgard war eine Illusionskünstlerin. Und noch dazu wirklich gut. Aber sie war keine allwissende Heilerin, die nur die Hand auflegen musste, um ihr Gegenüber vor Schlimmerem zu bewahren.

Noch immer außer Puste ließ sich Irmgard schwer auf einen der Stühle fallen. Oma Gertrud reichte ihr ein Glas

Wasser und sah ihre Freundin besorgt an. Auch sie schien es mitzunehmen, dass Irmgard unangekündigt und völlig von der Rolle in ihrer Küche aufschlug.

Irmgards Blick glitt über das Veilchen in meinem Gesicht und blieb schließlich an meinem hochgelegten und noch immer bandagierten Fuß hängen.

»Das war nichts weiter. Ich musste einer Pferdekutsche ausweichen.«

»Nachdem du mal wieder viel zu beschäftigt mit deinen Tagträumen warst und sie nicht hast kommen sehen?«

Eins musste man Irmgard lassen. Schamanin hin oder her. Sie konnte sich sehr gut in andere Menschen hineinversetzen.

»Schon möglich«, gab ich zu.

Leugnen wäre ohnehin zwecklos gewesen.

»Könnte ich vielleicht diesen wundervollen Sanddorntee bekommen, den du mir das letzte Mal aufgebrüht hast?«, wandte sich Irmgard mit zuckersüßer Stimme an Oma Gertrud.

Die setzte sogleich Teewasser auf und bereitete parallel dazu das Frühstück für ihre Gäste zu.

Anders als die Brandts waren die Steiners recht einfach gestrickt, was das Frühstück anbelangte. Ihnen reichte Rührei mit Speck, ein paar frische Brötchen, Marmelade und Butter. Und das jeden Tag. Vierzehn Tage lang.

Mir wäre das irgendwann zu eintönig geworden. Aber über Geschmack ließ sich ja bekanntlich nicht streiten.

»Was macht die Suche nach dem Hühnergott?«, stellte Irmgard mir eine Frage, mit der ich nicht gerechnet hätte.

»Ich dachte, er müsse mich finden«, erwiderte ich keck.

Die Inselschamanin sah mich abermals eindringlich an,

ehe sie ihre Lippen zu einem Lächeln verzog. »Da hat jemand aufgepasst.«

Ich war mir sicher, dass sie eigentlich etwas ganz anderes hatte sagen wollen und es gerade gar nicht wirklich um den Hühnergott gegangen war.

»Möchtest du mit uns frühstücken?«, bot Oma Gertrud an, als sie Irmgard den dampfenden Tee servierte.

Diese tätschelte ihr dankbar den Arm. »Nein, nein. Mach du dir wegen mir bitte keine Umstände. Ich hab zu Hause gefrühstückt«, behauptete sie, doch ihr knurrender Magen strafte sie Lügen.

Oma Gertrud lachte. »Etwas Ei mit Tomaten, Hirtenkäse und einem selbst gebackenen Brötchen?«

Irmgard grinste. »Du kennst mich eben doch besser als sonst jemand.«

Während ich die beiden Frauen so vertraut miteinander erlebte, musste ich an Caro und Silke in München denken. Ob ich ihnen von der gemeinsamen Nacht mit Ole erzählen sollte? Die Sache mit Jan war unvermeidbar. Vermutlich war er ohnehin schon zurück auf dem Weg in die Stadt an der Isar, während ich noch immer hier festsaß und den Geistern der Vergangenheit nachjagte.

»Das Essen ist wirklich vorzüglich«, lobte Irmgard Oma Gertruds Kreation und meinte dann an mich gewandt: »Was ist mit dir, Marie? Hast du keinen Hunger?«

Ich schüttelte den Kopf. »Nicht so wirklich.«

Die Kopfschmerzen hatten zum Glück inzwischen etwas nachgelassen. Mittlerweile fühlte es sich nicht mehr so an, als würde ein Presslufthammer hinter meinen Schläfen sitzen. Aber die Sache mit Ole war mir ziemlich auf den

Magen geschlagen. An Essen war nicht zu denken, auch wenn mir schon ganz schlecht vor Hunger war.

»Du solltest aber was essen. Du wirst schon bald sehr viel Kraft brauchen. Ein neues Leben muss gut vorbereitet sein.«

Die Inselschamanin nahm erneut einen Bissen von ihrem Brötchen, während ich erschrocken zusammenzuckte.

Was, bitte schön, meinte sie mit neuem Leben? Wusste sie etwas, was ich noch nicht wusste? Ole und ich hatten letzte Nacht doch verhütet.

»Neues Leben?«, fragte ich schließlich einem Nervenzusammenbruch nahe.

»Ja, neues Leben, Neuanfang, Neustart oder wie ihr jungen Leute das heute eben so nennt«, erwiderte Irmgard, ehe sie sich an meine Großmutter wandte und mein Herz wieder seinen Betrieb aufnahm.

»Gertrud, ich komme heute Mittag übrigens ein bisschen später. Ich habe noch einen Termin mit einem Makler wegen des Ladenlokals in Vitte, das ich vermieten möchte. Der Künstler, der dort in den letzten fünfundzwanzig Jahren sein Atelier hatte, geht auf eine Weltreise, um sich neue Inspiration zu suchen.«

Offenbar war ich nicht die Einzige, die hier wegwollte. Nach der vergangenen Nacht nur umso dringlicher.

»Und er kommt nicht wieder?«, fragte Oma Gertrud, während sie eine Ladung betörend duftender Brötchen aus dem Ofen zog.

»Vermutlich nicht. Da war er sich noch nicht ganz sicher. Aber das Atelier möchte er so oder so aufgeben. Er sprach von irgendwelchen Geistern der Vergangenheit, die ihn nicht mehr loslassen würden. Oder so ähnlich.«

Ich schluckte bei Irmgards Wortwahl. Keine Ahnung, wie sie es anstellte, aber sie war definitiv einer der besten Magier, den ich je gesehen hatte.

Dann erhob sie sich ebenso sprunghaft, wie sie ins Haus gestürmt war, und verabschiedete sich von uns beiden.

»Wir sehen uns später!«, hörte ich sie noch rufen, als sie bereits auf ihr Rad gestiegen und losgefahren war.

Kapitel 22

Der weitere Vormittag war nur so dahingeplätschert. Um mich abzulenken und nicht an eine ganz bestimmte Person denken zu müssen, hatte ich, kaum dass die Steiners außer Haus waren, den Rasen im Garten gemäht, die Hecken in Form geschnitten und im Anschluss daran mein Fahrrad nach Hause geholt.

In München hatte ich keinen eigenen Garten gehabt. Aber meine Blumen. Meine vielen schönen Blumen. Bunte Gerbera, Rosen, Orchideen und Hortensien. Ich vermisste ihren angenehmen Duft und die vielen kleinen Farbkleckser, die sie in mein Leben gezaubert hatten. Und je länger ich hier tatenlos herumsaß, desto mehr wurde ich mir der Tatsache bewusst, wie sehr meine Arbeit auch meine Berufung war.

Ich liebte es, mit Pflanzen zu arbeiten, sie zu pflegen und sie so in Szene zu setzen, dass jeder sie haben wollte.

Wehmütig dachte ich an mein *Blumenreich* und die vielen schönen Jahre darin zurück. Der Räumungsverkauf vor meiner Abreise, bei dem ich meine geliebten Blumen zu schmerzlich niedrigen Preisen verscherbeln musste, hatte mir alles abverlangt. Nur gut, dass ich damit zumindest die ausstehende Pacht an Herrn Seidel hatte überweisen können und er damit von rechtlichen Schritten gegen mich absah. Auch das wunderschöne Inventar hatte ich zurücklassen müssen, da es nur gepachtet war. Wenn ich da an die Theke dachte, an der ich meine Blumen für die bestellten Sträuße gebunden hatte, wurde ich ganz sentimental. Bevor ich jedoch wieder im Selbstmitleid zerfließen konnte, fasste ich endgültig den Entschluss, etwas in meinem Leben verändern zu wollen.

Ich brauchte eine neue Herausforderung. Eine, die mich forderte und mir gleichzeitig Freude bereitete. Natürlich würde ich Oma Gertrud weiterhin unter die Arme greifen. Aber das Inselhotel war ihre Berufung. Nicht die meine. Das wurde mir nun bewusst.

»Marie?«, hörte ich sie da schon nach mir rufen.

Ich wandte mich zu ihr um und sah sie mit einem Tablett in der Hand, auf dem zwei Flaschen Sanddornlimonade standen.

»Mach mal eine Pause! So die ganze Zeit auf deinem einen gesunden Fuß herumzuhüpfen, muss doch anstrengend sein. Ich verspreche dir auch, dass sich die Hecken in der Zwischenzeit nicht allein stutzen werden.«

Dankbar für die kleine Erfrischung hopste ich hinüber zu der Sitzgruppe, die mein Großvater selbst gebaut hatte, und nahm auf der weißen Holzbank Platz.

»Solltest du dich nicht für das Treffen mit Irmgard fertig machen?«

Ein Blick auf meine Armbanduhr verriet mir, dass aus dem Vormittag bereits ein Nachmittag geworden war. Manchmal verging sogar auf Hiddensee die Zeit unerwartet schnell.

»Das dauert noch ein Weilchen. Irmgard hat mich eben angerufen. Der Makler will noch tausend Sachen von ihr wissen, um das Inserat aufgeben zu können.«

»Ich wusste gar nicht, dass Irmgard Immobilien vermietet. Das passt irgendwie gar nicht zu ihrem Schamaninnen-Dasein. Findest du nicht auch?«

Oma lächelte mich milde an.

»Irmgard ist zwar auf der Insel geboren, aber sie hat lange Jahre im Ausland gelebt. New York, Rom, London und Singapur waren nur einige Etappen auf ihrem Lebensweg.«

»Das wusste ich gar nicht.«

Sie lächelte wieder und strich mir dabei wie bei einem Kind übers Haar.

»Das war lange vor deiner Geburt. Irmgard hat als Unternehmensberaterin gearbeitet. Sie hat dabei viel Geld verdient, aber nie ihre Erfüllung gefunden. Irgendwann kam sie dann zurück. Burn-out würde man es wohl heute nennen. Irmgard hat sich mit dem Schamanismus selbst therapiert. Und als sie sich fit genug in dem Bereich fühlte, hat sie damit angefangen, anderen Menschen mit ihrem Wissen zu helfen.«

Meine Großmutter gab mir eine der Flaschen in die Hand. Ich nahm einen Schluck und genoss das prickelnde Gefühl auf meiner Zunge.

»Schön, dass sie ihre Berufung doch noch gefunden hat.« Ich zögerte kurz, bis ich den Mut fand, Oma Gertrud von meinen eigenen Plänen zu berichten. »Ich möchte baldmöglichst wieder arbeiten.«

»Aber Marie, lass dir doch ruhig noch etwas Zeit! Nach allem, was in den letzten Tagen und Wochen passiert ist, hast du dir eine kleine Auszeit voll und ganz verdient.«

Nun nahm sie ebenfalls einen Schluck aus ihrer Flasche.

»Ich möchte wieder arbeiten. Aber nicht, weil ich es muss, sondern weil es mir fehlt, mit den Kunden über das

Gesteck für eine Hochzeit oder einen runden Geburtstag zu sprechen. Ich vermisse es, mit Kolleginnen und Kollegen zu fachsimpeln, Blumen in einem Bouquet anzurichten, um meinen Kundinnen und Kunden ein Lächeln ins Gesicht zu zaubern.«

Oma Gertrud nickte verstehend.

»Wir werden sicher etwas für dich finden. Du bist so talentiert. Schon als kleines Mädchen hast du mir die schönsten Sträuße gebunden und mir ein Loch in den Bauch gefragt. Auf so manche Frage wusste ich bald schon keine Antwort mehr, also haben deine Mama und ich dir Bücher gekauft und dir einen kleinen Abschnitt im Garten angelegt, in dem du schalten und walten konntest, wie du wolltest.« Sie lachte. »Das war jahrelang der schönste Bereich im Garten. Frau Brandt bewundert bis heute den üppigen Rhododendron, den ich nie so schön geschnitten bekomme wie du.«

Sie sah sehnsuchtsvoll in die hintere Ecke ihres Gartens, als müsste sie nur lange genug hinschauen, um die Vergangenheit erneut heraufzubeschwören und uns noch einmal die unbeschwerten Sommermonate meiner Kindheit verleben lassen zu können.

Sie seufzte und nahm noch einen Schluck Sanddornlimonade.

»Wie wäre es denn, wenn du deine Freundinnen mal zu uns auf die Insel einladen würdest?«, schlug sie mir plötzlich vor. »Für die kommende Woche hat mir eine Familie absagen müssen, weil ihre Tochter krank geworden ist. Die Ferienwohnung steht also frei. Was meinst du?«

Das war so großherzig von Oma, dass ich einen Moment brauchte, um meine Gefühle in Worte zu fassen.

»Das ist so lieb von dir. Ich werde Caro und Silke gerne fragen, ob sie kommen möchten. Aber Silkes Geburtstermin rückt näher. Ich glaube, sie müsste Ende des Monats entbinden. Und ich weiß nicht, ob Caro sich in der Kanzlei so kurzfristig freinehmen kann.«

Oma Gertrud lachte.

»Kinder halten sich nie an irgendwelche Vorgaben. Das wird deine Freundin bald merken. Und Arbeit läuft nicht weg. Die liegt auch eine Woche später noch auf dem Schreibtisch«, erklärte sie mit dem reichen Erfahrungsschatz einer Frau, die bereits vieles erlebt und noch mehr gesehen hatte. »Aber ruf die beiden doch einfach mal an. Dann hast du Gewissheit.«

Damit erhob sie sich etwas schwerfällig von ihrem Stuhl.

»Bevor Irmgard kommt, will ich noch einen Linseneintopf für heute Abend vorbereiten. Die Steiners wollten kein Mittagessen, weil sie unterwegs sind. Heute besteigen sie den Dornbusch.«

Ein Schatten huschte über Oma Gertruds Gesicht, ehe sie durch die Tür ins Haus verschwand. Sie dachte bestimmt gerade genau wie ich an Mama.

Bevor ich das Gespräch mit meinen Freundinnen noch länger hinausschieben konnte, griff ich zum Hörer und startete eine WhatsApp-Telefonkonferenz.

Es dauerte nicht lange, und Caro nahm ab.

»Hey, Marie! Schön, von dir zu hören.«

Ich überlegte kurz, ob ich sie womöglich gerade aus ihrer Arbeit gerissen hatte, als mir einfiel, dass ja Samstag war.

»Hey, ihr beiden!«, meldete sich schließlich auch Silke zu Wort.

»Hallo, ihr Lieben! Ich hoffe, es geht euch gut. In Oma Gertruds Inselhotel wurde eine Reservierung für kommende Woche spontan storniert. Und jetzt hat sie mir angeboten, euch einzuladen. Natürlich nur, wenn es euch passt. Ist vermutlich eh viel zu kurzfristig. Aber ich wollte euch trotzdem fragen. Ganz egal, ob nächste Woche oder irgendwann. Ihr fehlt mir.«

»Du fehlst uns auch.«

Caros Worte wurden von einem lauten Hupen begleitet. Sie war wohl gerade in der Stadt unterwegs. Vielleicht traf sie sich ja sogar gleich mit Silke in unserem Lieblingscafé in Schwabing.

Augenblicklich bildete sich ein Kloß in meinem Hals. Eifersüchtig lauschte ich den Geräuschen der Großstadt. Es war lange her, dass ich das letzte Mal ein Auto gesehen hatte. Und es war noch viel länger her, dass ich mich mit lieben Freundinnen getroffen und ausgetauscht hatte.

»Wenn du nicht sofort dieses dämliche Kirschkernkissen aus meinem Rücken nimmst, kratz ich dir die Augen aus!«, schrie Silke so laut in den Hörer, dass ich mein Handy einige Zentimeter von meinem Ohr weghalten musste.

»Silke, ist alles okay bei dir?«, fragte ich unnötigerweise.

»Ich liege seit heute Nacht um zwei in den Wehen. Wir sind gerade das dritte Mal in die Frauenklinik gefahren. Ihr werdet es nicht glauben: Dieses Mal darf ich sogar bleiben. Der Muttermund hat sich bis auf drei Zentimeter geöffnet, aber die Fruchtblase ist noch nicht geplatzt, und so richtig vorangehen will das alles hier einfach nicht. Was mich noch wahnsinnig macht. Meine Mutter lag mit mir und meiner Schwester nur fünf Stunden in den Wehen. Ich vergehe schon die doppelte Zeit in Schmerzen und kann mich nicht daran erinnern, Zwillinge zu erwarten.«

»Wollen wir dann nicht besser ein anderes Mal telefonieren?«, schlug ich vor. Schließlich war so eine Geburt doch ein ziemlich intimer und vor allem familiärer Anlass.

»Auf gar keinen Fall!«, rief Silke und klang dabei so bestimmt, dass ich es nicht wagte, ihr zu widersprechen.

»Können wir irgendwas für dich tun?«, fragte Caro.

»Mir würde es ja schon reichen, wenn mein Ehemann nicht länger dieses heiße Kirschkernkissen in meinen Rücken pressen würde.«

»Aber die Hebamme hat gesagt, …«, warf Frank aus dem Hintergrund ein.

»Ach, und wenn sie sagt, dass du mich in der Isar ertränken sollst, würdest du das dann auch machen?«

So angriffslustig und jähzornig kannte ich meine Freundin noch gar nicht. Aber so eine Geburt war sicher eine sehr einschneidende Erfahrung. Von den Schmerzen gar nicht erst zu sprechen.

»Was ist mit einer PDA?«, gab ich mein Halbwissen aus den klassischen Krankenhausserien des deutschen Fernsehens zum Besten, das noch aus einer Zeit stammte, in der man an feste Sendetermine gebunden war und nicht nach Herzenslust streamen konnte.

»Ein Dutzend Mal hab ich die Hebamme schon darum angefleht. Aber sie will mir nichts geben, bevor die Fruchtblase nicht geplatzt ist. Ansonsten bestünde die Gefahr, dass die PDA den Geburtsvorgang hemmt oder so. Alles nur Ausreden, wenn ihr mich fragt.« Dann war ein markerschütternder Schrei zu hören.

»Wir melden uns, nachdem alles überstanden ist«, erklärte Frank, ehe er einen lautstarken Schrei von sich gab.

Hoffentlich würden die drei das unbeschadet überstehen.

»Marie, bist du noch dran?«, fragte Caro nach einigen Augenblicken.

»Ja, ich bin noch da«, sagte ich schließlich mit Blick auf den Rhododendron.

»Ich hoffe für Frank und Silke, dass sich der kleine Mann schnell auf den Weg macht.« Caro seufzte.

»Da sagst du was. Ich kann mich nicht daran erinnern, Silke jemals so aufbrausend erlebt zu haben.«

»Ach nein?«, fragte Caro. »Dann hast du unseren Trip nach London offenbar vergessen.«

Ich überlegte kurz und begriff dennoch nicht, worauf Caro anspielte.

»Sorry, da klingelt nichts bei mir.«

»Ich sag nur: Victoria's Secret.«

Die beiden Worte öffneten die Tür zu einer vergessen geglaubten Erinnerung. »Oh.«

»Ja. Oh!«, bestätigte Caro. »Weißt du noch, wie sie die Frau angeschrien hat, die ihr den letzten BH mit diesem getigerten Muster vor der Nase wegschnappen wollte?«

»Wir sollten für Frank beten.«

»Und für die Hebamme«, ergänzte Caro.

»Besonders für die Hebamme.«

Wir kicherten albern.

»Hast du das mit der Einladung vorhin eigentlich ernst gemeint?«

Ich stutzte bei Caros Worten.

»Aber natürlich. Wie kommst du darauf, dass ich das nur im Spaß gesagt haben könnte?«

»Jan hat gestern Abend bei mir angerufen. Offenbar wusste er nicht, wohin mit sich.«

»Bitte was?«, entfuhr es mir ähnlich laut wie Silke noch vor wenigen Minuten.

»Hast du ihn schon gesprochen?«

»Ihn gesprochen? Er war hier, Caro. Auf Hiddensee. Plötzlich stand er vor Oma Gertruds Inselhotel und meinte mal wieder, mich vom Fleck weg heiraten zu wollen. Und drei Kinder sollten es sein.«

»Oh.«

Nun war Caro diejenige von uns beiden, der ein Licht aufging.

»Das ist … Wie hast du reagiert? Was hast du ihm gesagt, dass er zurück nach München gekommen ist?«

Ich seufzte und nahm einen letzten Schluck von meiner Sanddornlimonade.

»Ole war dabei«, sagte ich einer spontanen Eingebung folgend. Eigentlich hatte ich mir ja fest vorgenommen, das Thema vor meinen Freundinnen auszusparen. Aber wem – wenn nicht den beiden – sollte ich denn von dem Chaos in meinem Leben erzählen?

»Ihr beiden versteht euch also wieder besser«, mutmaßte Caro, während sich ihr Atem beschleunigte.

Wie ich sie kannte, hastete sie gerade einem Bus hinterher, weil sie mal wieder fünf Minuten später losgegangen war, als sie sich eigentlich vorgenommen hatte.

Caro war in ihrem Berufsleben so strukturiert, dass sie sich in ihrem Privatleben förmlich danach sehnte, zu spät zu kommen und Dinge auf die lange Bank zu schieben. Auch wenn ihr diese sehr wichtig waren.

»Ich habe die Nacht mit ihm verbracht.«

Caro hielt abrupt inne und ließ ihren Atem zischend entweichen.

»Und Jan?«

Ihr Bus war bestimmt schon weg. Jetzt würde sie die Tram nehmen müssen. Die fuhr nur wenige Meter von der Bushaltestelle ganz in der Nähe ihrer Wohnung ab.

»Das mit Jan ist vorbei. Ich kann mich einfach nicht auf ihn verlassen. Er ist wie ein Fähnchen im Wind. Schon morgen könnte er wieder ganz andere Pläne haben und nach Australien auswandern wollen. Außerdem …«

»Ja?«, hakte Caro nach, als mir das Weitersprechen schwerfiel.

»Ich habe mich die letzten Wochen, seit er unterwegs war, immer wieder gefragt, ob er mir fehlt und was ich wohl machen würde, wenn er plötzlich vor mir stünde. Je länger ich darüber nachgedacht habe, desto klarer wurde mir, dass das mit Jan und mir schon in München zu Ende war. Ich hab es mir nur nicht richtig eingestehen wollen.«

»Ihr wart eine lange Zeit zusammen, Marie. Das gibt man nicht so leichtfertig auf. Und das mit Ole ist …«

»… kompliziert«, vervollständigte ich Caros Satz. »Er ist heute Morgen gegangen, noch bevor ich wach war.«

Caro zog zischend die Luft ein.

»Das ist …«

»… eindeutig. Nicht wahr?«

»Es gibt bestimmt einen Grund dafür«, versuchte sie ähnlich wie Oma Gertrud, eine Erklärung für Oles Verhalten zu finden.

»Möglich. Ich bin mir nur nicht sicher, ob ich ihn wissen will.«

Meine Gedanken flogen zu Jette, wie sie lachend mit Ole

am Strand spazieren gegangen war. Als wir uns am Fuß des Dornbusches begegnet waren, war sie auch drauf und dran gewesen, Ole zu treffen.

Jetzt da Ole und ich wirklich eine Chance hätten, unsere Zukunft miteinander zu verbringen, wollte ich nur ungern darüber nachdenken, dass es andere Gründe geben könnte, die einen Keil zwischen uns trieben.

Zehn Jahre gingen an niemandem spurlos vorbei. Was hatte ich erwartet? Dass Ole wartete, bis ich irgendwann zurückkommen und die Vergangenheit aufarbeiten würde? Wohl kaum! Er hatte sein Leben sicher gelebt. Ebenso wie ich meins gelebt hatte. Ich mit Jan. Er mit Jette.

Die letzte Nacht war nichts als ein Traum gewesen. Ein wunderschöner Traum. Aber mit dem Sonnenaufgang hatte Ole gewusst, dass es eben nicht mehr sein konnte.

Rückblickend betrachtet hätte es nie so weit kommen dürfen. Ich schob es auf Oma Gertruds Sanddornlikör und ihre Verkupplungsversuche, auch wenn ich ihr damit unrecht tat. Sie hatte nur in die richtige Richtung geschubst, was ohnehin schon in unsichtbaren Lettern zwischen Ole und mir stand. Diese Nacht war unumgänglich gewesen. Ebenso wie der sonnige Morgen mit all seinen Schatten.

Die Tram fuhr laut quietschend an der Haltestelle ein. Die Türen öffneten sich scheppernd, und Caro stieg ein. Sie saß am liebsten weit hinten am Fenster und sah während der Fahrt erwartungsvoll nach draußen wie ein Kind, das zum ersten Mal mit einem öffentlichen Verkehrsmittel fuhr.

»Und, fragst du, ob du spontan freimachen kannst?«, fragte ich im Wissen darüber, dass Caro vermutlich Nein sagen würde.

»Ich werde es versuchen. Ein wenig Abstand zu allem hier wird mir nicht schaden. Ich hab ohnehin noch mindestens drei Wochen Überstunden, die ich irgendwann abbauen muss. Momentan ist es recht ruhig in der Kanzlei. Es kann also wirklich gut sein, dass ich dich am Montag oder Dienstag für ein paar Tage besuchen komme.«

»Das wäre wunderbar«, bekräftigte ich ihren Entschluss. »Ich könnte dir die Insel zeigen, und wir könnten baden und auf Bernsteinsuche gehen.«

Caro lachte. »Und dabei einen Mann finden? Ne, lass mal. Mein Leben ist so schon kompliziert genug.«

Als sie nicht weiter darüber sprach, was denn da im Argen lag, hakte ich nach.

»Papa hat in seinem Testament verfügt, dass ich meinen Erbteil nur bekomme, wenn ich in der Kanzlei kündige und mache, worauf ich Lust habe.«

»Das wusste ich ja noch gar nicht!«, platzte es aus mir heraus.

»Ich hab über diesen Passus noch mit niemandem gesprochen. Papa wusste ganz genau, dass ich nicht glücklich in der Kanzlei bin und schon immer von meiner eigenen kleinen Buchhandlung träume.« Sie seufzte. »Aber ich bin kein sonderlich risikofreudiger Mensch. Ich sehe mich einfach nicht als Unternehmerin. Allein mit der ganzen Verantwortung.«

Caros Worte pflanzten mir eine Idee in den Kopf. Eine Idee, von der ich selbst noch nicht wusste, was ich davon halten sollte. Ich würde mit ihr darüber sprechen, sobald sie bei mir auf der Insel war. Und wir würden sehen, ob diese Idee etwas war, für das es sich zu kämpfen lohnte.

»Vielleicht ist es dann wirklich ganz gut, wenn du ein

paar Tage zu mir kommst und dir in Ruhe über alles Gedanken machst.«

»Ich sag dir schnellstmöglich Bescheid. Ich schicke Christian, also Herrn Oertel, gleich eine Nachricht.«

Ein wenig verwunderte mich die Tatsache, dass Caro ihren Chef neuerdings beim Vornamen nannte und ihm am Wochenende eine Mail schicken wollte. Aber ich sagte nichts. Auch das würde sich sicher in den nächsten Tagen hier auf Hiddensee klären. Die Insel entlockte jedem seine intimsten Geheimnisse. Ich gab der Ruhe, gemischt mit der frischen Seeluft und dem üppig wuchernden Sanddorn, die Schuld. Irgendwas stellte diese Kombination mit den Menschen auf Hiddensee an.

»Mach das! Ich freu mich auf deine Nachricht.«

»Und zu Ole«, begann Caro wieder. »Vielleicht solltest du jetzt dringender denn je auf die Suche nach diesem Hühnergott gehen, von dem alle Welt möchte, dass du ihn findest.«

»Irrtum! Alle Welt möchte, dass mich dieser bescheuerte Hühnergott findet. Keine Ahnung, wie ein Stein jemanden finden kann, aber Irmgard liegt mir damit permanent in den Ohren. Und jetzt auch noch du!«

Caro kicherte. »Bis bald, Süße. Ich vermisse dich.«

»Ich dich auch. Bis hoffentlich ganz bald.«

Kapitel 23

Aufgeregt wie ein Kind kurz vor der Bescherung stand ich im Hafen von Kloster und wartete darauf, dass Caro endlich auf der Insel eintreffen würde.

Sie hatte Wort gehalten und ihren Chef gefragt, ob sie sich ein paar freie Tage nehmen dürfte. Und heute, an einem Dienstagnachmittag, war es nun endlich so weit. Nachdem Caro den gestrigen Tag für die Übergabe ihrer offenen Fälle an ihre Kollegin genutzt hatte, war sie gleich heute Morgen mit dem Zug in Richtung Norden aufgebrochen.

Um besser sehen zu können, versuchte ich mich trotz meines verletzten Fußes auf die Zehenspitzen zu stellen – woran ich kläglich scheiterte –, und schirmte meine Augen von der Sonne ab. Aber die Fähre war noch immer nicht unterwegs. Bis auf einige kleinere Boote, Segelschiffe und Möwen war auf der Wasseroberfläche nichts zu sehen. Was dauerte das denn nur so lange?

Unruhig sah ich mich nach allen Richtungen hin um.

»Na, wer wird denn da so ungeduldig sein?«, ertönte plötzlich die kehlige Stimme von Willi, dem Seebären, neben mir. Erschrocken zuckte ich zusammen. Ich hatte gar nicht mitbekommen, wie er sich mir genähert hatte.

Willi lachte laut. »Wartest du auf deinen Schatz? Meine Else hat auch immer ganz aufgeregt im Hafen gestanden und den Horizont nach mir abgesucht. Manchmal tagelang. Gab ja noch kein Handy, mit dem ich ihr hätte Bescheid sagen können, wann sich das Warten lohnt.« Er machte eine abwinkende Handbewegung. »Alles Schnee von gestern. Und Else liegt längst in Kloster auf dem Friedhof. Aber so ist das halt. Die Welt dreht sich weiter. Egal, ob wir ungeduldig sind oder nicht.«

Er zwinkerte mir vielsagend zu und entzündete dabei mit einem Streichholz die Pfeife, die bis dahin locker in seinem Mundwinkel gelegen hatte. Der Duft von Vanille umwehte meine Nase. Ich musste niesen.

»Ich warte auf eine meiner besten Freundinnen«, erklärte ich mich, obwohl ich Willi keine Rechenschaft schuldig war. Die Insel war klein, und ich wollte nicht, dass Willi jemandem erzählte, ich hätte auf einen Mann gewartet.

Doch warum eigentlich nicht? Ole hatte eine Entscheidung für uns beide getroffen und war gegangen. Es stand mir also vollkommen frei, mich mit so vielen Männern zu treffen, wie ich nur wollte. Er hatte kein Recht, mich zu verurteilen.

Der Seebär nahm einen tiefen Zug seiner Pfeife und nickte. »Das ist natürlich etwas ganz anderes.«

Er lächelte mich gutmütig an. Früher hatte ich oft halt an seiner Barkasse gemacht und ein Fischbrötchen verputzt. Nur Oma Gertrud hatte ich davon nichts erzählen dürfen, weil sie den Seebären nicht mochte. Doch das dicke Lüftchen, das zwischen den beiden während meiner Kindheit und Jugend geweht hatte, schien verflogen. Anders konnte ich es mir nicht erklären, dass Oma Gertrud ihren Fisch mittlerweile bei Willi kaufte.

»Es ist übrigens sehr schön, dass du wieder auf der Insel

bist, Marie«, hörte ich den sonst so ruppigen, von Wind und Meer gegerbten Mann leise, fast schon andächtig sagen.

»Das ist sehr lieb von dir, Willi, dass du das sagst.«

Ich ließ den Horizont für einen Moment aus den Augen und lächelte Willi dankbar zu. Es war nett von ihm, dass er mich aufmuntern wollte. Auch wenn er gar nicht wissen konnte, dass ich das dringend nötig hatte.

Vielleicht war es ja wie damals, als ich nach der Schule zu ihm gekommen war, um mich auf eines seiner Fässer zu setzen und trübsinnig in die Welt zu schauen. Mal waren es schlechte Noten gewesen, mal Schulkameraden, die mich hänselten. Willi hatte immer einen bissigen Spruch auf den Lippen gehabt, der mich ermutigte, mich aber nicht verhätschelte. Das war ihm wichtig: Er wollte mich auf das Leben vorbereiten, mir zeigen, dass Ungerechtigkeiten und Herausforderungen an jeder Ecke lauern konnten. Nicht nur in der Schule.

Ob ich ihm erzählen sollte, wie kläglich ich in jeder nur erdenklichen Hinsicht gescheitert war? Ich war mir ziemlich sicher, dass Willi mich prompt auf eines seiner Fässer setzen, mir ein Fischbrötchen in die Hand drücken und mir von dem Leben als Seemann erzählen würde.

Beim Gedanken an die Szene musste ich lächeln.

Willi zog fest an seiner Pfeife, dann schob er sich die Kapitänsmütze etwas tiefer ins Gesicht. Soweit ich wusste, war Willi nie Kapitän gewesen. Die Mütze stand ihm auch so ausgesprochen gut. Fehlte nur die passende Uniform. Aber die sparte er sich.

›In den engen Klamotten kann man nicht arbeiten‹, hatte er früher immer gesagt.

»Guck, die MS Gellen nimmt Kurs auf Hiddensee. Jetzt musst du nicht mehr lange warten.«

»Sieht ganz danach aus.«

»Lass dich mal wieder bei mir blicken. Dein Lieblingsfass hab ich in all den Jahren nicht vom Fleck bewegt.«

Ich musste lachen. »Sehr gerne. Ich werde Caro mitbringen.«

Willi nickte mit angedeutetem Lächeln.

»Für die finden wir sicher auch noch ein Fass. Ich muss leider los. Mit der Fähre kommen die nächsten potenziellen Kunden. Wir sehen uns.«

»Ganz sicher.«

Kaum dass Willi von der Bildfläche verschwunden war, legte die Fähre auch schon im Hafen an. Voller Vorfreude reckte ich meinen Kopf in die Höhe und suchte nach Caro.

Als die ersten Passagiere von Bord gingen und Caro nicht dabei war, wurde ich ein wenig unruhig. Was, wenn sie die Fähre gar nicht erreicht hatte? Vielleicht war ihr noch etwas dazwischengekommen. Oder sie hatte sich Hals über Kopf in einen Portugiesen verliebt, den sie auf der Bahnfahrt kennengelernt hatte, und sich spontan dazu entschieden, mit ihm nach Lissabon zu fahren.

»Marie! Hier bin ich!«, ertönte plötzlich Caros Stimme an der Gangway.

Mein Herz machte einen Luftsprung. Endlich würde ich eine meiner besten Freundinnen in meiner Nähe haben. Ganz für mich allein. Wir würden so viel Spaß zusammen haben, uns mit einer guten Flasche Rotwein an den Strand setzen und bis weit in die Nacht über Gott und die Welt plaudern. Ich konnte es kaum noch erwarten, sie in meine Arme zu schließen.

Ich fuchtelte wie wild mit den Armen, und Caro lachte übermütig. So ausgelassen hatte ich sie schon lange nicht mehr gesehen. Sie sah gut aus. Fast schon erholt. Der Rest würde sich hier auf Hiddensee finden.

Überschwänglich fielen wir uns in die Arme und lösten uns erst voneinander, als die Tagestouristen, die mit der MS Gellen gekommen waren, schon auf und davon waren. Die Passagiere, die zurück nach Rügen wollten, waren bereits an Bord gegangen, die Gangway war weggeklappt. Die Fahrt würde jeden Moment losgehen.

Die Möwen kreisten übermütig über der Fähre und lauerten auf das ein oder andere Fischbrötchen, das an der Reling verzehrt wurde. Das Meer wogte in gleichmäßigem Reigen. Die MS Gellen nahm es gelassen und ließ sich treiben.

»Es ist so schön, dass du endlich hier bist«, begrüßte ich Caro hochoffiziell auf der Insel.

»Das ist lieb von dir.«

Caro lachte. Ihre Augen leuchteten wie das Licht von Tausenden Glühwürmchen. Das rote Kleid mit den weißen Punkten stand ihr ausgesprochen gut. Ich hatte es noch nie an ihr gesehen. Auch der neue Haarschnitt war ganz anders, als ich es in den vergangenen Jahren von Caro gewöhnt gewesen war. Sie hatte sich einen pfiffigen Bob schneiden lassen, ähnlich wie Phryne Fisher aus der Serie *Miss Fishers mysteriöse Mordfälle*. Aus irgendeinem Grund wirkte sie nervös, fast schon angespannt, was so gar nicht zu ihrer fabelhaften Erscheinung passen wollte.

Doch ich sprach sie nicht unmittelbar darauf an. Irgendwas sagte mir, dass ich den dazu passenden Augenblick erst noch abwarten sollte. Die Flasche Rotwein am Strand klang in meinen Ohren immer verlockender. Auch wenn ich die Kopfschmerzen nach dem exzessiven Sanddornlikörgenuss noch nicht vergessen hatte.

Ich wollte mir gerade Caros Koffer schnappen, als mir wieder einfiel, dass mein Bein ja verletzt war.

»Was ist denn mit deinem Fuß passiert?«, fragte Caro nun besorgt.

Ich winkte ab. Nur gut, dass man das Veilchen dank ein wenig Make-up schon nicht mehr erkennen konnte.

»Nichts weiter. Erzähl ich dir alles in Ruhe«, vertagte ich die Erinnerung an den vergangenen Freitag und besonders an den Samstagmorgen auf ein anderes Mal.

Mein Handy vibrierte und riss mich dankenswerterweise aus meinen Gedanken. Beim Blick aufs Display bekam ich den reinsten Zuckerschock.

»Schau mal!« Ich schob das Gerät in Caros Blickfeld. Sie bekam sofort ganz große Augen und griff nach meinem Handy, als sie Pauls neuestes Babyfoto in unserem Gruppenchat mit Silke erblickte.

»Der Kleine ist so unglaublich süß. Gleich am Sonntag bin ich zu Silke und ihm ins Krankenhaus gefahren. Frank war kurz zum Duschen daheim. Da hatte ich die beiden ganz für mich allein.«

Caro konnte den Blick gar nicht mehr von ihm abwenden. Ganz verzückt sah sie aufs Display. Gleichzeitig hatte ich das Gefühl, dass sie ein wenig wehmütig war. So viel Glück auf einmal musste man erst mal aushalten können.

Mir war es ein Rätsel, wie frischgebackene Eltern nicht übersprudelten vor Glück. Hätte ich ein Baby, würde ich Tag und Nacht nur noch mit einem Dauergrinsen durch die

Welt laufen, jeden Baum auf meinem Weg umarmen und all meinen Feinden die Absolution erteilen.

»Auf dem anderen Bild, das Silke geschickt hat, sieht man Frank und die Krankenschwester gleich nach der Geburt.«

»Wie schön! Dann haben es ja wirklich alle überlebt.«

Caro kicherte. »Du bist gemein.«

Ich neigte den Kopf und nahm Maß zwischen Daumen und Zeigefinger. »Vielleicht ein ganz kleines bisschen. Du verrätst mich doch nicht?«

Caro schüttelte den Kopf. »Was auf Hiddensee passiert, bleibt auch auf Hiddensee.«

Lachend machten wir uns schließlich auf den Weg.

»Hallo, ihr beiden!«

Oma Gertrud hatte uns schon von Weitem kommen gehört, was nicht weiter schwer war. Caro und ich schnatterten wie zwei Wildgänse. Wir hatten uns so lange nicht gesehen, dass jede von uns das Bedürfnis hatte, der anderen alles und noch viel mehr von sich zu erzählen.

Der Weg von der Anlegestelle bis zu Omas Inselhotel war nicht lang. Und dennoch wusste ich bereits, dass der Drache gekündigt und eines unserer Stammlokale dichtgemacht hatte.

Erst jetzt, da Caro mir von all den Veränderungen in München berichtete, war ich mir im Klaren darüber, dass die Zeit nicht stillgestanden hatte, und dass es das München, wie ich es kannte, schon gar nicht mehr gab. Dabei waren seit meiner Abreise erst wenige Wochen vergangen.

Voller Wehmut dachte ich an meine Wohnung im Glockenbachviertel. Wer dort wohl inzwischen wohnte? Ob es im Treppenhaus wohl noch immer nach Holzpolitur und Essigreiniger roch? Mittlerweile vermisste ich sogar den strengen Kohlrouladengeruch, der sich immer donnerstags durchs ganze Haus zog. Oder war es freitags?

Das Gartentor knirschte beim Öffnen und riss mich aus meinen Gedanken.

»Wie schön, dass Marie mir endlich eine ihrer Freundinnen vorstellen kann. Ich bin Maries Oma.«

Oma Gertrud zögerte nicht lange und nahm Caro fest in ihre Arme. An Herzlichkeit waren ihre Begrüßungen wahrlich kaum zu übertreffen. Was sicher mit ein Grund dafür war, warum ihr Inselhotel so gut lief.

Mit dem Hotel ging es meiner Großmutter nicht um den höchstmöglichen Gewinn oder die exklusivsten Gäste. Sie hatte schon immer das Bedürfnis gehabt, einen Ort zu schaffen, wo sich alle rundum wohlfühlen konnten. Und das war ihr wahrlich gelungen.

»Hallo, Frau Ryske. Ich bin die Caro.«

Meine Freundin klang ein wenig wie ein Kind, das die Schule gewechselt hatte und sich vor der neuen Klasse vorstellen musste.

»Frau Ryske bin ich für die Polizei oder für irgendwelche Ämter. Nicht dass ich besonders viel Kontakt zu denen hätte. Für alle anderen bin ich die Gertrud.«

Caro lächelte verlegen. Sie war es nicht gewöhnt, dass man ihr gleich bei der ersten Begegnung das Du anbot. Ihre Mutter ließ sich von mir bis zum heutigen Tag mit Frau Baumgartner anreden. Dabei kannten wir uns jetzt schon fast sieben Jahre.

Ich hatte mich schon öfter gefragt, wie Caros Kindheit und Jugend wohl verlaufen waren. Ihre Familie wirkte seit jeher etwas zu steif und äußerst konservativ auf mich. Caro sprach nicht sonderlich oft über sie. Erst mit dem Tod ihres Vaters hatte sie sich diesbezüglich ein wenig geöffnet.

»Aber jetzt gehen wir erst mal rein und nehmen auf der Terrasse einen kleinen Aperitif. Ich habe einen Sanddorn-Spritz vorbereitet. Das In-Getränk des Sommers, wie ich mir habe sagen lassen.«

Ich wagte es nicht, nach ihrer Quelle zu fragen. Aber ich konnte mir gut vorstellen, dass Irmgard bei der Sache ihre Finger im Spiel hatte.

»Mhmm, der ist wirklich sehr fruchtig. Richtig belebend nach einer so langen Fahrt«, lobte Caro Oma Gertruds Kreation wenig später.

»Setzt euch, setzt euch! Ich hab natürlich noch einen Kuchen gebacken.«

»Aber Oma Gertrud!«, ermahnte ich sie. »Das wäre wirklich nicht nötig gewesen. Du wolltest dich doch am Nachmittag ausruhen.«

Sie winkte ab. »Ausruhen kann ich mich, wenn ich mal auf dem Friedhof liege. Bis dahin habe ich uns eine schnelle Sanddorntorte gebacken. Der Kaffee läuft auch schon durch die Maschine.«

Sie war in ihrer Paraderolle als die perfekte Gastgeberin. Voller Freude und Begeisterung bei der Sache.

»Sie ist … ganz genau so, wie du sie beschrieben hast«, sagte Caro, kaum dass meine Oma außer Hörweite war. »Vielleicht sogar noch eine Spur herzlicher, wenn das überhaupt noch möglich ist. Und sie ist wirklich schon fast achtzig?«

Ich nickte.

»Ja, im Herbst steht schon ihr runder Geburtstag an. Das

ganze Dorf wird kommen. Inklusive der Bürgermeisterin. Das wird ein Fest, sag ich dir.«

Meine Großmutter stand nicht sonderlich gerne im Mittelpunkt. Aber sie freute sich darüber, wenn ihr andere eine Freude machen wollten. Und ihr Geburtstag würde sicher ein Fest voller Freudentränen und Weißt-du-Nochs werden. Dafür brauchte es keine Glaskugel.

Im Gegensatz zu Oma Gertrud, die sich auf diesen Tag durchweg freuen konnte, hatte ich schon heute Angst davor, einer ganz bestimmten Person zu begegnen, der ich seit Samstag weitestgehend aus dem Weg gegangen war.

»Du kannst echt froh sein, dass du deine Oma noch hast. Und vor allem, dass sie so fit ist. Die Eltern meiner Mutter sind schon gestorben, da war ich noch nicht mal auf der Welt. Und Papas Vater hat mich immer mit seiner Schwester Lisbeth verwechselt. Seit ich denken kann, ist er dement. Das wurde am Ende so schlimm, dass er ohne Hose, Socken und Schuhe bei Schnee raus auf die Straße gegangen ist, um den Kater aus seiner Kindheit zu suchen. Als wir ihn wiederfanden, waren seine Beine ganz blau. Er musste wegen Unterkühlung ins Krankenhaus gebracht werden. Da hat er dann behauptet, dass er Dieben auf der Fährte gewesen wäre. Opa hat nämlich mal für die Polizei gearbeitet, musst du wissen. Aber das ist lange her. Heute sitzt er in einem Pflegeheim und schaut auf die Isar. Er spricht kaum noch. Und das, was er sagt, versteht niemand, weil es aus einer Zeit stammt, in der keiner von uns gelebt hat.«

Bei Caros Ausführungen wurde ich ganz schwermütig. Ich wollte mir nicht vorstellen, was es für mich bedeuten würde, wenn Oma Gertrud mal nicht mehr wäre. Nicht auszudenken, was dann aus mir werden würde. Sie war alles, was mir noch von meiner Familie geblieben war. Seit ich das Geheimnis des Bildes gelöst hatte, hatte ich auch Klarheit darüber, wer mein Vater war, und dass er bereits vor vielen Jahren gestorben war. Uns würde es nie vergönnt sein, einander kennenzulernen. Ein Kloß bildete sich bei diesem Gedanken in meinem Hals.

»So, da ist nun das gute Stück.« Mit einem Lächeln im Gesicht stellte Oma Gertrud die Sanddorntorte auf den Tisch. Auf der Oberfläche waren lauter kleine ineinander verschlungene Herzen zu sehen. Das sah so schön aus.

»Hoffentlich lässt sie sich gut schneiden. Ich hatte sie nicht lang genug im Kühlschrank.«

Mit einem Hauch von Besorgnis in der Miene schnitt sie vorsichtig die Torte an und legte Caro das erste Stück auf ihren Teller.

»Das sieht wundervoll aus, und sicher schmeckt es auch so.«

Meine Oma lächelte zufrieden.

»Ach, jetzt hab ich doch tatsächlich den Kaffee vergessen. Wenn mein Kopf nicht auf meinem Hals festgewachsen wäre, dann hätte ich den mit Sicherheit schon das ein oder andere Mal irgendwo liegen lassen.«

»Ich kann doch schnell gehen«, bot ich an und war bereits dabei, von meinem Platz aufzustehen, als Oma mich zurückhielt.

»Lass mal, mein Schatz! Du mit deinem kranken Fuß. Unterhaltet ihr beiden euch mal in aller Ruhe. Ich bin gleich wieder zurück. Wer rastet, der rostet. Also lege ich ganz gern mal eine Extrarunde ein.«

Als meine Großmutter im Haus verschwunden war, schweifte Caros Blick hinüber zum Strand und aufs Meer hinaus. »Schön habt ihr es hier.«

Ihre Augen waren voller Sehnsucht. Irgendwas sagte mir, dass dieser Ausdruck nicht allein dem Meer geschuldet war.

»Schön, dass Christian dir ein paar Tage freigegeben hat«, sagte ich schließlich, um Caro ein wenig aus der Reserve zu locken.

Es kam mir nach wie vor äußerst merkwürdig vor, dass sie ihren Chef plötzlich bei seinem Vornamen nannte. Wenn mich nicht alles täuschte, dann hatte sich die Beziehung zwischen den beiden intensiviert. Und das auf einem ganz bestimmten Gebiet.

»Wir haben eine Affäre«, ließ Caro die Bombe platzen und schaute dabei weiter hinaus aufs Meer.

»Du und dein Chef?«

Caro war von uns dreien immer diejenige gewesen, die für eine strikte Trennung zwischen Privatleben und Beruf plädiert hatte. Und jetzt das.

»Ja, mit meinem verheirateten Chef. Er erwartet im nächsten Monat Nachwuchs. Seine Frau kam letzte Woche ins Büro, um ihn zu überraschen. Mir hat er erzählt, die Ehe stünde kurz vor dem Aus.«

Ich nahm einen großen Schluck des Sanddorn-Spritz', in den Oma Gertrud sogar Eiswürfel gegeben hatte.

»So ein Idiot! Mensch, Caro, das tut mir so leid. Was machst du denn jetzt? Wirst du weiterhin in der Kanzlei arbeiten? Und was ist mit Christian und dir?«

Caro zuckte mit den Schultern und blickte resigniert in meine Richtung. Tränen standen ihr in den Augen und kullerten ihr schließlich eine nach der anderen über die Wangen.

Schon tat es mir leid, dass ich sie mit der Fülle an Fragen konfrontiert hatte. Statt den Finger in die Wunde zu legen, hätte ich abwarten sollen, was sie selbst zu erzählen bereit war.

Während Caro mittlerweile wie ein Schlosshund weinte, rutschte ich näher zu ihr und legte meinen Arm um ihre Schultern.

»Sch, sch, sch! Alles wird gut. Hörst du?«

Caro beruhigte sich allmählich wieder, wischte sich die Augen trocken und schnäuzte in ein Taschentuch.

»Ich bin so wütend auf mich selbst.«

»Wütend auf *dich*?«, hakte ich nach. »Ich würde verstehen, wenn du wütend auf ihn wärst, dieses A…«

Caro seufzte. »So einfach ist das nicht. Ich hab mich schließlich auf ihn eingelassen, obwohl ich ganz genau wusste, dass er verheiratet ist. Kind hin oder her. Das spielt im Grunde überhaupt keine Rolle. Ich habs verbockt!«

Einfühlsam strich ich ihr über den Rücken.

»Jetzt such die Schuld doch nicht nur bei dir. Dieser Christian hatte nach dem Tod deines Vaters sicher ein leichtes Spiel mit dir. Außerdem ist er als dein Chef dir gegenüber sowieso in einer Machtposition. Er hat deine Situation schamlos ausgenutzt.«

»Ja, vielleicht. Vielleicht hat er mich aber auch einfach nur auf andere Gedanken gebracht. Es war so schön, gemeinsam mit ihm ein wenig dem Alltag zu entfliehen. Auch wenn es nie für lange war, hab ich mich trotzdem jedes Mal wahnsinnig darauf gefreut, ihn wiederzusehen.«

Caro war ein Gefühlsmensch. Für sie musste der Himmel voller Geigen hängen, ehe sie sich auf einen Mann einließ.

»Und wie geht das zwischen euch jetzt weiter? Hast du ihn mit der Schwangerschaft seiner Frau konfrontiert?«, fragte ich vorsichtig.

»Ich hab ihn am Samstag angerufen. Gleich nachdem wir beide miteinander telefoniert hatten. Ich hab ihm erklärt, dass ich eine Auszeit brauche und vielleicht nie wieder zurückkommen werde.«

»Das klingt eindeutig nach einer weiteren Runde Sanddorn-Spritz«, verkündete Oma Gertrud in diesem Augenblick.

Kaum dass sie die Kaffeekanne auf den Tisch gestellt hatte, verschwand sie schon wieder im Haus. Sie ahnte bestimmt, dass wir uns eine Menge zu erzählen hatten, und wollte uns den nötigen Freiraum geben. Das war sehr lieb von ihr.

»Das tut mir so leid für dich, Caro! Du hättest es mal wieder verdient, von einem Mann auf Händen getragen zu werden. Als Einzige! Und nicht nur so nebenher.«

Caro rang sich zu einem angedeuteten Lächeln durch.

»Das hättest du nach deiner Pleite mit Jan aber auch so was von verdient gehabt. Was ist dieser Ole nur für ein Idiot?! Hat er sich noch immer nicht bei dir gemeldet?«

Ich schüttelte den Kopf. »Das Kapitel ist ein für alle Mal abgeschlossen. Reden wir also besser nicht weiter drüber.«

Ich hob mein Glas an, und Caro tat es mir gleich.

»Auf eine schöne gemeinsame Zeit auf meiner Insel. Ganz ohne nervige Männergeschichten und die unschönen Altlasten, die wir auf dem Festland zurückgelassen haben.«

Caro stieß mit mir an.

»Das klingt ganz nach meinem Geschmack. Wir starten ab sofort bei Stunde null. Alles, was davor war, zählt nicht mehr. Wie klingt das für dich?«

»Nach einem verdammt guten Plan. Cheers!«

Kapitel 24

Caro war schon seit knapp einer Woche auf Hiddensee, als Oma Gertrud am frühen Morgen an meine Zimmertür klopfte.

»Marie, bist du schon wach?«

Verschlafen rieb ich mir die Augen, ehe ich zum Wecker schielte und feststellen musste, dass es gerade mal sieben Uhr in der Früh war.

»Komm ruhig rein«, bat ich sie ins Zimmer.

»Irmgard hat eben angerufen. Es gibt einen Interessenten für ihre Immobilie. Sie hat aber kein gutes Gefühl bei dem Mann. Seine Aura. Na, du verstehst schon.«

Ich unterdrückte ein Gähnen und setzte mich aufrecht hin, als Oma Gertrud auf meiner Bettkante Platz genommen hatte.

»Und was genau hab ich jetzt damit zu tun?«

Mir wollte nicht einleuchten, inwieweit ich ihr bei der Angelegenheit behilflich sein konnte. Wenn Irmgard der potenzielle Mieter nicht gefiel, konnte sie ihn doch problemlos ablehnen.

»Irmgard hat mich gebeten, mal bei ihr vorbeizuschauen. Der Mann hat sich gegen acht Uhr bei ihr angekündigt. Könntest du dich bitte um das Frühstück für den Bochumer Studenten kümmern? Der Rest der Gäste ist schon unterwegs.«

»Isst der nicht eh nur Sprossen?«

Eigentlich hatte ich fragen wollen: Den gibt es wirklich? Denn nach wie vor waren wir beide uns nicht im Haus begegnet. Was wirklich kaum zu glauben war. Schließlich war Omas Inselhotel nicht so weitläufig wie das Adlon in Berlin.

Sie warf mir einen rügenden Blick zu. Niemand durfte sich über ihre Gäste lustig machen. Nicht mal ihre eigene Enkeltochter.

»Du müsstest ihm nur ein Porridge mit frischen Früchten zubereiten und um kurz vor acht vor die Zimmertür stellen.«

»Wie? Er kommt gar nicht raus zum Frühstücken?«

Oma wiegte leicht den Kopf. »Er ist ein bisschen eigen. Aber sind wir das nicht alle?«

Lächelnd legte sie ihre gefalteten Hände in den Schoß und sah mich durchdringend an.

»Schaffst du das, oder bist du mit Caro schon zu einem Ausflug verabredet? Ich möchte eure Pläne nicht durchkreuzen.«

Meine Großmutter schien wirklich besorgt darum, ihre Bitte könnte unangebracht sein.

»Alles gut! Caro wollte heute Morgen ohnehin mal ausschlafen.«

Was ich im Grunde auch vorgehabt hatte, bis Oma Gertrud an meine Tür geklopft hatte. Aber das würde ich ihr mit Sicherheit nicht erzählen.

Gestern Abend hatten wir uns endlich mit einer guten Flasche Rotwein in die Dünen gesetzt und einen feuchtfröhlichen Abend miteinander verbracht. Es tat so gut, Caro bei mir zu haben. Wir hatten Zukunftspläne geschmiedet.

Ziemlich utopische, die mit jedem weiteren Glas immer weiter ausgeufert waren. Aber wir hatten unseren Spaß dabei gehabt. Und die ein oder andere Idee ließ sich ja vielleicht wirklich einmal realisieren.

Caro war drauf und dran, ihr Leben in München komplett umzukrempeln. Die Kanzlei war keine Option mehr für sie. Je länger sie darüber nachdachte, desto mehr fand sie an dem Passus im Testament ihres Vaters Gefallen, wie mir schien.

Gestern Abend hatte sie ganz offen von ihrem Kindheitstraum gesprochen, eine eigene Buchhandlung zu führen. Aber in München brauchte sie es erst gar nicht zu versuchen. Der Markt war übersättigt. Ganz zu schweigen davon, dass es eine der teuersten Städte Deutschlands war.

Ganz im Gegenteil zu Hiddensee. Hier war die Konkurrenz nicht sonderlich groß. Mit einem guten Konzept und einem gewissen Alleinstellungsmerkmal würde Caro sicher bald viele Kunden in ihrem eigenen Laden willkommen heißen dürfen. Wir hatten den Faden sogar noch weitergesponnen und überlegt, wie schön es wäre, wenn wir beide uns zusammentun könnten. Eine Buchhandlung, in der es neben einem leckeren Stück Kuchen und frisch aufgebrühtem Kaffee gleich noch Blumen zu kaufen gäbe.

Ein wunderschöner Traum! Aber eben nur ein Traum. Denn auch wenn Caro das nötige Startkapital für solch einen Neuanfang beisammenhatte, ich hatte es nicht. Und wenn ich keine Bank ausraubte, würde sich daran auch in absehbarer Zeit nichts ändern.

Caro hatte zwar angeboten, mir die Summe vorzustrecken, aber das war keine Option für mich gewesen.

»Das ist sehr lieb von dir. Auf das Porridge müssen exakt

fünf Apfelscheiben, sieben Cashewkerne und eine halbe Banane.«

Ungläubig starrte ich Oma Gertrud an.

»Was passiert, wenn ich statt sieben Cashewkernen zwölf hinzugebe?«

»Dann isst er es nicht«, erwiderte sie trocken.

»Bitte? Das ist doch hoffentlich nicht dein Ernst.«

Oma Gertrud zuckte mit den Schultern.

»Jedem Tierchen sein Pläsierchen. Ich muss jetzt los. Irmgard wartet auf mich. Du kommst hier klar?«

»Aber sicher doch. So ein Bochumer Student wird mich schon nicht aus dem Konzept bringen.«

Zum Abschied strich sie mir über die Wange.

»Du bist ein Schatz!«

Dann erhob sie sich schwungvoll von meiner Bettkante und war wenig später aus meinem Zimmer verschwunden.

Bevor ich aufstand, um das perfekte Porridge für unseren Gast zu zaubern, ließ ich mich noch mal zurück in die Federn fallen. Mein Bett war so gemütlich. Meine Lider wurden immer schwerer, bis sie schließlich zufielen. Vollkommen problemlos schlief ich wenige Sekunden später wieder ein und träumte von Büchern und Blumen – bis jemand an die Tür klopfte.

Es dauerte einen Moment, bis ich realisierte, woher das Geräusch gekommen war.

»Marie?«, hörte ich Caros Stimme hinter der Tür.

»Ja?«, fragte ich verschlafen.

Mittlerweile war es kurz nach acht Uhr.

»Einer eurer Gäste hätte gerne sein Frühstück. Haferschleim, glaub ich. Ich kann Gertrud nirgendwo finden.«

Erschrocken fuhr ich zusammen.

Prima! Oma Gertrud bat mich ein einziges Mal um einen Gefallen, und was tat ich? Ich vermasselte es.

Noch ehe ich länger über das Malheur nachdenken konnte, riss ich die leichte Sommerdecke von meinem Körper, eilte zu meinem Koffer und zog Shorts sowie ein einfaches marineblaues Shirt heraus.

»Ich bin sofort da«, ließ ich Caro wissen, während ich mich anzog.

»Ich geh ihm Bescheid sagen.«

Schritte waren auf dem Dielenboden im Flur zu hören.

Ich eilte wie von der Tarantel gestochen ins Badezimmer, unterzog mich einer sporadischen Katzenwäsche, putzte mir die Zähne und schmierte mir eine kühlende Creme unter die Augen. Sie wirkten so aufgequollen, als hätte ich die halbe Nacht wach gelegen und geheult. Kein besonders schöner Anblick. Aber zum Frühstückmachen sollte es reichen.

Als ich schließlich meine Mähne gebändigt hatte, eilte ich in die Küche und erwartete dort schon den Bochumer Studenten, von dem ich nach wie vor nicht mal den Vornamen kannte. Aber der Gute war nicht da.

»Hat er es sich anders überlegt?«, fragte ich Caro, die auf der Eckbank in der Morgenzeitung blätterte.

»Er ist wieder auf sein Zimmer gegangen. Du sollst ihm die Schüssel einfach vor die Tür stellen.«

Das Phantom zog es also vor, weiterhin eins zu bleiben. Zumindest für mich. Alle anderen hatten ihn ja bereits gesehen.

Aber das sollte mich jetzt nicht weiter kümmern. Stattdessen machte ich mich daran, die Vorgaben genau so umzusetzen, wie Oma Gertrud sie mir im Halbschlaf mit auf den Weg gegeben hatte.

Waren es fünf Cashewkerne, ein halber Apfel und sieben Scheiben Banane oder doch ein halber Cashewkern, sieben Apfelscheiben und fünf Bananen?

Ich hätte es mir notieren müssen. Schließlich wusste ich selbst doch nur zu genau, wie unzurechnungsfähig ich am frühen Morgen war.

»Hat der Gast noch Angaben zu seinem Porridge gemacht?«

Caro hob ihren Blick von der Zeitung und sah mich fragend an. »Ich nehme an, es sollte warm sein. Ach, und Obst und Nüsse hätte er noch gerne. Stimmt, das hat er gesagt.«

Ich holte die Packung mit den Haferflocken aus der Speisekammer und stellte Wasser auf den Herd.

Wie beiläufig meinte ich dann: »Wie viel er von welchem Obst und den Nüssen wollte, hat er dir nicht zufällig gesagt?«

Nun sah Caro mich an, als wäre ich von allen guten Geistern verlassen. »Jedenfalls nicht, dass ich wüsste.«

Na gut. Dann würde ich also das beste Porridge zaubern, das ich je gemacht hatte, Obst und Nüsse nach Gutdünken dazugeben und hoffen, dass die Schale nicht unangetastet auf der Schwelle stehen würde, wenn meine Oma zurückkam.

Als ich alles nach bestem Wissen und Gewissen arrangiert hatte, stellte ich das Porridge vor der Tür des Bochumer Studenten ab. Ich überlegte noch kurz, ob ich wohl besser an die Tür klopfen sollte. Dann erinnerte ich mich an Omas und Caros Worte und beließ es dabei. Er würde es ja vermutlich ohnehin nicht anrühren, da das Verhältnis der einzelnen Komponenten zueinander nicht stimmte. Da brauchte ich mir von ihm nicht auch noch ins Gesicht sagen lassen, dass ich versagt hatte.

»Was machst du da eigentlich?«, fragte ich Caro, als ich zurück in die Küche kam und sie noch immer in die Lektüre der Ostsee-Zeitung vertieft war.

»Ich halte Ausschau nach einem passenden Ladenlokal für uns.«

Für Caro waren die Fantastereien des gestrigen Abends offenbar viel konkreter als für mich. Was nicht heißen sollte, dass ich mir solch ein Reich, wie wir es uns gestern in Gedanken geschaffen hatten, nicht auch vorstellen konnte. Das konnte ich. Sehr gut sogar. Allerdings kostete diese Vorstellung eine Menge Geld. Geld, das ich nach wie vor nicht hatte. Daran hatte sich über Nacht nichts geändert.

»Was ist los? Gestern warst du doch noch Feuer und Flamme. Wenn es nach dir gegangen wäre, hätten wir gleich noch am Strand einen Plan über die Raumaufteilung angelegt, ohne überhaupt zu wissen, wie besagter Raum aussehen könnte. Und nun machst du ein Gesicht wie sieben Tage Regenwetter.«

»Caro, ich wünschte mir wirklich, der Traum könnte wahr werden. Aber …« Ich stockte, weil ich nicht wusste, wie ich Caro klarmachen konnte, dass mir die Mittel für die Realisierung dieses Vorhabens fehlten.

»Du hast es dir anders überlegt und möchtest nicht mehr mit mir zusammenarbeiten«, schlussfolgerte sie vollkommen falsch.

»Was? Nein! Das ist es nicht.«

»Was ist es dann? Willst du den Laden woanders eröffnen? Oder soll es weniger Bücher geben? Sind sie dir zu dominant? Doch lieber keinen Kuchen? Besser Smoothies und Sandwiches?«

»Quatsch! Alle unsere Ideen sind einfach nur perfekt. Aber … ich bin es eben nicht.«

Caros Stirn runzelte sich bei meinen Worten.

»Sorry, aber das verstehe ich nicht.«

Die Tür ging auf, und Oma Gertrud kam in die Küche.

»Das gabs ja noch nie!«, rief sie außer sich.

Sie hielt das Schälchen in die Höhe, das ich erst vor Kurzem vor die Tür des Bochumer Studenten gestellt hatte.

Mir schwante Übles.

»Ich kann es dir erklären«, begann ich mit den Worten, die in jedem guten Blockbuster dazu führten, dass man die Luft anhielt und gebannt auf den Fernseher starrte.

»So, kannst du das?«, fragte Oma in meine Richtung. Auch ihre Stirn lag nun in Falten.

»Also, ähm …«, stotterte ich verlegen, als mir keine rechte Erklärung für mein erneutes Einschlafen einfallen wollte.

Noch während ich fieberhaft nach den passenden Worten suchte, hob meine Großmutter einen Brief in die Höhe.

»Was ist das?«

»Eine Nachricht vom Bochumer Studenten. Das heutige Mischverhältnis hat ihm mehr zugesagt als die Vorgabe, die er mir selbst am ersten Tag gemacht hat. Er hätte gerne ab sofort das Porridge so, wie er es heute bekommen hat.«

Ich lächelte verzweifelt, da ich keinen blassen Schimmer mehr hatte, wie viele Kerne und Scheiben ich wovon in das Porridge gegeben hatte, bestätigte Oma Gertrud allerdings gleichzeitig, dass wir das schon irgendwie hinbekommen würden.

»Wie ist es bei Irmgard gelaufen?«, wechselte ich schnell das Thema, bevor wir die Porridge-Sache noch vertiefen konnten.

Sie winkte ab.

»Der Interessent war wirklich ein schmieriger Typ. Wollte am liebsten gleich die ganze Immobilie kaufen. Aber das will Irmgard auf gar keinen Fall. Er hat so getan, als sei sie eine tatterige alte Frau, die nicht wüsste, was gut für sie ist.« Oma lachte auf. »Aber da hat er seine Rechnung ohne Irmgard und ihren Kater Rudolfo gemacht. Das Tier hat den Kerl praktisch aus dem Nichts angefallen und ihm schier die Augen ausgekratzt. Der kommt so schnell nicht noch mal auf die Idee, Irmgard auf die Nerven zu gehen.«

»Aber was macht sie denn jetzt mit dem Gebäude?«, fragte ich interessiert, wobei mir zunächst nicht auffiel, dass Caro immer hellhöriger wurde.

»Das weiß sie leider noch nicht. Vermutlich wird sie die Sache jetzt selbst in die Hand nehmen. Dem Makler hat sie gekündigt. Sie hegt den Verdacht, dass der mit dem schmierigen Lappen von heute unter einer Decke steckt.«

»Was ist das denn für eine Immobilie, die Irmgard vermieten möchte?«, brachte Caro sich ins Gespräch ein.

»Ein Wohngebäude mit Gewerbefläche im Erdgeschoss.«

»Könnte man da einen Buchladen unterbringen?«, fragte Caro ganz aufgeregt.

»Da kenne ich mich jetzt nicht so gut mit den rechtlichen Vorgaben aus. Aber man kann sicher über alles reden. Und Irmgard wird das wissen. Wieso fragst du?«

Caro warf einen kurzen Blick in meine Richtung. Ich schüttelte den Kopf, um sie vom Sprechen abzuhalten, aber davon nahm sie gar keine Notiz, so hibbelig, wie sie plötzlich war. Schließlich war das die perfekte Lösung für unsere nächtlichen Pläne.

»Marie und ich würden uns gerne zusammentun und hier gemeinsam einen Laden eröffnen. Ich werde Bücher verkaufen und Marie Blumen. Außerdem soll es Kaffee und Kuchen für unsere Kunden geben. Ein täglich wechselndes Angebot.«

Oma Gertrud sah zwischen Caro und mir hin und her.

»Aber das sind ja ganz wundervolle Nachrichten! Da wäre Irmgards Ladenfläche sicher mehr als passend für eure Ideen. Angrenzend gibt es sogar einen kleinen Garten, in dem man es sich gemütlich machen kann. Ein paar Tische und Stühle, ein Strandkorb, und eure Kunden werden nicht wieder gehen wollen.«

Meine Großmutter und Caro lachten, während mir eher zum Heulen zumute war.

»Aber was ist mit dir, Marie? Du siehst nicht so glücklich über den Vorschlag aus. Hiddensee ist dir wohl doch ein wenig zu klein«, zog Oma Gertrud ihre Schlüsse.

»Nein! Das ist es nicht. Nur …« Ich zögerte abermals, bis ich schließlich den Mut fand, den beiden von meinem winzigen Problem zu erzählen. »Ich habe einfach kein Geld für die Miete, die Blumen, die Vasen oder gar die Einrichtung. Ich kann mir das alles im Moment schlichtweg nicht leisten. Vorher müsste ich mir einen Job suchen und Geld sparen. Aber das kann dauern. Als Floristin verdient man sich nicht mal eben eine goldene Nase.«

Mit hängenden Schultern stand ich den beiden gegenüber. Eine gewisse Erleichterung machte sich in mir breit. Es tat gut, über die Sorgen zu sprechen, die sich in mir aufgestaut hatten.

»Aber das ist doch gar kein Problem«, erwiderte Oma und war dabei die Ruhe selbst. »Irmgard macht euch sicher ein gutes Angebot für die Miete. Sie will ohnehin nur, dass das Haus in gute Hände kommt. Und du, Caro, kannst dir die Wohnung im ersten Stock gleich noch mit anschauen. Sie hat zwei Zimmer, das sollte für den Anfang reichen. Was meinst du?«

»Das klingt wie Musik in meinen Ohren.«

Freudig klatschte Caro in die Hände.

»Und zu dir, Marie: Ich werde dir das Startkapital natürlich geben.«

»Aber Oma Gertrud, ich …«

»Nichts da! Du bist mein einziges Enkelkind, und ich würde mich unglaublich freuen, wenn du dir hier auf der Insel deinen Traum erfüllen könntest. Also lass einer alten Frau die Freude, ihrem liebsten Enkelkind unter die Arme zu greifen.«

Kapitel 25

Am darauffolgenden Tag verabredeten wir uns gleich, nachdem wir das Frühstück für den Bochumer Studenten nach bestem Wissen und Gewissen zubereitet hatten, mit der Inselschamanin.

Oma Gertrud und Irmgard besprachen alle wichtigen Details am Telefon, während Caro ganz hibbelig im Garten auf und ab ging.

»Vielleicht ist es ja auch gar nicht das Richtige für uns«, dämpfte ich ihre Vorfreude und biss mir beim Anblick ihres traurigen Ausdrucks auf die Zunge.

»Hast du noch andere Bedenken?«, fragte Caro unumwunden. Sofort tat es mir wieder leid, dass ich meine Gedanken so ungefiltert weitergegeben hatte.

»Nein, ich habe nur daran gedacht, dass es ja durchaus sein könnte, dass die Fläche nicht schön geschnitten ist oder der Raum an sich zu dunkel wirkt. Ich wollte nur, dass du dir nicht allzu große Hoffnungen machst. Das hier ist Hiddensee und nicht die Münchner Innenstadt.«

Caro lachte. »Zum Glück! Sonst könnten wir uns das mit Sicherheit nicht leisten.«

Nun musste ich grinsen.

Die Sonne schien mir ins Gesicht. Der Tag versprach etwas Besonderes zu werden. Ein wolkenloser Himmel erstreckte sich über Oma Gertruds Inselhotel. Ein Fotopanorama, wie es im Buche stand.

»Heute Nachmittag wird es windiger«, ertönte vom Gartentor aus Hannes Leschners Stimme.

»Ah, der Inselmeteorologe höchstpersönlich«, begrüßte Oma meinen ehemaligen Klassenkameraden, als sie aus dem Haus kam.

»Hallo, Gertrud! Wie gehts dir heute?«

Sie winkte ab.

»Bei einer Frau in meinem Alter ist jeder Tag ein Geschenk. Und auch wenn es mal hier und da zwickt und zwackt, werde ich den Teufel tun und mich darüber beklagen.«

Hannes deutete auf ihre Wäscheleine, an der sie die Bettwäsche zum Trocknen aufgehängt hatte.

»Die solltest du besser bis zum Mittag reinbringen. Es wird stürmisch! Windstärke zehn hab ich vorausgesagt«, ereiferte er sich ob seiner Prognose.

»Danke dir für den Tipp, Hannes. Grüß deine Mutter recht schön von mir. Wir müssen jetzt leider los. Sind aber bis zum Mittag ganz sicher zurück, um die Wäsche abzuhängen«, beruhigte Oma ihn, ehe sie uns wie zwei Hühner in Richtung Schuppen drängte.

»Irmgard hat später noch einen anderen Termin. Eine junge Frau hat sich bei ihr angekündigt, bei der wohl so einiges im Argen liegt.«

Kurzzeitig überlegte ich, ob da von mir die Rede sein könnte, verwarf den Gedanken jedoch schnell wieder. Bei mir lag nämlich rein gar nichts im Argen. Ich hatte alles, was ich brauchte. Ein Heim, in dem ich mich wohlfühlte, Freunde, die für mich da waren, und bald sogar vielleicht ein eigenes kleines *Blumenreich*, das ich mir mit Caro und ihren Büchern teilen würde.

»Warum stehen wir dann vor dem Schuppen, statt loszugehen?«, wandte Caro berechtigterweise ein.

»Oh, weil wir die Räder nehmen. Dann sind wir schneller drüben in Vitte.«

»In Vitte?«, fragte ich irritiert.

Den Ort hatte ich bewusst gemieden, seit Ole mir das Herz gebrochen hatte. Freiwillig in die Höhle des Löwen zu fahren, behagte mir nicht sonderlich. Und wenn ich nur darüber nachdachte, dass Irmgards Haus in der Nähe von Oles Werkstatt sein könnte, war es ganz aus.

»Ich fühl mich plötzlich nicht so gut.«

»Wenn du noch irgendwelche Zweifel hast, Marie, dann sag es bitte jetzt«, forderte Caro mich auf.

Ihre Miene verriet mir, dass sie nicht länger gewillt war, mein Hin und Her hinzunehmen. Sie wusste ja auch nicht, was oder, besser gesagt, wer dort in Vitte auf mich wartete.

Oder vielmehr nicht auf mich wartete. Nach wie vor hatte Ole nicht mal den Hauch eines Versuchs unternommen, mich zu kontaktieren. Erst stahl er sich bei Nacht und Nebel davon, und dann meldete er sich nicht mehr. Das sagte doch schon alles, oder?

»Alles gut«, erwiderte ich schnell, während Oma Gertrud im Schuppen nach einem passenden Drahtesel für Caro Ausschau hielt. Was gar nicht so einfach war. Da hatten sich in den Jahren so mancherlei Dinge angesammelt, die wir bei Gelegenheit mal aussortieren sollten.

»Ole wohnt in Vitte«, ergänzte ich schließlich, als Caro nicht lockerließ.

Ihre Lippen verzogen sich zu einem großen O.

»Hat er sich in der Zwischenzeit mal bei dir gemeldet?«

Ich schüttelte den Kopf.

»Das hätte ich dir garantiert erzählt.«

»Hm, bestimmt ist seine Werkstatt genau am anderen Ende von Vitte. Mach dir keine Sorgen! Falls er uns doch mal über den Weg laufen sollte, frage ich Irmgard, ob sie uns Rudolfo ausleihen kann, dann hetze ich ihn auf Ole.«

»Das arme Tier!«

Ich prustete vor Lachen bei dem Bild, das sich vor meinem geistigen Auge abzeichnete.

»Könnte mir hier mal jemand behilflich sein? Das Vorderrad gehört aufgepumpt.«

Mit einem »Na klar« nahm ich Oma Gertrud das Rad aus der Hand, löste die Luftpumpe von der Stange und öffnete das Ventil, um Luft hineinzupumpen.

Meinem Fuß ging es glücklicherweise schon wieder viel besser. Dennoch war ich mir dessen bewusst, dass ich Dr. Küffner noch einmal aufsuchen sollte. Und das nicht nur wegen meiner Verletzung.

Als ich aus meiner knienden Position wieder aufstand, sah ich noch, wie Oma Gertrud jemandem zuwinkte.

»Wer war das?«

»Ach, nur unser Bochumer Student. Er fährt zu Dr. Küffner in die Praxis.«

Doch als ich in die Richtung blickte, war er schon weg. Das mit uns sollte einfach nicht sein.

»Dann können wir los, oder?«, fragte Oma mit Blick auf die drei Räder, die sie für uns bereitgestellt hatte.

»Sieht gut aus!«, bestätigte Caro.

Meine Großmutter saß als Erste auf ihrem Fahrrad und steuerte auf das offene Gartentor zu. Ich konnte gar nicht hinsehen, so halsbrecherisch erschienen mir die Schlangenlinien, die sie fuhr.

»Auf ins Gefecht! Und immer dran denken: Von den Männern lassen wir uns nicht unsere Träume nehmen! Wo kämen wir denn sonst hin?« Caro lächelte mir aufmunternd zu und radelte los.

Ehe auch ich aufs Rad stieg, atmete ich noch einmal ganz tief ein und wieder aus.

Dann trat ich in die Pedale und wünschte mir inständig, dass das Schicksal ein Nachsehen mit mir haben und Ole ganz weit auf Distanz von mir halten würde.

Kapitel 26

»Wie wundervoll! Ihr seid ja schon da«, bemerkte die Inselschamanin voller Entzücken, kaum dass wir von den Rädern gestiegen waren.

Die Fahrt hatte zwar nicht sehr lange gedauert, aber der Sattel auf meinem Gefährt war nicht mehr sonderlich gut gepolstert. Dementsprechend schwerfällig stieg ich vom Rad. Mein Hintern tat so weh, dass ich mir vornahm, auf dem Rückweg zu schieben.

»Wir sollten dir dringend einen Traumfänger übers Bett hängen«, vermeldete Irmgard.

»Weil mir mein Hintern vom Fahrradfahren wehtut?«, fragte ich mehr als verwundert.

»Natürlich nicht!«

Irmgard verdrehte genervt die Augen.

»Aber dein Schlafmangel steht dir förmlich ins Gesicht geschrieben. Wir müssen deine schlechten Träume von den guten trennen, bevor sie dir wieder nur unruhige Nächte bescheren.«

Mist! Heute Morgen hatte ich doch tatsächlich vergessen, das kühlende Gel auf meine angeschwollenen Tränensäcke zu geben.

»Ähm … ja. Das ist sicher eine gute Idee«, bestätigte ich ihr, auch wenn ich wieder nur die Hälfte von dem verstand, was sie mir zu erklären versuchte.

Caro kicherte hinter vorgehaltener Hand in Irmgards Rücken und konnte dabei kaum an sich halten.

Ich hielt mich zurück. Noch. Was mir nicht besonders leichtfiel. Denn Irmgard trug heute neben einem neonfarbenen Batikshirt besonders viel Farbe im Gesicht. Ihre Augen stachen dabei überdeutlich hervor. Die schwarze Umrandung wirkte fast schon bedrohlich. Oder eben äußerst amüsant.

Das Häuschen, vor dem wir haltgemacht hatten, war allein von außen schon sehr ansprechend. Das Gebäude, das ich auf gut hundertfünfzig Jahre schätzte, war mit Reet gedeckt. Links und rechts neben der Tür waren im Nachhinein große Schaufenster eingelassen worden, direkt nach dem Bau war es bestimmt erst mal als Wohnhaus genutzt worden. Rechts daneben befand sich eine Hecke. Dahinter verbarg sich sicher der kleine Garten, von dem Oma Gertrud uns vorgeschwärmt hatte.

Caro sah mit großen Augen zum Haus. In Gedanken malte ich mir schon die Aufteilung aus. Jede von uns beiden hätte ihr eigenes Schaufenster. Aber wäre es nicht wundervoll, wenn wir die beiden Elemente Buch und Blume miteinander verbinden könnten? Während sich in meinem Kopf Bilder, Farben und Formen zu einer Einheit zusammensetzten, steuerte Irmgard auf die Haustür zu.

Wir folgten ihr auf dem Fuße.

»Stopp!«, rief sie plötzlich mit in die Höhe gereckten Armen.

Oma Gertrud, Caro und ich hielten sofort in der Bewegung inne. Was war denn nun schon wieder?

»Bevor wir das Haus betreten, muss ich es noch von bösen Geistern befreien.«

Caro neben mir vibrierte förmlich unter Irmgards Worten. Jede Wette, dass sie jeden Moment laut losprusten musste. Ich konnte es ihr nicht verdenken. Schamaninnen, wie Irmgard eine war, gab es nicht wie Sand am Meer. Sie war die Einzige, die ich bisher kennengelernt hatte. Und ich betete zu Gott, dass das auch in Zukunft so bleiben würde.

Während ich Caro einen mahnenden Blick zuwarf, öffnete Irmgard ihre Handtasche und zog eine pyramidenähnliche Figur daraus hervor.

»Was ist das?«, fragten wir wie aus einem Mund.

»Das ist die magische Waffe Zor. Mit ihr kann man böse Schwingungen vertreiben, indem man sie in Richtung des Feindes abwirft.«

Ich besah mir das gute Stück ein wenig genauer.

»Kann es sein, dass diese Waffe ein Hefeteig ist?«

Irmgard blickte zwischen Zor und mir hin und her.

»Das spielt doch überhaupt keine Rolle, woraus die Waffe gefertigt wurde. Hauptsache, sie hilft. Und nachdem dieser Halsabschneider von Makler erst gestern noch hier war, möchte ich nichts unversucht lassen, um seine immaterielle Anwesenheit für immer zu verbannen.«

Während Irmgard so fachsimpelte, knurrte mein Magen. Unser überstürzter Aufbruch am frühen Morgen hatte dazu geführt, dass ich noch nichts gegessen hatte.

Doch noch ehe ich meinen Einwand einbringen konnte, dass man nicht mit Lebensmitteln um sich schmeißen durfte, öffnete Irmgard ruckartig die Tür und warf Zor voller Wucht in den Raum. Nur um die Tür augenblicklich wieder zu schließen.

»Und nun?«, hakte ich nach.

»Ich spreche ein kurzes Gebet und flehe die Ahnen an, uns Geleit zu geben und den bösen Geist für immer aus dem Haus zu verbannen.«

»Klar«, erwiderte ich nüchtern, als wäre das hier das Selbstverständlichste der Welt.

Caro hingegen schien sich inzwischen ernsthaft zu fragen, worauf sie sich da nur eingelassen hatte.

Oma Gertrud nahm derweil auf dem Fensterbrett Platz. Sie wirkte etwas ermüdet von der Fahrt, was sie niemals offen zugegeben hätte. Dafür war sie viel zu stolz.

Ich verkniff mir einen Kommentar, da ich in Sachen Fahrrad und Oma Gertrud erst vor Kurzem in ein Fettnäpfchen getreten war, und blickte zu meinem ehemals verstauchten Bein. Oma hatte keinerlei Anspielungen gemacht, als ich verletzt vor ihrem Haus gestanden hatte, nachdem ich mit dem Rad unterwegs gewesen war. Wir hatten eine Abmachung. Auch wenn wir nie ein Wort darüber verloren hatten.

Nach weiteren fünf Minuten, in denen Irmgard ihre Augen geschlossen gehalten hatte, öffnete sie ihre Lider wieder, nahm ihren Schlüssel abermals aus der Handtasche, als wäre nichts gewesen, und schon stand die Tür für uns offen.

Irmgard ging wie ein Bundespolizist der GSG 9 in den Raum und sah sich zu allen Seiten hin um, als würde sie erwarten, dass die Bombe doch noch hochgehen könnte, die sie selbst in Form eines Hefekuchens erst vor wenigen Minuten hineingeworfen hatte.

»Scheint alles in Ordnung zu sein«, vermeldete sie schließlich und eilte schnurstracks zur gegengenüberliegenden Seite, um etwas mehr Licht und vor allem Frischluft hineinzulassen.

Caro und ich tauschten vielsagende Blicke, besannen uns dann allerdings auf das Wesentliche: unser gemeinsames Reich.

Die Decke, Wände und der Boden hatten schon bessere Tage gesehen. Aber das war nichts, was man mit einem Schleifgerät, Farbe – viel Farbe – und den passenden Einrichtungsgegenständen nicht wieder ins Lot bringen konnte.

Ansonsten war von den bösen Schwingungen, von denen Irmgard berichtet hatte, für mich nichts zu spüren. Wahrscheinlich war ich nicht so feinfühlig wie die Inselschamanin. Oder aber ich konzentrierte mich mehr auf andere Dinge. Und die hauten mich förmlich vom Hocker.

Der Raum war groß genug, um uns all unsere Wünsche darin verwirklichen zu lassen. Die vielen Fenster brachten ausreichend Helligkeit. In Gedanken sah ich bereits den alten Apothekerschrank, den ich mir schon immer als Verkaufstheke gewünscht hatte, gemütliche Sitzbänke in den Schaufenstern, um im Laden zu verweilen, und Tische und Regale, die nicht gedrungen wirkten, sondern viel Platz zum Stöbern ließen.

Spätestens als Irmgard die Tür zum Garten öffnete, waren Caro und ich dem Charme des Häuschens vollkommen erlegen. Rote und weiße Rosen rankten sich an der Fassade entlang und überdeckten sie fast vollständig. Der Garten selbst war ungefähr halb so groß wie der von Oma Gertrud. Vollkommen ausreichend für unsere Bedürfnisse. Es stand sogar ein verwitterter Strandkorb an der gegenüberliegenden Seite, den man sicher restaurieren konnte.

Kleine runde weiße Tische und Stühle, an denen man

Platz nehmen konnte, würden das Bild perfekt vervollständigen.

»Links neben der Tür würde ich gerne eine kleine Theke anbringen lassen, von der man sich nach Belieben Zitronenwasser nehmen kann. Kaffee und Kuchen könnten wir zum Verkauf anbieten. Was hältst du davon?«

Caro grinste übers ganze Gesicht.

»Genau daran habe ich auch gerade gedacht. Verrückt, oder?«

»Das ist so, wenn man sich besonders nahesteht«, klinkte sich Irmgard in das Gespräch ein. »Ihr seht ja selbst, dass in letzter Zeit einiges liegen geblieben ist. Mein Künstler hat sich nur auf seine Malerei konzentriert. Alles andere hat ihn nicht sonderlich gekümmert«, klagte sie uns ihr Leid und wirkte dabei ein wenig verlegen.

»Ach, das lässt sich doch alles spielend leicht wieder herrichten«, beeilte ich mich, Irmgard das schlechte Gefühl zu nehmen, denn ich hatte mich schon jetzt in das Gebäude verliebt. Es hatte so viel Charme und Esprit. Wie bei einer plötzlichen Eingebung war ich mir sicher, dass ich mich hier sehr wohlfühlen würde. Wenn ich meine Augen schloss, konnte ich die fröhlichen Stimmen unserer Kunden hören, wie sie ausgelassen lachten und plauderten. Lampions würden am Abend ausreichend Licht spenden, sodass niemand nach Hause gehen wollte.

Das hier würde der Ort auf Hiddensee werden, von dem alle sprachen, den man bei einer Reise auf die Insel unbedingt gesehen haben musste.

»Ich bin auch Maries Meinung. Ich sehe hier nichts, was mir Bauchschmerzen bereitet. Im Gegenteil. Das ist genau das, was wir uns vorgestellt haben. Stimmts, Marie?«

»Absolut! Wann können wir loslegen?«

Meine Stimme überschlug sich beinahe vor Euphorie.

Am liebsten hätte ich sofort damit begonnen, die Wände zu streichen, sauber zu machen und mit Caro bis ins kleinste Detail Pläne zu schmieden, wo was stehen würde. Allein die Aussicht darauf stimmte mich ekstatisch.

Irmgard und Oma Gertrud lachten.

»Ihr könnt sofort damit beginnen, euch alles so einzurichten, wie ihr es haben wollt. Es sind euch keine Grenzen gesetzt.«

Dann kam mir noch ein recht unschöner Gedanke, den ich gerne vom Tisch haben wollte, ehe ich mich nur noch auf die schönen Dinge konzentrieren konnte.

»Wie sieht es denn mit der Miete aus?«

»Da finden wir sicher für uns alle eine gute Lösung. Mir ist es wichtig, zwei jungen Frauen eine Perspektive zu geben und dieses schmucke Häuschen hier in guten Händen zu wissen.« Dann sah sie uns beide an. »Besser hätte es mich nicht treffen können, wie ich finde. Ihr beiden seid genau die Mieterinnen, die ich mir für mein Schlösschen gewünscht habe.«

Caro und ich waren ganz gerührt über die Lobeshymne.

»Ja, es ist wirklich ein Schlösschen. Unser buchiges und blumiges Traumschlösschen. Was sagst du dazu, Caro?«

Caro ließ ihren Blick über den Garten gleiten und besah sich anschließend das Haus von außen noch mal ganz genau.

»Es ist wirklich ein Traumschlösschen. Was haltet ihr davon, wenn wir unseren Laden auch so nennen? Traumschlösschen und drunter Buch & Blume. Wie klingt das für euch?«

Caro hatte ein unbeschreiblich helles Leuchten in den Augen, als sie das sagte.

»Ich finde, das ist eine wundervolle Idee.«

Oma Gertrud hatte sich bisher mit ihrer Meinung bedeckt gehalten. Sie hatte uns den nötigen Raum und die nötige Zeit geben wollen, um uns in die Atmosphäre des Schlösschens einzufühlen.

Dankbar nahm ich sie in die Arme. Sie hatte mir nicht nur Geld für den Start geschenkt, sondern mich bei allem unterstützt, was ich in meinem Leben bisher gemacht hatte. Sie war mein großes Vorbild.

»Wollt ihr euch noch oben die Wohnung ansehen?«

Caro nickte freudig.

Also verließen wir das grüne Paradies und kehrten zurück ins Haus.

Eine Tür führte vom Ladenlokal zum Treppenhaus. Auch hier schien der Zahn der Zeit genagt zu haben. Die Tapete im Flur hatte sich an einigen Stellen gelöst, und die weiße Farbe war vergilbt.

Eine Wendeltreppe führte uns nach oben in Caros zukünftiges Reich. Ich konnte noch gar nicht fassen, dass sie ernsthaft mit dem Gedanken spielte, hier auf der Insel zu bleiben.

Aber nachdem sie in München mittlerweile nichts mehr hielt, war so ein Neuanfang auf Hiddensee bestimmt genau das Richtige für sie.

Bisher hatte Caro nur in WG-Zimmern gewohnt. Eine eigene Wohnung nur für sich allein hatte sie sich bei den astronomisch hohen Mieten in der bayerischen Landeshauptstadt nicht leisten können.

Über Christian hatten wir seit dem Tag ihrer Ankunft

nicht mehr gesprochen. Ich ahnte zwar, dass das Thema noch nicht ganz ausgestanden war, aber ich kannte meine Freundin.

Caro machte viele Dinge lieber erst mal mit sich selbst aus, bevor sie andere davon in Kenntnis setzte. Auch dass sie ihren Job bereits gekündigt hatte, erzählte sie mir erst, als bereits alles in trockenen Tüchern war.

»Wow! Einfach nur wow!«

Caro konnte ihre Begeisterung nicht mehr zurückhalten, als sie in die offene Maisonettewohnung kam. Ein riesiger Raum erwartete uns, in dem spielend leicht Platz für eine Küche nebst Kochinsel und einer gemütlichen Wohnlandschaft zu finden war.

Das Schlafzimmer war über eine weitere viel kleinere Wendeltreppe zu erreichen. Dieser Raum hatte sogar einen Balkon, den man über eine große zweiflügelige Terrassentür betrat. Das absolute Highlight der Wohnung.

»Caro, komm schnell!«

»Ein eigener Balkon!«, rief sie ganz verzückt.

»Nicht nur das. Schau mal.« Ich deutete um die Ecke.

»Meerblick! Ich werd nicht mehr.« Sie konnte ihr Glück kaum fassen. »Meine erste eigene Wohnung ganz für mich allein, und dann hab ich auch noch traumhafte Aussicht aufs Meer. Das kann doch alles nur ein Traum sein. Zwick mich mal!«

Ich tat ihr den Gefallen, und wir beiden lachten über so viel Glück.

Der Vormittag hätte nicht schöner verlaufen können. Die Sonne schien. Von Hannes' Sturm war nach wie vor nichts zu sehen. Einzelne kleine Schäfchenwolken trieben in einer losen Herde über den Himmel. Wenn man sich konzentrierte, konnte man von Caros zukünftigem Balkon aus sogar das Meer rauschen hören. Ein Gedicht für jede Inselliebhaberin. Etwas sagte mir, dass Caro auf dem besten Weg war, eine zu werden.

Ein Lieferwagen fuhr die Straße entlang. Auf der Seite trug er die Aufschrift:

»SCHILLING & SOHN

Bernsteinmanufaktur und Touren
Alles aus einer Hand«

Gerade noch im letzten Moment gelang es mir, dem Impuls zu widerstehen, mich zu bücken, um mich hinter der Balustrade des Balkons zu verstecken.

Weder hatte ich gesehen, wer am Steuer des Wagens saß, noch konnte derjenige mich hier oben erblickt haben. Dennoch beschlich mich ein ungutes Gefühl.

Der Lieferwagen bog links von Irmgards Häuschen in eine Einfahrt ein. Mein Blick haftete auf ihm. Plötzlich erkannte ich die Einfahrt, die ich erst vor einigen Tagen selbst mit dem Rad passiert hatte, als ich Rainer, Oles Vater, mit dem Bild aus Mamas Zigarrenschachtel konfrontiert hatte.

»Was ist denn mit dir?«, fragte Caro beunruhigt. »Du bist ja ganz blass im Gesicht. Hast du Höhenangst? Lass uns schnell reingehen!«

Ohne Gegenwehr ließ ich mich von Caro ins Haus bringen. Meine Knie waren so weich, dass ich das Gefühl hatte, meine Beine würden mir jeden Moment den Dienst versagen. Mir wurde heiß und kalt. Alles auf einmal. Warum war mir das bloß nicht schon viel früher aufgefallen? Warum hatte ich nicht bemerkt, dass sich Irmgards Schlösschen ausgerechnet neben der Bernsteinwerkstatt von Oles Familie befand?

Das alles konnte doch nur ein schlechter Scherz sein. So viel Pech konnte ein einzelner Mensch nicht haben. Nicht mal ich.

Caro half mir dabei, auf dem Dielenboden Platz zu nehmen.

»Wird es besser?«

Sie sah noch immer verunsichert drein. Ich fand weder die Kraft noch den Mut, ihr von meiner Erkenntnis zu berichten. Zu sehr kämpfte ich selbst damit.

»Na, wie gefällt dir dein neues Reich?«

Irmgard kam nun mit Oma Gertrud im Schlepptau zu uns nach oben. Den beiden entging nicht, wie ich zusammengekauert auf dem Boden saß.

»Was ist denn passiert?«

Meine Großmutter eilte voller Sorge zu mir herüber und legte ihre Hand auf meine Schulter.

»Alles gut! Mir war nur ein wenig schwindelig«, behauptete ich.

Die Wahrheit war in diesem speziellen Fall nur häppchenweise zu ertragen.

Doch Irmgard war nicht so leicht zu täuschen.

»Warst du draußen auf dem Balkon?«

Ihre Stimme klang nicht so, als würde sie auf den Ausblick aufs Meer anspielen wollen.

Ich nickte.

»Was ist denn da draußen auf dem Balkon?«

Oma Gertrud streckte den Kopf nur zaghaft durch die Tür, als erwartete sie, jeden Moment von einer giftigen Schlange gebissen zu werden.

Als sie auf den ersten Blick nichts erkennen konnte, beugte sie sich etwas über die Brüstung. Aber auch hier kam ihr nichts außergewöhnlich vor.

»Die Geister der Vergangenheit.« Die Inselschamanin seufzte bei ihren Worten.

»Oh! Daran habe ich ja gar nicht gedacht. Marie … Ich hätte dich warnen müssen. Das tut mir so leid«, entschuldigte sich Oma Gertrud.

»Das ist doch nicht deine Schuld«, sagte ich schnell und versuchte mich in einem Lächeln.

»Irmgard, hast du da vielleicht ein Mittel für?«, fragte meine Oma hoffnungsvoll, als bräuchte es nur einen weiteren Zor oder Zack, um Ole aus meinem Gedächtnis zu streichen.

Irmgard atmete tief ein. »Gegen die Liebe bin sogar ich machtlos.«

Oma Gertrud sah bedröppelt drein.

Nur Caro verstand noch immer nicht.

»Könnte mich bitte jemand ins Bild darüber setzen, was hier los ist? Ich verstehe nur Bahnhof.«

»Oles Werkstatt ist gleich neben unserem Traumschlösschen«, erklärte ich ihr schließlich, als der erste Schock überwunden war.

»Das ist natürlich … schwierig. Ist dir das erst jetzt aufgefallen?«, fragte Caro berechtigterweise.

»Ich bin den Weg sonst immer aus der anderen Richtung gekommen. Tatsächlich ist mir dieses winzige Detail erst aufgefallen, als ich mit dir auf dem Balkon stand. Vielleicht wollte ich es aber auch nicht wissen und hab es ausgeblendet, weil es mir hier so gut gefallen hat.«

Caro sah betreten drein. »Was machen wir denn jetzt?

Ich kann mir kaum vorstellen, dass wir noch mal irgendwo was Vergleichbares finden.«

Caro hatte recht. In Irmgards Haus ließen sich all unsere Ideen wundervoll umsetzen. Mein Bauchgefühl hatte mir schon beim Betreten des Ladenlokals signalisiert, dass es genau das war, was wir uns am Strand zusammenfantasiert hatten. Und dann erst der Garten mit all seinen Möglichkeiten. Nicht zu vergessen, dass Irmgard uns ein faires Angebot machen wollte.

Das hier war nicht eine von vielen Chancen. Es war genau die eine Chance, der ich so sehnsüchtig entgegengefiebert hatte, ohne es wirklich gewusst zu haben. Das war meine Chance auf einen Neubeginn. Endlich würde ich wieder machen können, was ich so sehr liebte. Sollte ich mich dabei etwa von einem One-Night-Stand ausbremsen lassen? Wollte ich Ole wirklich so viel Macht über mich geben? Nein. Auf gar keinen Fall. Ole war von nun an Geschichte, ein netter ONS, dem ich keine weitere Träne nachweinen wollte.

»Wir nehmen das Schlösschen mit all seinen Türmchen und Zinnen«, vermeldete ich schließlich. »Ole Schilling wird nicht der Grund dafür sein, dass ich meine Träume aufgebe. Außerdem werde ich viel zu beschäftigt sein, um über irgendetwas anderes als das Traumschlösschen und unsere Kunden nachzudenken.«

Caro verfiel bei meinen Worten in frenetischen Jubel.

»Das ist er, Marie. Das ist der erste Tag deines neuen Lebens«, vermeldete schließlich auch Irmgard, während Oma Gertrud vor Rührung die ersten Tränen über die Wangen liefen.

Am Nachmittag zog tatsächlich ein Sturm über die Insel

hinweg. Milder als von Hannes angekündigt, aber heftiger als erwartet. Oma Gertruds Wäsche lag am Boden, als wir nach Hause kamen. Wenn das mal kein schlechtes Omen war …

Kapitel 27

»Du bist heute so unruhig, mein Schatz. Kann ich irgendetwas für dich tun? Liegt es an deinem Termin bei Dr. Küffner? Ich dachte, du hättest keine Schmerzen mehr.«

Oma Gertrud musterte mich besorgt.

Ich schüttelte den Kopf.

»Nein, nein. Meinem Fuß geht es wieder blendend. Zumindest soweit ich das als Laie beurteilen kann. Ich habe keine Schmerzen mehr.«

Oma Gertrud blickte verwundert drein.

»Aber was ist denn dann los?«

Ich seufzte schwer, während ich die einzelnen Brotkrümel auf meinem Frühstücksteller ganz genau unter die Lupe nahm. Es waren fünfzehn.

»Ich weiß jetzt, dass ich Dr. Küffner, also meinem Onkel, all meine offenen Fragen stellen muss, wenn ich einen wirklichen Neustart wagen will.«

Und das wollte ich. Das Traumschlösschen war meine Chance, das Ruder noch einmal herumzureißen. Nicht nur das.

Mittlerweile war ich mir im Klaren darüber, dass ich mich hier in Oma Gertruds Inselhotel vor der Realität versteckt, mir eine Auszeit genommen hatte, die längst über das übliche Maß hinausgegangen war.

Die gemeinsame Nacht mit Ole war zudem eine Ablenkung

von den wirklich wichtigen Dingen in meinem Leben gewesen, die ich endlich anpacken musste, wenn ich nicht mehr auf der Stelle herumtreten wollte. Dieser ganze Ballast, den ich aus München mitgebracht hatte …

Es war an der Zeit, endlich den Fokus auf mich selbst zu legen. Egal, wie die Zukunft aussehen mochte, wenn ich nicht endlich lernte, auf mich achtzugeben, konnte sie nicht besonders rosig werden. Das musste ich ändern.

Oma Gertrud legte ihre Hand auf meine.

»Das klingt nach einem sehr guten Plan, wenn du mich fragst. Ich bin mir sicher, dass dein Onkel dir ganz viele Antworten geben kann. Vielleicht kannst du dann ja deinen Frieden mit der Vergangenheit schließen.«

»Wer will seinen Frieden finden?«, fragte Caro etwas irritiert, als sie zu uns in die Wohnküche kam und sich erst mal eine Tasse Kaffee aus der Kanne einschenkte.

»Ich muss gleich zu Dr. Küffner«, erklärte ich.

»Und ich muss leider noch das Frühstück für die Gäste herrichten. Wenn ich gewusst hätte, wie wichtig der heutige Termin für dich ist, hätte ich Irmgard um Hilfe gebeten«, meinte Oma Gertrud geknickt.

Schon hatte ich ein schlechtes Gewissen ihr gegenüber.

»Mach dir bitte keine Sorgen, Oma! Mir ist erst gestern in Vitte bewusst geworden, dass ich einen klaren Kopf für meinen Neustart brauche.«

»Klarer Kopf? Dr. Küffner? Ich versteh nur Bahnhof.« Caro sah verwirrt von mir zu Oma Gertrud.

»Es gibt da noch ein paar ungeklärte Sachen, die meinen Vater betreffen. Und ich hoffe, dass ich die heute mit meinem Onkel klären kann.«

Caros Lippen verzogen sich zu einem großen O.

»Ich begleite dich. Für den Vormittag hab ich ohnehin noch keine Pläne. Meine Bestellungen für den Laden habe ich gestern schon verschickt.«

Bei Caros Worten machte ich große Augen.

»Aber wir haben doch erst gestern den Zuschlag für das Ladenlokal von Irmgard erhalten.«

Caro grinste. »Ich weiß.«

»Das lob ich mir. Ihr wisst ja: Wer rastet, der rostet.«

Mit diesen Worten erhob sich meine Großmutter etwas schwerfällig von der Eckbank.

Caro legte ihre Hand einfühlsam auf meine Schulter, während ich über das Gartentor hinweg zu Dr. Küffners Praxis starrte und mich fragte, was ich hier überhaupt machte.

Der Mut, der mich die ganze Strecke über getragen hatte, war wieder verflogen. Sollte ich all diese Fragen, die in meinem Kopf wie Motten um das Licht herumschwirrten, wirklich stellen? Waren manche davon nicht ziemlich privat? Hatte ich wirklich ein Recht darauf, von ihm zu erfahren, wie das damals alles war?

»Wenn du möchtest, komme ich gerne mit ins Sprechzimmer und steh dir bei.«

Ich lächelte Caro dankbar zu.

»Das ist sehr lieb von dir. Aber ich denke, da muss ich allein durch.«

Caro nickte verstehend.

Dann öffnete ich endlich das Tor und steuerte wild entschlossen auf den Eingang zu. Doch noch ehe ich klingeln konnte, riss Frau Küffner bereits die Haustür auf.

»Ach, Marie! Wie schön, dass du da bist.«

Überschwänglich nahm sie mich in die Arme. Noch bevor ich wusste, wie mir geschah, bugsierte sie mich auch schon in Richtung Sprechzimmer. Im Wartebereich sahen mich zwei Patienten mit finsterem Blick an. Offenbar waren sie der Meinung, dass ich mich vordrängelte – was ich ja auch irgendwie gerade tat.

Ich wollte Frau Küffner noch auf den Umstand hinweisen, da hatte sie mich bereits in Dr. Küffners Zimmer geschubst und die Tür hinter mir geschlossen.

Mein Onkel, ich sollte anfangen, ihn als diesen zu sehen, sah ebenfalls ein wenig irritiert von seinem Schreibtisch auf.

Nachdem wir beide einige unendliche Sekunden lang recht unbeholfen dreingeblickt hatten, erhob er sich und nahm sich seine Jacke von der kleinen Garderobe neben dem Schreibtisch.

»Lass uns ein wenig frische Luft schnappen«, sagte er mit einem freundlichen Lächeln auf den Lippen. »Außerdem bekomme ich gerade wahnsinnigen Hunger auf eins von Willis Fischbrötchen. Wie klingt das für dich?«

»Nach einem sehr guten Plan«, erwiderte ich ein wenig verlegen, weil ich nicht so recht wusste, was nun passieren würde.

In meiner Vorstellung hatten wir uns starr an seinem Schreibtisch gegenübergesessen und uns unterhalten. Von Fischbrötchen und frischer Luft war da nicht die Rede gewesen.

»Dann lass uns mal losgehen.«

Noch ehe ich etwas sagen konnte, stand ich schon wieder auf der anderen Seite der Tür und wurde von den beiden Patienten abermals akribisch gemustert. Ihr Blick war nicht mehr ganz so feindselig wie eben noch. Das bewirkten sicher Dr. Küffners Gesellschaft und der Irrglaube, dass ich schon fertig war.

»Das ging ja schnell«, empfing uns Caro vor der Tür.

Sie hatte draußen auf einer Bank mit einem Buch in der Hand auf mich gewartet.

»Dr. Küffner, also mein Onkel, will mit mir zu Willis Fischbarkasse gehen. Kommst du mit?«

Ich faltete meine Hände zum Gebet und formte meine Lippen zu einer stummen Bitte. Dr. Küffner in meinem Rücken bekam davon nichts mit.

»Aber klar doch.«

Caro erhob sich schwungvoll von der Bank und steckte das Buch zurück in ihren Rucksack.

»Ich muss noch schnell mein Fahrrad aus der Garage holen«, erklärte Dr. Küffner und war sogleich hinterm Haus verschwunden.

»Alles okay bei dir?«, nutzte Caro augenblicklich die Gelegenheit.

»Ich denke schon«, erwiderte ich unsicher. »Bisher ist ja noch nichts passiert.«

Ich lächelte verlegen und machte mich dann mit Caro zusammen auf den Weg zu unseren Rädern.

»Ei, was sehen meine alten Augen da!«, begrüßte Willi mich überschwänglich und deutete auf das Fass, das früher mein Stammplatz gewesen war. »Wie ich es dir gesagt hab. Es steht noch immer da.«

»Danke dir. Das ist sehr lieb von dir, Willi«, bedankte ich mich artig.

Wenn ich nicht so aufgeregt gewesen wäre, wäre ich

sicher ein wenig mehr aus mir herausgegangen und hätte Willi umarmt.

So aber stand ich noch immer an Ort und Stelle, bis Caro mir einen Schubser in die richtige Richtung gab und ich zu meinem Stammfass stolperte.

Willi rollte noch zwei weitere Fässer herbei, auf denen Caro und mein Onkel Platz nahmen.

»Was darf ich euch denn bringen?«

»Ich hätte gerne ein Brötchen mit Bismarckhering und ein stilles Wasser«, orderte mein Onkel.

»Ich nehme den Matjes und eine Cola«, sagte ich schnell.

»Ich auch«, schloss Caro sich an.

Als Willi gegangen war, wusste ich nicht so recht, wie ich anfangen sollte. Welche Frage war richtig und angebracht? Und welche eher nicht?

Zum Glück sprang Dr. Küffner ein.

»Als Marianne Peter kennenlernte, war er gerade zu Besuch auf der Insel. Seine Ehe stand auf der Kippe. Er hatte sich eine kleine Auszeit genommen. Hausbau, zwei kleine Kinder und der stressige Job als Notfallchirurg in der Klinik haben ihm ganz schön zugesetzt. Das soll jetzt keine Entschuldigung dafür sein, dass er seine Familie ... Nun, wie soll ich das sagen ...«

»... hintergangen hat?«, warf ich ein.

Er nickte.

»Ja, man kann es wohl drehen und wenden, wie man möchte. Letztlich hat er genau das getan. Wobei ich nicht glaube, dass es ihm leichtgefallen ist. Er hat sich wirklich in Marianne verliebt, weißt du. Das hat er mir selbst gesagt. Und er hat sich den Kopf darüber zerbrochen, wie das nun weitergehen soll.«

»Hat er denn mal mit dem Gedanken gespielt, seine Familie für Mama und mich zu verlassen?«

Er überlegte.

»Das kann ich nicht mit Gewissheit sagen. Ich weiß nur, dass ihm die Situation sehr zugesetzt hat. Er wollte seine Familie nicht verlassen, aber er wollte auch nicht das neu gefundene Glück mit Marianne verspielen. Er befand sich in einer Zwickmühle. Bis …«

Dann stockte er.

»Bis?«, hakte ich nach, während Caro still neben mir saß und mir mental den Rücken stärkte.

»Bis zu dem Tag, als Marianne die Affäre beendete. Sie wusste nicht, dass er verheiratet war. Sonst hätte sie sich vermutlich nie auf ihn eingelassen. Bis heute gebe ich mir die Schuld daran. Wenn ich es ihr rechtzeitig gesagt hätte, noch bevor die beiden sich ineinander verlieben konnten, wäre es vielleicht nie so weit gekommen.«

»Und es gäbe mich heute nicht«, resümierte ich mit wild schlagendem Herzen.

»Nein! Das wollte ich damit nicht sagen, Marie. Das musst du mir glauben. Ich hätte den beiden nur gerne den Kummer erspart.« Er seufzte schwer. »Peter ging irgendwann zurück nach Berlin. Er hat Marianne geschrieben, doch sie hat ihm auf keinen seiner Briefe geantwortet.«

Das waren sicher die romantischen Briefe, die ich in der Zigarrenschachtel neben dem Foto gefunden hatte.

»Peter hat Mariannes Entscheidung akzeptiert und sich irgendwann nicht mehr bei ihr gemeldet. Wenig später starb er bei einem Autounfall. Bis zu seinem Tod wusste er nicht, dass es dich gibt, Marie.«

Mir stockte der Atem bei dieser Offenbarung.

»Deshalb meinten Sie, er hätte sich um mich gekümmert, wenn er es gekonnt hätte.«

Dr. Küffner nickte.

»Ja, so ist es. Ich bin mir ganz sicher, dass es ihm wichtig gewesen wäre, dich kennenzulernen und Zeit mit dir zu verbringen. Aber nenn mich doch bitte Richard.«

»So, da hätten wir zweimal Matjes mit Cola für die beiden hübschen Frauen und einen Bismarckhering mit Wasser für Dr. Küffner.«

Routiniert stellte Willi unsere Bestellung auf den Tisch, während die neuen Informationen in meinem Kopf nur so umhersausten, dass mir ganz schwindelig dabei wurde.

Mit einem »Guten Appetit!« verließ er uns wieder. Das Schiff war voll, da blieb nicht viel Zeit für eine lange Unterhaltung. Aber die würden wir bald nachholen können, wenn ich nicht ganz so durcheinander war.

Caro und mein Onkel aßen, während ich danebensaß und keinen Bissen herunterbekam. Meine Freundin sah mich besorgt an, während ich ihr zu verstehen gab, dass sie ruhig essen sollte, und dass alles in Ordnung bei mir war. Es würde nur ein wenig Zeit brauchen, bis ich die Antworten, auf die ich so lange gewartet hatte, auch verdauen konnte.

Aber so war es mir allemal lieber, als mich ein ganzes Leben lang fragen zu müssen, wieso mein Vater nicht einmal den Versuch unternommen hatte, mich zu sehen. Jetzt wurde mir so einiges klar.

Nachdem er sein Fischbrötchen gegessen hatte, blickte Dr. Küffner – Richard, meinte ich natürlich – erst auf seine Armbanduhr und dann bedauernd in meine Richtung.

»Es tut mir wirklich sehr leid, aber ich muss jetzt dringend zurück. Ich hoffe, ich konnte dir einige deiner Fragen beantworten, und würde mich sehr freuen, wenn wir uns bald mal wiedersehen.«

»Das ist sehr lieb von Ihnen … Ich meine natürlich von dir. Danke, dass du dir die Zeit genommen hast.«

Er lächelte verständnisvoll.

»Aber das ist doch selbstverständlich. Du gehörst zu unserer Familie, Marie, auch wenn du bis vor Kurzem noch nichts davon gewusst hast. Deine zwei Halbgeschwister werden sich sicher darauf freuen, dich kennenzulernen. Du wirst sehen: Alles wird gut.«

Bei den Worten meines Onkels wurde mir ganz warm ums Herz. Ich hatte Geschwister. Davon hatte ich mein ganzes Leben lang geträumt und gleichzeitig nie zu hoffen gewagt, dass es wirklich so sein könnte.

Mit diesem Credo erhob er sich von seinem Fass und ging zu seinem Rad.

»Und?«, fragte Caro vorsichtig.

»Besser. Viel besser«.

Kapitel 28

Schon einen Monat später wirkte unser Traumschlösschen wie der Ort, den Caro und ich in unseren kühnsten Träumen zu erschaffen gehofft hatten. Irmgard musste sämtliche Schamanen-Götter und Voodoo-Priester diesseits und jenseits der Hemisphäre bestochen haben. Anders konnte ich es mir nicht erklären, dass wir so schnell vorangekommen waren.

Tische und Regale zierten den Raum, ohne ihn überfüllt wirken zu lassen. Schon bald würden sich die bestellten Blumen, die ich zu Sträußen binden wollte, und Stauden ebenso nahtlos in das Bild einfügen wie Caros Bücher und Buchaccessoires – wie Lesezeichen, Bookjournals, Buchkerzen und kuschelige Lesesocken.

Im Garten hatte mir Caro, deren Daumen beide nicht sonderlich grün waren, absolut freie Hand gelassen. Was ich mir nicht hatte zweimal sagen lassen. Blaue Hortensien und roséfarbene Pfingstrosen vervollständigten nun die schönen bunten Akzente im Garten. Gestern war nach langem Warten sogar die Holztheke für die Erfrischungen geliefert worden.

Caro und ich hatten auf einem Flohmarkt in Neuendorf eine alte Badewanne gefunden, die ich mit herrlich duftenden Nelken bepflanzt hatte. Damit sich unsere Gäste nicht mit Mücken herumärgern mussten, hatte ich noch Lavendel dazwischengesetzt. Der würde zudem mit seinem wundervollen Duft für einen vollumfänglichen Gartengenuss sorgen. Neben der Badewanne hatte ich noch zwei kleine Regale im Shabby-Chic-Stil gefunden, in denen Caro und ich Blumen und Bücher dekoriert hatten. Eine alte Zinkgießkanne und der aufbereitete Strandkorb waren weitere Highlights.

Es hatte gutgetan, endlich wieder meiner Leidenschaft nachzugehen. Ich fühlte mich hier pudelwohl. Der Gedanke, dass sich schon sehr bald viele Menschen an diesem kleinen Idyll mitten in Vitte erfreuen würden, gab mir Kraft, wenn ich nach zwölf Stunden und mehr im Laden kaum noch aufrecht stehen konnte.

Aber Caro und ich wollten vorankommen und baldmöglichst eröffnen. In wenigen Tagen war es so weit. Ganz Hiddensee sprach schon über unser Traumschlösschen. Wir hatten Werbematerialien gedruckt und Onlinewerbung geschaltet. Oma Gertrud und Irmgard hatten ebenfalls ordentlich dafür gesorgt, dass die frohe Kunde sich auf der Insel verbreitete.

Alles war vorbereitet. Sogar die Deko hing schon im Laden. Meine Großmutter hatte uns zugesichert, für den sehnsüchtig erwarteten Tag ausreichend Kuchen und Kaffee beizusteuern.

Wenn jetzt auch noch Caros und meine Bestellungen termingerecht eintrudelten, würden meine Nächte sicher ein wenig entspannter sein.

Denn trotz üppigem Traumfänger, der neuerdings über meinem Bett baumelte, quälten mich schreckliche Albträume über Pleiten, Pech und Pannen rund um unsere Eröffnung.

Ich versuchte zwar, positiv zu denken und mich mit viel Arbeit abzulenken, aber so recht wollte ich an ein Happy End noch nicht glauben. Dennoch hoffte ich natürlich inständig darauf, dass es so kommen würde.

Caro, Irmgard, Oma Gertrud und ich hatten so viel Zeit und Energie in unser Traumschlösschen gesteckt, dass wir einfach ein bisschen Glück verdient hatten, fand ich. Hühnergott hin oder her.

In den vergangenen Tagen war ich wieder öfter am Strand spazieren gegangen. Wann immer es die Zeit erlaubt hatte, war ich einige Minuten verschwunden, um mir die Beine zu vertreten. Das hatte ich Caro und den anderen gegenüber zumindest behauptet.

In Wirklichkeit war ich den Strand abgelaufen, um einen Hühnergott zu suchen, der mich finden sollte. Hühnergötter schienen in dieser Saison allerdings Mangelware zu sein. Nicht ein einziges winziges Exemplar war mir begegnet. Immer mal wieder hatte ich Steine gefunden, bei denen zwar auf einer Seite ein Loch angedeutet, doch auf der anderen Seite davon nichts mehr zu sehen gewesen war.

Als ich nach einem dieser Spaziergänge im Traumschlösschen ankam, saß Caro mit tränenverschmiertem Gesicht und eingesunkenen Schultern auf der gepolsterten Fensterbank in unserem Schaufenster. Irmgard erwartete an diesem Vormittag Patienten, und Oma Gertrud musste sich um ihre Gäste kümmern.

»Caro! Ist alles okay bei dir? Was ist denn passiert?«

»Meine letzte Fuhre Bücher wird nicht rechtzeitig zur Eröffnung kommen«, sagte sie mit erstickter Stimme.

»Das verstehe ich nicht. Wieso denn?«

»Wegen des starken Seegangs kann die Fähre nicht übersetzen«, erklärte Caro achselzuckend. »Alles umsonst. Der halbe Laden wird leer stehen. Wie sieht das denn bei der Eröffnung aus?«

Bei der Vorstellung begann sie zu schluchzen.

»Kann man da denn nichts machen?«, fragte ich nervös.

Das war genau das Horrorszenario, mit dem ich mich jede Nacht aufs Neue herumschlug.

»Sieht nicht so aus.«

Als abermals Tränen über das Gesicht meiner Freundin kullerten, setzte ich mich schnell neben sie und strich ihr sanft über den Rücken.

»Das wird nicht passieren. Hörst du? Wir finden für alles eine Lösung. Wir sind doch schon so weit gekommen, da lassen wir uns kurz vor dem Ziel auf gar keinen Fall ausbremsen.«

Ich wollte und konnte nicht akzeptieren, dass alles, was wir vorbereitet und in liebevoller Kleinarbeit arrangiert hatten, umsonst gewesen sein sollte.

Dennoch kam ich nicht umhin, mich zu fragen, was der starke Seegang für meine eigene Lieferung bedeuten mochte. Würden die Schnittblumen unter den gegebenen Bedingungen überhaupt noch rechtzeitig geliefert werden können?

Bevor ich mich verrückt machen konnte, schob ich den Gedanken jedoch schnell beiseite.

Caro wischte sich derweil mit einem Taschentuch das Gesicht trocken.

»Ich hab im Moment keine Ahnung, wie diese Lösung aussehen könnte, Marie.«

Sie schüttelte resigniert den Kopf.

Noch immer hielt ich Caro tröstend in den Armen, als mein Handy in meiner Hosentasche klingelte.

Ich zog es umständlich mit einer Hand heraus und blickte auf das Display.

»Sorry, da muss ich leider rangehen. Das ist der Großhändler.«

Vermutlich wollte dieser mit mir noch die letzten Formalitäten besprechen. Die Familie Altenthal war bereits informiert und würde auch außerplanmäßig an einem Mittwoch über die Insel fahren, um mir meine Ware zu liefern. Alles war organisiert.

»Frau Ryske?«, fragte eine Männerstimme am anderen Ende der Leitung.

Ich erhob mich und tigerte unruhig durch den Raum.

»Ja, die bin ich. Rufen Sie wegen meiner Lieferung an?«

»Richtig. Es kommt leider zu Verzögerungen. Der Lkw, der Ihre Ware liefern sollte, kann wegen des starken Seegangs nicht von Rügen übersetzen.«

Eine Gänsehaut überzog mich bei seinen Worten. Einer Ohnmacht nahe, ging ich nach draußen und ließ mich im Garten in den Strandkorb plumpsen.

»Was genau bedeutet das denn jetzt?«

»Das bedeutet, dass Sie Ihre bestellte Ware leider nicht zum vereinbarten Termin erhalten werden. Das tut mir sehr leid.« Er schwieg kurz. »Ich kann Ihnen als Entschädigung einen Rabatt von fünf Prozent auf die nächste Bestellung gewähren. Was halten Sie davon?«

Der Mann schien zufrieden mit sich und seinem glorreichen Einfall zu sein. Mir war dagegen plötzlich speiübel. Was sollten wir denn nun zu unserer Eröffnung präsentieren? Einen halb leeren Laden und unseren Garten zusammen mit Kaffee und Kuchen? Das war ja wohl ein schlechter Scherz.

»J-ja … ähm … m-machen Sie das«, stammelte ich unbeholfen. »Und es gibt wirklich keine Hoffnung mehr, dass die Ware doch noch irgendwie rechtzeitig hier eintrifft?«, hakte ich mit fest gedrückten Daumen und einem flehenden Stoßgebet gen Himmel nach.

»Tut mir leid, Frau Ryske. Damit die Lieferung doch noch pünktlich bei Ihnen eintrifft, bräuchte es mindestens ein Wunder.«

»Ach, doch so wenig.« Ich lachte sarkastisch auf.

»Mehr als mich entschuldigen und Ihnen einen Rabatt auf die nächste Bestellung zu gewähren, kann ich leider nicht machen, Frau Ryske. Da ist eindeutig höhere Gewalt im Spiel.«

Ich seufzte bei seinen Worten.

»Oder eben das Fehlen einer solchen.«

»Wie meinen Sie?«

»Ist schon gut.«

Es brachte nichts, mit dem Mann über meinen verloren gegangenen Hühnergott zu fachsimpeln. Also ließ ich ihn schließlich vom Haken, damit er weiterschwimmen und andere Telefonate führen konnte. Ich hoffte nur, dass er für die folgenden Kunden bessere Nachrichten hatte als für mich.

Caro kam mit einem Teller voller Kekse nach draußen.

»Deine Oma hat Sanddorn-Schokoladenkekse vorbeigebracht.«

Auffordernd hielt sie mir den Teller hin, aber mir war gerade nicht nach Essen. Mir war gerade nach rein gar nichts.

»Was wollte der Großhändler denn? Ist die Ware schon auf der Insel?«

Ich schüttelte den Kopf. »Sie wird wie deine Bücher zu spät geliefert.«

Caros Mund blieb bei meinen Worten offen stehen.

»Das ist hoffentlich nicht dein Ernst.«

»Doch, leider. Mein voller Ernst sogar.«

Caro legte den Keksteller zwischen uns im Strandkorb ab.

»Dann haben wir also zum Start nur eine geringe Auswahl an Büchern und keine einzige Schnittblume, die wir unseren Kunden präsentieren können? Keine Gestecke und frisch gebundenen Sträuße?«

»Sieht wohl so aus. Aber wir haben uns und den wunderschönen Garten«, versuchte ich, den Fokus auf das zu legen, was uns geblieben war.

»Das ist … Nun, was soll ich sagen. Irgendwie hatte ich mir das anders vorgestellt.«

Caro brachte es auf den Punkt. Auch ich hatte mir diesen besonderen Tag ganz anders vorgestellt. Mit leiser Musik im Hintergrund, ausgelassenen Gesprächen, interessierten Kunden und vielen »Ahs« und »Ohs«.

»Was machen wir denn jetzt?«

»Auf jeden Fall nicht verzweifeln«, sagte ich. »Dafür bleibt noch genug Zeit.«

»Sollten wir die Werbeschaltungen vielleicht stornieren oder verlegen?«

Ich schüttelte den Kopf. »Die Flyer sind mit dem Datum gedruckt worden. Das ist keine Option.«

»Aber der Laden wird halb leer aussehen. Was werden die Leute nur denken?«

»Sie werden denken, dass wir ein kleines Paradies geschaffen haben, in dem es sich herrlich schmökern, naschen und verweilen lässt. Und nichts anderes.«

Nach außen hin gab ich mich tough und unverwüstlich. Aber tief in meinem Inneren sah es ganz anders aus. Schlagartig hatte ich noch mehr Panik vor der Eröffnung als sowieso schon, doch ich durfte mir das nicht anmerken lassen. Wir mussten positiv bleiben, egal was kommen würde.

»Hast du übrigens schon das neue Foto von Paul gesehen? Silke hat es vorhin geschickt«, wechselte ich das Thema, um mir erst mal selbst in Ruhe über alles Gedanken machen zu können.

»Der Kleine sieht echt aus wie ein Engel. Ich kann es kaum erwarten, dass sie uns zur Eröffnung besuchen.«

Ich legte meine Hand auf Caros Schulter.

»Das ist es, was ich hören wollte. Wir freuen uns einfach auf einen schönen Tag mit lieben Menschen, die uns besuchen kommen. Der Rest ist unwichtig. Findest du nicht auch?«

Caro nickte.

»Keks?«

»Mindestens zehn. Ich hab heute noch nichts gegessen.«

Caro sah mich vorwurfsvoll an.

»Nicht, dass das zur Gewohnheit bei dir wird.«

Ich winkte ab.

»Ach, du weißt doch: Unkraut vergeht nicht.«

Kapitel 29

Paul war nicht nur auf den Bildern ein zuckersüßes Kerlchen. In natura wirkte der kleine Mann noch viel knuffiger.

Silke hatte mir erzählt, wie gut er nach einem schönen Spaziergang auf dem Arm schlief und wie dankbar sie für jeden Moment war, in dem sie selbst ein wenig zur Ruhe finden konnte. Also hatte ich ihn kurzerhand mit in den Garten genommen.

Die Nächte waren leider noch die reinste Hölle. Kaum dass sie Paul gestillt und ins Bett gelegt hatte, um selbst ein wenig Schlaf zu finden, war der Kleine schon wieder wach und schrie vor Hunger, Blähungen oder dem nächsten Entwicklungsschub, der ständig und überall auf ihn lauerte.

Ich half Silke wirklich gerne, doch heute Morgen musste ich schnellstmöglich nach Vitte. Der große Tag stand an. In wenigen Stunden würden die ersten Gäste vor der Tür stehen. Es war zwar alles vorbereitet, aber ich musste Oma Gertruds Lachshäppchen noch rüberfahren und mich vergewissern, dass nun wirklich nichts mehr schiefgehen konnte.

Caro schlief seit ein paar Tagen in ihrer neuen Wohnung und fühlte sich dort so wohl wie schon lange nicht mehr. Meine Freundin schien auf der Insel angekommen zu sein, was mich wirklich von Herzen für sie und auch für mich freute. Jetzt musste einfach alles gut werden. Wir hatten alle so hart dafür gearbeitet, dass das Traumschlösschen ein Erfolg werden würde.

»Schläft er?«, fragte Silke kaum hörbar, als sie aus dem Inselhotel gelaufen kam.

Ich nickte und übergab ihr das Bündel.

Silke sah ihren kleinen Paul lange an. Ihre Augen leuchteten trotz der Müdigkeit, und sie lächelte selig.

»Weißt du, es gibt Tage, da sehne ich mich richtiggehend nach Herrn Kowalskys Laubbläser um sechs Uhr dreißig. Das ist eines der wenigen Geräusche, bei denen Paul seelenruhig einschläft.«

»Wirklich?«, sagte ich ungläubig.

»Ja, wirklich! Ich kann es selbst kaum fassen. Aber wahrscheinlich kennt er es noch aus seiner Zeit in meinem Bauch.«

»Verblüffend, wozu so ein Laubbläser alles gut sein kann.«

Silke schüttelte leicht den Kopf.

»Das hätte ich wirklich nicht gedacht, dass ich dem alten Kowalsky und seinem Laubbläser irgendwann mal dankbar sein würde.«

Der Wecker meines Handys ging los. Schnell beendete ich den Laut, damit Paul nicht gleich wieder aufwachte.

»Ich muss jetzt leider rüber nach Vitte. Kommt ihr so in zwei Stunden nach?«, fragte ich mit leiser Stimme und festem Blick auf das schlafende Bündel in Silkes Armen.

Silke nickte.

»Frank schläft noch. Er hat heute von uns beiden die Nachtschicht übernommen. Aber ich wecke ihn gleich.«

»Sehr schön! Ich freu mich schon drauf, euch alles zu zeigen.«

Silke sah mich liebevoll an und fuhr mir mit der Hand über den Arm. »Alles wird gut. Wirst sehen! Der Tag wird ein Erfolg für euch beide. Ihr habt so viel Herzblut und Liebe in euren Laden gesteckt. Wenn das den Leuten nicht auffällt, dann weiß ich auch nicht.«

»Danke, Silke! Es tut gut, das zu hören. Aber jetzt muss ich wirklich los. Drück mir die Daumen!«

Als ich schwankend mit den Lachshäppchen in der einen Hand in den Wiesenweg einbog, konnte ich Caro schon von Weitem sehen. Sie stand mit nassen Haaren vor dem Laden und versuchte sich gerade an der Außenbeleuchtung.

»Hey, Caro!«, begrüßte ich sie, woraufhin sie erschrocken zusammenfuhr.

»Gott sei Dank, Marie! Du bist da.«

Kaum dass ich mein Fahrrad abgestellt hatte, stürzte sie sich auch schon in meine Arme. Die Häppchenplatte, die ich noch immer in der rechten Hand balancierte, fiel mir beinahe herunter.

»Entschuldige bitte. Es hat ein bisschen länger gedauert, weil ich Silke noch mit Paul geholfen hab. Der Kleine ist einfach nur Zucker. Aber die Nächte mit ihm sind der blanke Horror.«

Caro war furchtbar aufgeregt. Die nahende Eröffnung setzte ihr offenbar mehr zu, als ich vermutet hatte. So etwas hatte sie noch nicht erlebt. Ich konnte mich gut in sie hineinversetzen. Vor der Eröffnung meines *Blumenreichs* in München hatte ich Nächte vorher unruhig geschlafen, war immer wieder hochgeschreckt, weil mir dies oder jenes noch eingefallen war.

Nicht dass ich vor der Eröffnung unseres Traumschlösschens wesentlich besser geschlafen hätte.

»Arme Silke! Hast du mitbekommen, dass sie vorgestern ein Schläfchen in unserem Strandkorb gemacht hat, als ich mit Paul durch den Garten gelaufen bin? Und Frank geht es nicht besser. Ich kann nur hoffen, dass der Kleine bald ein Einsehen mit seinen Eltern hat und die Nächte nicht länger zum Tag macht.«

Die Servierplatte balancierend ging ich in Richtung Eingang, um die Lachshäppchen kalt zu stellen.

»Es gibt da noch was, was ich dir sagen muss.«

Abrupt hielt ich inne, sodass mir die Platte abermals fast aus der Hand rutschte. Im letzten Moment konnte ich sie noch festhalten. Caros Worte klangen wenig verheißungsvoll. Dennoch sah ich sie erwartungsvoll an, während sie ins Innere des Ladens blickte.

»Der Strom ist ausgefallen.«

»Was? Wie konnte denn das passieren? Hast du nachgesehen, ob die Sicherung rausgesprungen ist? Es gibt bestimmt eine ganz einfache Erklärung«, versuchte ich uns beide zu beruhigen. Was mir allerdings nicht sonderlich leichtfiel.

»Die Sicherungen sind alle drinnen. Ich hab schon bei unserem Stromanbieter angerufen. Der sieht keine Unregelmäßigkeiten im Netz.«

»Bitte sag nicht, dass er von höherer Gewalt gesprochen hat.«

»Doch, um ehrlich zu sein, hat er sich ganz ähnlich ausgedrückt.«

»So ein Mist! Was machen wir denn jetzt?«

Um mir selbst ein Bild von der Lage zu machen, ging ich hinein und betätigte den Lichtschalter. Nichts passierte.

»Okay, dann eben ohne Strom. Licht werden wir heute sowieso nicht brauchen. Hannes hat einen sonnigen Tag prognostiziert.«

Caro sah mich mit weit aufgerissenen Augen an.

»Und was machen wir mit der Kasse, den Häppchen und den kalt gestellten Getränken? Der Strom ist vielleicht schon seit Stunden weg. Ich hab es heute früh im Bad bemerkt, als ich mir die Haare föhnen wollte. Vorher hab ich mich noch gewundert, dass mein Handy nicht geladen war.«

»Shit! Du hast natürlich recht. Wir brauchen ganz dringend Strom. Hast du mal die Nachbarn gefragt?«

Bei dem Wort Nachbarn musste ich an eine ganz bestimmte Person denken. Ole war mir in der ganzen Zeit, die wir hier im Traumschlösschen vor uns hin gewerkelt hatten, nicht ein einziges Mal über den Weg gelaufen. Ganz so, als hätte er einen großen Bogen um mich gemacht.

Aber das hier war eine Ausnahmesituation. Ohne Strom würden wir heute weder unsere Gäste bewirten noch ein einziges Buch oder einen Blumenstrauß verkaufen können. Das war fast noch schlimmer, als keine Ware zu haben. Ware, die man nicht verkaufen konnte, weil die Kasse sich nicht öffnen ließ, da sie mit Strom betrieben wurde.

Es war zum Verrücktwerden!

»Guten Morgen, ihr Lieben! Ich dachte, ich komme ein wenig früher vorbei und helfe euch bei den letzten Vorbereitungen«, trällerte Irmgard, die an diesem Morgen offenkundig gute Laune hatte. Wenigstens eine von uns.

»Hallo, Irmgard«, begrüßten Caro und ich unsere Vermieterin.

»Was zieht ihr denn für Gesichter?«

Irmgard war nicht nur sehr feinfühlig, sondern auch eine äußerst gute Beobachterin.

»Wir haben keinen Strom«, erklärte Caro. »Wie übrigens niemand in der ganzen Straße.«

Damit war auch meine letzte Hoffnung dahin. Nicht mal Ole würde mir jetzt noch helfen können. Nicht einmal dann, wenn ich mich dazu durchringen könnte, über meinen riesigen Schatten zu springen.

»Das ist doch alles wie verhext!«

Die Inselschamanin legte ihren Arm um meine Schultern.

»Ich weiß, dass ich dir mit der Sache mit dem Hühnergott allmählich auf die Nerven gehe, aber du hast nicht zufällig …«

Ich mochte Irmgard und ihre verschrobene Art wirklich. Meistens zumindest. Aber heute wäre ich ihr bei der Frage nach dem Hühnergott am liebsten an die Gurgel gegangen. Nur im letzten Moment konnte ich mich bremsen.

Mit einem »Ich verstehe« quittierte sie meinen mehr als eindeutigen Blick.

Statt uns ans Werk zu machen und die Polster auf die Gartenstühle zu legen und den Kuchen in die Vitrine zu stellen, die jetzt ebenfalls nicht gekühlt werden konnte, standen wir einfach nur da und hingen alle drei unseren Gedanken nach. Irgendetwas mussten wir doch machen können.

Nach allem, was wir geschafft hatten, konnte es doch nicht so enden. Das war einfach nicht fair.

Caro lief hinüber zum Stromkasten im Flur und starrte ihn in Grund und Boden. Das half uns jedoch nicht sonderlich weiter.

Irmgard war für ihre Verhältnisse ziemlich einsilbig

geworden. Unruhig lief sie im Traumschlösschen auf und ab, als läge die Lösung dort irgendwo auf einem der Tische oder zwischen den Büchern in den Regalen verborgen.

Dann blieb sie plötzlich stehen und fuhr sich wie Wickie aus *Wickie und die starken Männer* über die Nase. »Ha! Ich habs!«

Caro spähte aus dem Flur zu uns herein. Wir sahen wie gebannt in Irmgards Richtung, als erwarteten wir, dass sie jeden Moment mit einem Stromtanz beginnen könnte, um den Stromgott zu beschwichtigen. Alternativ hätte sie statt einer Hefepyramide auch eine Sanddorntorte opfern können. Mir war inzwischen fast jedes Mittel recht, wenn sie nur dafür sorgen würde, dass die Eröffnung kein Reinfall wurde.

»Wenn mich nicht alles täuscht, dann ... Also, es ist wirklich schon Jahre her, dass ...«

»Spann uns bitte nicht weiter auf die Folter«, flehte Caro und sprach mir damit aus der Seele.

Irmgard hob abwehrend die Hände.

»Ist ja schon gut! Ihr beiden solltet dringend mal zu einer Sitzung zu mir kommen. Eure Nerven liegen nicht erst seit heute blank.«

»Irmgard!«, riefen Caro und ich wie aus einem Mund.

Die Inselschamanin verdrehte die Augen.

»Nebenan in der Bernsteinwerkstatt gab es früher ein Notstromaggregat. Ich bin mir nicht sicher, ob die Schillings das noch haben. Fragen kostet aber ja nichts.«

Das stimmte nicht ganz. Fragen kostete mich mindestens meinen Stolz. Aber was brachte dieser, wenn man nach wochenlanger Schufterei in die Röhre blickte?

»Ich kann gehen«, schlug Caro vor.

»Das ist lieb von dir, Caro, aber ich denke, ich sollte das machen.« Ich seufzte schwer, während Irmgard mir aufmunternd eine Hand auf die Schulter legte. »Ole und ich können uns nicht bis an unser Lebensende aus dem Weg gehen. Vielleicht will der Stromgott ja genau das von mir: dass ich rübergehe, nach dem Notstromaggregat frage und ihm verzeihe.«

Irmgard sah mich verwundert an.

»Der Stromgott? Du weißt schon, dass es den nicht gibt, oder? Ähnlich wie den Weihnachtsmann und den Osterhasen.«

Statt etwas zu erwidern, verließ ich den Laden und machte mich schnurstracks auf den Weg. Schließlich hatte ich eine Mission zu erfüllen. Eine Mission von großer Tragweite.

Wenn es mir nicht gelingen sollte, Ole davon zu überzeugen, mir das Notstromaggregat zu geben, würde es das gewesen sein. Wochenlange harte Arbeit – alles für die Katz.

Kaum dass ich den Hof der Schillings betreten hatte, schlug mir mein Herz auch schon bis zum Hals. Plötzlich schien es mir gar keine gute Idee zu sein, mich der Höhle des Löwen zu nähern. Gleichzeitig war ich mir bewusst, dass mir keine Alternative blieb. Ich musste mich jetzt zusammenreißen. Nicht nur für mich, auch für Caro und all die Menschen, die uns in den letzten Wochen helfend zur Seite gestanden hatten.

Der Hof wirkte an diesem Donnerstagmorgen wie ausgestorben. Ich blickte mich nach allen Seiten hin um und horchte nach jedem Geräusch. Aber bis auf ein paar krächzende Möwen und einen Hund, der in der Ferne bellte, konnte ich nichts hören.

Also lief ich weiter auf das mit Reet gedeckte Wohnhaus zu, erklomm die wenigen Treppenstufen und klingelte. Erst als sich niemand rührte, fiel mir ein, dass sie ebenfalls keinen Strom hatten.

Zunächst recht zaghaft und schließlich immer impulsiver schlug ich mit der Faust gegen die Haustür. Ich wartete wieder, blickte hoch zu den Fenstern und versuchte mich über das Treppengeländer zum Wohnzimmerfenster der Familie hinüberzubeugen. Keine gute Idee! Ich verlor das Gleichgewicht. Noch ehe ich mir der Konsequenzen bewusst werden konnte, stürzte ich vornüber und landete in einem Meer aus Rosen, die glücklicherweise keine Dornen hatten, aber nun alle dahin waren. Mein Floristinnenherz blutete.

»Marie?« Ole schob sich in mein Sichtfeld.

War ja klar, dass er erst auf der Bildfläche erschien, sobald ich mich bis auf die Knochen blamiert hatte. Wahrscheinlich hatte er meinen Sturz sogar beobachtet.

Er reichte mir die Hand, um mir aufzuhelfen.

»Was machst du denn hier?«

Ich schlug sie aus und versuchte, allein wieder auf die Beine zu kommen. Dabei verhedderte sich mein linker Fuß in dem geschundenen Rosenbusch. Mit an Sicherheit grenzender Wahrscheinlichkeit würde ich gleich wieder fallen. Diesmal nicht ganz so weich, da der Hof der Schillings mit Kopfsteinpflaster ausgelegt war.

Doch statt auf dem harten Boden der Realität aufzukommen, landete ich ziemlich sanft mit meiner Wange an Oles Brust.

»Wie heißt es doch so schön: Kleine Sünden bestraft der liebe Gott sofort«, murmelte ich und löste mich schnellstmöglich von ihm, um ausreichend Distanz zwischen uns zu bringen. »Ole, ich brauche deine Hilfe«, begann ich ganz förmlich.

Er grinste schelmisch.

»Und das, nachdem du sie eben noch so freimütig ausgeschlagen hast.« Er verschränkte die Arme vor der Brust und sah mich mit zur Seite geneigtem Kopf durchdringend an.

»Ja ... ähm ... nein. Hach! Ist ja auch egal. Habt ihr euer Notstromaggregat noch?«

Endlich kam ich auf den eigentlichen Grund für meinen Besuch auf dem Hof zu sprechen. Ich hatte nämlich weder die Rosen von Oles Mutter zerstören noch mit meiner Wange an Oles Brust landen wollen. Vor allem Letzteres ganz sicher nicht.

Oles Augen weiteten sich unnatürlich.

»Du bist wegen des Notstromaggregats gekommen?«

Als hätte er erwartet, ich wäre einzig und allein wegen ihm hier. So ein eingebildeter Gockel! Darauf konnte er lange warten. Hier ging es lediglich um das Traumschlösschen. Und sonst gar nichts. Wenn er sich etwas anderes erhofft hatte, war das sein Pech.

»Könntest du es mir leihen? Unsere Eröffnung steht kurz bevor, wir brauchen dringend Strom für die Getränke und die Lachshäppchen.«

Ich klang verzweifelter, als ich mich eigentlich geben wollte. Aber das war nun auch schon egal. Wenn Ole mir das Gerät nur leihen würde, wäre ich sogar dazu bereit, mich vor ihm im Staub zu wälzen.

»Was krieg ich denn dafür?«, fragte er prompt, als hätte er meine Gedanken gelesen.

»Alles, was du willst«, platzte es aus mir heraus.

Ole lachte und sah mich dabei so intensiv an, dass mir ganz anders dabei wurde.

»Na, dann komm mal mit! Ich kann auf keinen Fall verantworten, dass Gertruds gute Lachshäppchen über den Jordan gehen. Wenn ich mich recht entsinne, hat mein Vater das Aggregat in den Schuppen gestellt. Wir brauchen es nur selten, außerdem macht es einen Höllenlärm. Am besten stellt ihr es hinters Haus. Dann solltet ihr euch zumindest im Laden unterhalten können.«

»Okay, verstehe«, murmelte ich, etwas perplex über Oles sofortige Hilfsbereitschaft.

Mit einem quietschenden Geräusch öffnete Ole die Tür des Schuppens. Der Raum war klein und so dunkel wie die Nacht, da er kein Fenster hatte. Ich hatte Mühe, meine eigene Hand vor Augen zu sehen.

Ole holte sein Handy aus der Hosentasche und schaltete seine Lampe an. Ich hatte meins in der Eile leider im Laden vergessen.

»Schau du dich ruhig mal auf der linken Seite um. Vermutlich steht es irgendwo auf dem Boden in einem der unteren Regale. Es kann durchaus weiter hinten stehen, wir haben es schon ewig nicht mehr benutzt.«

Also machte ich mich auf die Suche. Ohne mein Handy konnte ich nicht mal Google um Hilfe bitten, wie das Gerät denn überhaupt aussah. Also tastete ich mich halb blind und unwissend durch den Raum.

»Ich glaub, ich hab was«, vermeldete ich nach einigen Minuten.

Ole kam zu mir gelaufen und lachte, als er erkannte, was ich da gefunden habe. »Das ist eine alte Autobatterie, die mein Vater hier gebunkert hat, statt sie abzugeben.«

Als ich im Lichtkegel von Oles Handy erkannte, worauf ich da gestoßen war, war mir die Situation ziemlich peinlich. Rasch gab ich mich geschäftig und blickte mich suchend um.

»Man sieht hier drin aber auch rein gar nichts«, gab ich bissig von mir und setzte meine Suche fort.

Ole lachte in meinem Rücken und ließ das Licht seines Handys wie kleine Glühwürmchen durch den Raum schwirren.

Der Schuppen war nicht sonderlich groß. Sich aus dem Weg zu gehen, erschien damit fast unmöglich. Um Ole nicht zu nahe zu kommen, zwängte ich mich an Gartengeräten und einem alten Fahrrad vorbei, dessen Reifen sich platt anfühlten. Dabei stürzte ich beinahe über etwas, das mitten im Weg lag.

»Autsch!«

Mein Aufschrei rief Ole auf den Plan.

»Ha! Du hast es gefunden. Sehr gut!«, lobte er mich wie ein Schulkind.

»Alles klar! Dann vielen lieben Dank. Den Rest schaff ich allein«, versuchte ich schnellstmöglich zu Ole auf Distanz zu gehen, da er mir schon wieder viel zu nahe gekommen war. Und das nicht nur rein körperlich.

Eine Duftmischung aus Salz und Meer mit einem Hauch Maschinenöl umspielte meine Nase. Ohne es zu wollen, musste ich plötzlich an unser letztes Mal denken. Wie Ole mich am ganzen Körper mit seinen Händen berührt hatte, wie gut seine Küsse geschmeckt hatten.

Plötzlich wurde mir in dem winzigen Schuppen furchtbar warm. Ich musste so schnell wie möglich hier raus, bevor ich etwas sagen oder machen konnte, das mir im Nachhinein leidtun würde.

Wie eine Wahnsinnige zerrte ich an dem Notstromaggregat zu meinen Füßen, bis ich feststellen musste, dass ich es keinen Millimeter vom Boden heben konnte.

Irmgard hatte gewusst, dass das Teil schweineschwer war, und mich dennoch allein gehen lassen, weil sie genau das hier hatte heraufbeschwören wollen. Diese alte Hexe!

»Lass mich dir helfen«, bot Ole auch schon wie auf Kommando an.

»Nein, nein! Das geht schon«, behauptete ich, sammelte all meine Kräfte und schaffte es dennoch nicht, das Ding zu bewegen.

Es wog sicher eine Tonne.

Statt abermals seine Hilfe anzubieten, schob Ole sich an mir vorbei, steckte sein Handy zurück in die Hosentasche und griff beherzt nach der Maschine zu seinen Füßen, nur um wenige Sekunden später seine Hand auf meine zu legen.

Seine Berührung war einerseits so vertraut und andererseits nur schmerzlich zu ertragen. Mein Herz schlug mir wieder bis zum Hals, während wir uns anstarrten, als würden wir uns gerade das erste Mal richtig sehen. Durch die Dunkelheit hindurch – zumindest irgendwie. Da war Licht. Viel Licht. Es machte mir Angst. Am liebsten wäre ich auf der Stelle abgehauen.

Dann gab es eben keine Lachshappen. Alles war besser, als hier neben Ole Schilling zu knien und dabei mein Herz zu verlieren.

»Marie, ich …«, begann er, und ich ahnte schon beim Klang seiner Stimme, dass er nun auf unsere gemeinsame Nacht eingehen würde.

Mein Fluchtinstinkt setzte ein. Wie von der Tarantel

gestochen sprang ich auf und knallte dabei mit dem Kopf gegen einen Fensterrahmen, der lose im Regal stand und offenbar dringend in diesen vermaledeiten Schuppen eingebaut gehörte.

»Aua!«, schrie ich auf und betastete sogleich die Stelle an meinem Hinterkopf.

»Lass mal sehen!«

Ole hatte sich ebenfalls wieder aufgerichtet und machte Anstalten, nach meinem Kopf sehen zu wollen.

Ich zuckte vor ihm zurück.

»Marie, ich …«

Beim ersten Mal hatte seine Stimme verunsichert geklungen. Jetzt wirkte er nahezu verzweifelt. Als wäre ich diejenige von uns beiden gewesen, die nach unserer gemeinsamen Liebesnacht Hals über Kopf das Weite gesucht hatte.

»Du bist gegangen. Nicht ich«, warf ich ihm schließlich vor, als ich es nicht länger aushielt.

Daraufhin sah Ole mich lange an. Doch er sagte kein Wort. War ja klar! Wenn es ernst wurde, zog er es mal wieder vor, den Schwanz einzuziehen. Aber das war sein Problem. Nicht meins.

Ich machte auf dem Absatz kehrt und eilte zum Ausgang.

»Marie, warte! Es tut mir leid!«

Ich hielt in der Bewegung inne, schloss für einen Moment die Augen und drehte mich dann zu ihm um.

»Was genau? Dass du die Nacht mit mir verbracht hast oder dass du danach einfach abgehauen bist?«, schmetterte ich ihm ungehalten entgegen.

All die Wut und Verzweiflung, die Angst und die Sorgen,

die ich die letzten Wochen allein mit mir ausgemacht hatte, brachen plötzlich aus mir hervor. Ich konnte nicht länger leugnen, wie sehr er mich mit seinem Verschwinden verletzt hatte.

»Beides. Ich hätte die Nacht nicht mit dir verbringen sollen. Und ich hätte am Morgen danach nicht verschwinden dürfen. Das war ein Fehler.«

»So siehst du das also! Na, dann wäre ja alles hinreichend geklärt zwischen uns. Ich muss jetzt leider wieder zurück. Die anderen werden sich schon wundern, wo ich bleibe.«

Wieder wandte ich mich zum Gehen.

»Marie, ich konnte nicht bleiben. Ich war verunsichert und hatte Angst, dass du die Insel bald wieder verlassen könntest. Ich hatte Angst davor, die Geschichte könnte sich wiederholen. Ich wollte nicht wieder zurückbleiben und mich monatelang fragen, wann du vielleicht zurückkommst. Das pack ich kein zweites Mal«, offenbarte mir Ole schonungslos ehrlich.

Wieder war mein Impuls die Flucht. Aber als seine Worte langsam zu mir durchdrangen, wurde mir klar, dass mich das in der Vergangenheit noch nie weitergebracht hatte.

»Ich dachte, es läge an Jette. Die findet es bestimmt nicht sonderlich prickelnd, dass ihr Freund mit einer anderen Frau geschlafen hat.«

Da spürte ich eine Hand auf meiner Schulter.

»Wie kommst du darauf, dass Jette und ich ein Paar seien?«

»Seid ihr das denn nicht?«

Ole zog mich zu sich herum.

»Nein. Wir waren nie zusammen. Nur Freunde.«

Ich lachte höhnisch auf.

»Freunde mit gewissen Vorzügen, oder wie darf ich das verstehen?«

Ole sah verdattert drein.

»Wie meinst du das?«

»Na, muss ich dich etwa erst an den Kuss zwischen Jette und dir erinnern? Du hast mich damals doch ganz genau gesehen, da unten im Hafen.«

Ole runzelte die Stirn.

»Aber das war doch nichts als ein verzweifelter Versuch, um dich eifersüchtig zu machen. Ich habe so gehofft, dich damit zum Bleiben zu bewegen.«

»Indem du Jette küsst?«

Ich starrte Ole fassungslos an. Da sollte noch mal jemand behaupten, wir Frauen seien kompliziert.

»Es tut mir leid, Marie. Ich war jung und hoffnungslos in ein Mädchen verliebt, von dem ich glaubte, es sei die Eine. Da macht man schon mal Fehler.«

Da musste ich ihm leider beipflichten. Schließlich hatte ich auch Fehler begangen. Fehler, die unser beider Leben für immer verändert hatten. Also fasste ich mir ein Herz.

»Ole, es gab damals einen Grund, warum ich aus heiterem Himmel mit dir Schluss gemacht habe.«

Oles Mund öffnete und schloss sich gleich wieder.

»Es würde jetzt zu weit führen, dir das alles im Detail zu erzählen. Aber so viel schon mal: Ich habe etwas gefunden, das mich glauben ließ, wir beide seien Geschwister.«

»Wie bitte? Wie kommst du darauf?«

»Lange Geschichte. Die sollte ich dir vielleicht bei einem Abendessen ausführlich erklären. Wie klingt das?«

Mein Friedensangebot stand.

»Kommt darauf an.«

»Worauf denn?«, fragte ich verdutzt.

»Ob deine Oma kocht oder du.«

»Was willst du damit sagen?«

»Dass ich dich liebe.«

Ohne Vorwarnung zog Ole mich in eine feste Umarmung und küsste mich. Zunächst war ich perplex, aber dann gab ich mich vollkommen dem Gefühl hin, endlich angekommen zu sein. Dieses Happy End würde ich mir sicher nicht wieder selbst verbocken. Hochheiliges Ehrenwort an mich selbst!

Kapitel 30

»Da seid ihr ja endlich! Wir wollten schon einen Suchtrupp losschicken«, behauptete Irmgard vorwurfsvoll.

Doch ich konnte ihr deutlich ansehen, wie froh sie darüber war, dass Ole und ich gemeinsam ins Traumschlösschen gekommen waren.

Wäre anders auch gar nicht gegangen. Schließlich war das Notstromaggregat so schwer, dass ich es allein nie im Leben hätte tragen können.

»Jetzt sind wir ja da! Wo ist denn Caro?«

Suchend blickte ich mich im Laden und im angrenzenden Garten um.

»Die ist oben und föhnt sich die Haare«, erklärte die Inselschamanin, als wäre es das Natürlichste der Welt.

»Wie macht sie das denn ohne Strom?«

Eine schreckliche Vorahnung beschlich mich.

Irmgard begann ertappt zu kichern.

»Das ist eine wirklich lustige Geschichte. Du warst gerade mal fünf Minuten weg, da ging plötzlich der Strom wieder.« Betreten pfriemelte sie an einem abstehenden Faden herum.

»Ach, und da habt ihr es gar nicht für nötig gehalten, mir Bescheid zu geben?«

Irmgard deutete auf mein Handy, das ich auf dem Verkaufstresen hatte liegen lassen.

»Caro hat es dreimal bei dir probiert, bis ihr auffiel, dass du dein Handy hier vergessen hast.«

Ich schnaubte.

»Und da konnte keiner von euch beiden den kurzen Weg bis zum Hof der Schillings zurücklegen? Ole und ich hätten uns drüben in dem dunklen Schuppen das Genick brechen können.«

Irmgard blickte prüfend zwischen ihm und mir hin und her.

»Für mein Dafürhalten seht ihr beiden nicht im Entferntesten danach aus, als hättet ihr gerade dem Tod ins Auge geblickt. Auf mich wirkt ihr … ziemlich entspannt.«

Ein wissendes Lächeln umspannte ihre Lippen. Ich konnte ihr nicht mal widersprechen. Wenn man so wollte, war es Glück im Unglück gewesen, dass der Strom heute Morgen ausgerechnet im Wiesenweg in Vitte ausgefallen war. Sonst hätten Ole und ich wohl bis an unser Lebensende einen riesigen Bogen umeinander gemacht.

Nur Irmgards nervöses Verhalten machte mich stutzig …

»Irmgard, kann es sein, dass du in der Stromsache deine Finger im Spiel hattest?«

Sie fuhr sich verlegen durchs Haar.

»Iiich? Wie kommst du denn daaarauf?«

»Na ja, ich …«

»Wie gut, dass ihr alle hier seid.« Silke kam ganz aufgelöst in den Laden gestürmt. »Ich brauche dringend Hilfe.«

»Was ist denn passiert? Ist was mit Paul oder Frank?«

Hilfe suchend blickte ich zu Ole – meinem Felsen in der Brandung. Oder eben dem Notstromaggregatträger in der Not.

Silke war ganz aufgelöst. Ihr Gesicht war von roten Flecken überzogen, sie atmete schwer und unregelmäßig.

»Nein, nein. Mit denen ist alles bestens. Aber Gertrud …«

»Was ist mit Oma Gertrud?« Ich geriet in Panik.

Nun fasste sich auch Irmgard ans Herz.

»Frank und Paul sind bei ihr. Sie hat vorgeschlagen, dass wir einen kleinen Spaziergang mit dem Kinderwagen um die Insel machen. Dabei hat sie sich offenbar ein wenig übernommen.«

»Wo ist sie jetzt?«, fragte ich krank vor Sorge.

»Den Wiesenweg entlang hinunter ans Wasser. Dort sitzt sie auf einer Bank.«

»Ich komme mit!«, rief Irmgard und war schon im Begriff loszulaufen.

»Habt ihr Dr. Küffner verständigt?«, hakte ich nach.

»Ja, er ist schon auf dem Weg.«

»Caro!«, wandte ich ein.

Silke drängte uns hinaus. »Ich erkläre ihr alles. Geht ihr zu Gertrud. Wir halten hier die Stellung.«

»Dann los!«, sagte Ole.

»Du gehst auch mit?«

»Aber selbstverständlich. Von nun an wirst du mich nicht mehr los.«

Er zwinkerte mir vielsagend zu.

Silke steckte mir derweil mein Handy zu.

»Meldet euch, wenn es was Neues gibt!«

Damit eilten Ole, Irmgard und ich aus dem Laden, ließen den Wiesenweg hinter uns und rannten aufs offene Meer zu.

»Was macht ihr denn hier?«

Oma Gertrud sah verwundert drein.

Frank trug den schreienden Paul auf dem Arm durch die Gegend. Dr. Küffner war bereits eingetroffen und kontrollierte Oma Gertruds Blutdruck.

»Silke meinte, es ginge dir nicht gut«, sagte Irmgard, doch Oma winkte ab.

»Ich hab mich nur ein wenig übernommen. Nichts weiter!«

Dr. Küffner wiegte seinen Kopf behäbig erst zur einen und dann zur anderen Seite.

»Gertrud, du musst deine Tabletten regelmäßiger nehmen. Dann passiert das auch nicht mehr. Dein Blutdruck ist zu niedrig«, ermahnte er sie.

»Jetzt gehts mir auf jeden Fall schon wieder blendend. Aber du, Marie, bist ganz weiß um die Nase. Du solltest dir die Beine ein wenig am Strand vertreten.«

»Aber ich ...«, versuchte ich ihr zu widersprechen. Schließlich war heute der große Tag. In weniger als einer Stunde würden die Gäste schon kommen.

»Kein Aber. Du hast heute einen anstrengenden Tag vor dir«, gab Irmgard ihr Schützenhilfe.

Dr. Küffner lachte. »Du solltest auf deine Großmutter hören, Marie. Wenn es nicht um sie selbst geht, scheint sie sehr vernünftig zu sein.« Mit diesen Worten klappte er seinen Arztkoffer zu und machte sich auf den Weg.

»Ein paar Schritte am Wasser täten dir nach der ganzen Aufregung sicher gut«, meinte nun auch Ole.

Frank legte derweil den eingeschlafenen Paul zurück in seinen Kinderwagen.

»Ich kümmere mich um deine Großmutter, Marie. Das ist alles kein Problem. Der Arzt hat ja bestätigt, dass es nichts Ernstes ist.«

»Und ich bin ja auch noch da«, merkte Irmgard an.

Resigniert ließ ich die Arme in die Lüfte sausen.

»Ich weiß zwar nicht, wozu das alles gut sein soll. Aber wenn ihr alle der Meinung seid, ich müsse mir ein wenig die Beine vertreten, dann mach ich das eben.«

Oma Gertrud erhob sich von der Bank und tätschelte mir die Wange. »Das ist mein Mädchen!«

Während Frank mit Paul, Irmgard und Oma Gertrud im Schlepptau zum Traumschlösschen loslief, machten Ole und ich uns in entgegengesetzter Richtung auf den Weg.

Ole nahm wie selbstverständlich meine Hand. Ganz so, als hätte es unsere Trennung, die vielen Missverständnisse und all die Jahre dazwischen nie gegeben.

»Wie gehts dir?«, wollte er nach einigen Minuten, in denen wir schweigend nebeneinander hergelaufen waren, von mir wissen.

Ich zuckte mit den Schultern.

»Ich bin aufgeregt wegen der Eröffnung. Bald ist unser Traumschlösschen voller Menschen, die ihre Meinung über unseren Laden abgeben werden. Ich weiß nicht, ob ich mich dem gewachsen fühle. In München hatte ich schon mal ein eigenes Geschäft. Und das ging, gelinde gesagt, ziemlich in die Hose.«

Ole hörte mir aufmerksam zu. Den Blick fest auf den Sand gerichtet, liefen wir weiter.

Dann hielt er plötzlich in der Bewegung inne.

»Damit es hier nicht so endet wie in München, brauchst du ganz dringend einen Glücksbringer.«

Nicht auch noch Ole! Es reichte schon, dass Irmgard und Oma Gertrud mir permanent mit diesem dämlichen Hühnergott in den Ohren lagen.

Abwehrend hob ich die Hände. »Bitte, Ole, das Thema ist für mich durch.«

»Ach, tatsächlich?«

Ole hob etwas aus dem Sand auf, was ich nicht richtig erkennen konnte, besah es sich von allen Seiten genau und nahm dann meine rechte Hand.

»Von nun an soll unsere Liebe dein Glücksbringer sein. Marie, mein Schatz, es kommt jetzt sicher etwas unerwartet für dich.« Bei diesen Worten kniete er sich vor mir in den Sand. »Aber ich will dich nie wieder verlieren und keine einzige Nacht mehr ohne dich einschlafen müssen.«

Unfähig, etwas zu sagen oder zu tun, ließ ich ihn gewähren und beobachtete die Szene wie eine Außenstehende, die nichts mit alledem zu tun hatte.

»Marie, willst du meine Frau werden?«, fragte er schließlich.

Und plötzlich wusste ich, dass ich nicht nur stille Beobachterin war, dass es sich hierbei um keinen Film handelte, sondern wirklich und wahrhaftig um mein Leben.

Tränen kullerten mir über die Wangen, ehe ich ihm ein »Ja, ich will« entgegenhauchte und Ole mir etwas auf den Ringfinger schob.

Ich zog ihn zu mir nach oben und küsste ihn voller Liebe. Nie zuvor war ein Kuss zwischen uns beiden dermaßen vollendet gewesen. Ole und ich, das war für immer und weit darüber hinaus bestimmt.

Als wir uns voneinander lösten, schweifte mein Blick über mein Handgelenk zu meiner Armbanduhr.

Ole grinste.

»Aschenputtel muss zurück nach Haus«, scherzte er. »Ist es denn schon Mitternacht?«

»Kurz davor. Aber der Prinz darf mich gerne begleiten.«

Als wir im Traumschlösschen eintrafen, kamen gerade die ersten Gäste an. Irmgard hatte es sich nicht nehmen lassen, ihnen zur Begrüßung ein Glas Sekt anzubieten, das sie auf einem Silbertablett durch den Laden trug.

Die Inselschamanin war wirklich ein Allroundtalent. Ich war gespannt, was sie in Zukunft noch so zu bieten hatte. So oder so: Langweilig würde es mit ihr sicher nicht werden.

»Marie!«, rief Caro, die neben Silke, Frank und Paul stand und uns wie wild zuwinkte, als gäbe es auch nur den Hauch einer Chance, sie zu übersehen.

»Gertrud hat eben erzählt, dass jemand von der Ostsee-Zeitung kommen will, um über unsere Eröffnung zu berichten. Ist das nicht toll?«

Sie strahlte übers ganze Gesicht.

»Das ist es!«

»Ach, und weißt du was? Unsere ausstehende Ware wird schon morgen geliefert. Die Altenthals wissen schon Bescheid.«

»Tatsächlich?«, fragte ich verwundert. »Mir wollte mein Großhändler eigentlich Bescheid geben. Und vor nächster Woche hat er mir keine Hoffnungen auf eine Lieferung gemacht. Das ist wirklich sehr merkwürdig.«

Wie aus dem Nichts erschien Irmgard neben mir und hielt mir ein Glas Sekt hin. »Ist es das?«

Ich nahm ihr das Glas aus der Hand. Ole war in der Zwischenzeit zu Oma Gertrud hinübergegangen, um ihr etwas

Gesellschaft zu leisten. Die beiden hatten es sich im Strandkorb bequem gemacht.

»Wie meinst du das?«

»Was hast du denn da an deinem Ringfinger?«, fragte Irmgard zurück.

Ich errötete bei ihrer Frage und wollte meine Hand einem ersten Impuls folgend verstecken. Dann besann ich mich eines Besseren und streckte sie dementsprechend aus, dass meine Freunde den Ring gut sehen konnten.

»Ole hat mir am Strand einen Antrag gemacht«, offenbarte ich ihnen.

Und wenn ich Oma Gertruds gerührte Geste richtig deutete, dann hatte Ole meine Großmutter gerade um meine Hand gebeten.

»Das ist ja …«

Caro war ganz außer sich vor Freude und fiel mir lachend und weinend um den Hals. Auch Silke und Frank freuten sich für mich.

Irmgard beglückwünschte mich und trank auf mein Wohl.

»Hast du dir deinen Ring eigentlich schon mal etwas genauer angesehen?«, ließ sie nicht locker.

Ich atmete hörbar aus, zog den Ring vom Finger und legte ihn in Irmgards Handfläche.

»Was ist nun damit wieder nicht in Ordnung? Ist er verwunschen oder verhext? Muss ich eine Dämonenaustreibung vornehmen lassen, oder reicht es, wenn ich einen Zor in einen leeren Raum werfe?«

Irmgard lächelte.

»Es würde für den Anfang vollkommen ausreichen, wenn du ihn dir ansiehst.«

Und das tat ich dann, um des lieben Friedens willen. Ich sah hin. Und ich erkannte.

»Aber das ist ja …«

Irmgard nickte. »Genau, das ist es.«

»Er hat mich gefunden. Genau, wie du es gesagt hast.«

Wieder nickte Irmgard und streckte mir den Ring entgegen.

»Deine Aura strahlt so hell, dass ich kaum hinsehen kann.« Sie lächelte. »Du wirst sehen, von nun an wird alles gut werden.«

»Versprochen?«, hakte ich nach, als könnte ich es nicht glauben.

Doch dann sah ich in Oles Richtung, unsere Blicke fanden sich, und da wusste ich es. Opa hatte recht behalten. An der Stelle, an der sich der Himmel und das Meer küssten, geschah wirklich etwas Magisches.

ENDE

Rezepte

Oma Gertruds Sanddorntorte

Zutaten

60g Butter

4 Eier

100g Zucker

1 Päckchen Vanillezucker

1 Prise Salz

150g Mehl

1 TL Backpulver

200g Fruchtaufstrich Sanddorn-Orange

250g Quark

150g Joghurt

200g Sahne

ein wenig geriebener Ingwer

eine kleine Prise Chili

Instant-Gelatine für 500ml Flüssigkeit

3 EL Zucker

1 Päckchen Vanillezucker

Fett und Mehl für die Form

Springform: 26 cm Ø

Zubereitung

Die Form einfetten und mit Mehl bestäuben. Den Backofen auf 180° vorheizen.

Die Butter zunächst erwärmen und im Anschluss daran wenige Minuten im Kühlschrank abkühlen lassen. Die Eier mit dem Zucker, dem Vanillezucker, dem Salz und 3 EL heißem Wasser schaumig schlagen. Mehl und Backpulver miteinander vermischen und im Anschluss daran mit einem Schneebesen unter den übrigen Teig heben. Die Butter nach und nach zugeben. Dann den Teig in die Form füllen und im Backofen (Mitte, Umluft 160°) ungefähr 30 Minuten backen lassen.

Wenn der Boden ausgekühlt ist, kann er aus der Form gelöst werden. Danach einmal waagerecht teilen. 2EL Fruchtaufstrich auf der unteren Hälfe auftragen und mit der oberen Hälfte bedecken.

Für die Füllung 120g Fruchtaufstrich, Quark, Joghurt und Sahne verrühren. Die Gelatine nach Packungsanweisung unterrühren. Zucker, Vanillezucker, Chili und Ingwer einrieseln lassen und alles miteinander verrühren.

Einen Tortenring um den Boden legen. Die Füllung auf die Torte geben und glatt streichen. Den restlichen Furchtaufstrich teelöffelweise auf die Füllung träufeln und mit einer Gabel ein kreisförmiges Muster ziehen.

Vor dem Anschneiden muss die Torte für mindestens eine Stunde in den Kühlschrank gestellt werden.

Orangen-Sanddorn-Torte

Zutaten

Für den Boden:

70g Mehl
1EL Speisestärke
2TL Backpulver
60g Zucker
geriebene Schale einer Orange
2 Eier

Für die Sanddorncreme:

150g Sahne
300g Joghurt
100ml Orangensaft
300ml Sanddornsaft
Geriebene Schale einer Orange
3Btl. Gelatine
100g Zucker

Für die Joghurtcreme:

150g Sahne
200g Joghurt
1Btl. Gelatine
50g Zucker

Eine Springform mit Ø 26cm einfetten und mit Backpapier auslegen. Backofen vorheizen.

Ober-/Unterhitze etwa 180 °C Heißluft etwa 160 °C

Zubereitung

Mehl mit Speisestärke und Backpulver in einer Rührschüssel vermischen. Die übrigen Zutaten hinzufügen und alles mit einem Mixer zu einem glatten Teig verarbeiten. Teig in die Springform geben und anschließend auf dem Rost in den Backofen schieben.

Die Backzeit beträgt ungefähr fünfzehn Minuten.

Danach den Kuchen auskühlen lassen, bevor er vom Springformrand gelöst werden kann. Den Boden auf einen mit Backpapier belegten Kuchenrost stürzen und das Gebäck dort vollends erkalten lassen.

Dann das Backpapier abziehen und den Boden auf eine Platte legen. Einen Tortenring oder den gesäuberten Springformrand darumlegen.

Sanddorncreme

Die Sahne steif schlagen. In einer separaten Rührschüssel Joghurt, Orangensaft, Sanddornsaft und die geriebene Orangenschale verrühren. Die Gelatine mit einem Schneebesen mindestens eine Minute einrühren. Zucker hinzugeben. Sobald die Masse anfängt zu gelieren, steif geschlagene Sahne unterheben und in den Tortenring füllen.

Joghurtcreme

Sahne steif schlagen. In einer separaten Rührschüssel den Joghurt und die Gelatine mit einem Schneebesen mindestens eine Minute verrühren. Zucker hinzugeben und im Anschluss daran die Sahne unterheben. Joghurtcreme auf der Sanddorncreme verteilen und mit einer Gabel unterziehen, damit ein Marmormuster entsteht. Torte gute zwei Stunden in den Kühlschrank stellen, dann erst den Tortenring entfernen und servieren.

Oma Gertruds liebste Sanddornaufstriche

Möhren-Sanddorn-Aufstrich mit Ingwer

<u>Zutaten</u>

800g Möhren
30g Ingwerwurzel
Saft von einer halben Zitrone
300ml Sanddornsaft
500g Gelierzucker 2:1

<u>Zubereitung</u>

Die Möhren schälen, fein raspeln und 600g abwiegen. Den Ingwer schälen und ganz fein hacken. Beides mit dem Zitronen- und Sanddornsaft sowie dem Gelierzucker in einem hohen Topf gut verrühren. Zugedeckt mindestens zwei Stunden durchziehen lassen.

Die Menge unter gelegentlichem Rühren zum Kochen bringen. Rund fünf Minuten sprudelnd kochen lassen, dabei weiterrühren, damit die Masse nicht ansetzt.

Aufstrich sofort in saubere, heiß ausgespülte Gläser füllen. Im Anschluss daran verschließen und gut abkühlen lassen.

Sanddorngelee

Zutaten

500ml Sanddornsaft
250g Gelierzucker 2:1
1 Limette
2EL Orangenlikör

Zubereitung

Den Sanddornsaft mit dem Gelierzucker in einen Topf geben. Die Schale der Limette abreiben, den Saft auspressen. Limettensaft und -schale zum Sanddornsaft hinzufügen.

Die Mischung zugedeckt stehen lassen, bis sich der Zucker komplett aufgelöst hat.

Die Sanddornsaftmischung unter Rühren zum Kochen bringen und vier Minuten sprudelnd kochen lassen. Orangenlikör nach Belieben unterrühren. Das fertige Gelee in heiß ausgespülte Gläser füllen und verschließen.

Sanddorn-Marmelade mit Ingwer und Vanille

Zutaten

1000g Sanddornbeeren

100ml Wasser

1 Stück Ingwer

1/2 Vanilleschote

500g Gelierzucker 2:1

Zubereitung

Sanddornbeeren und Wasser in einem Topf ca. 10 Minuten köcheln lassen. Sanddornbeeren mit der Flotten Lotte (Passiermühle) passieren. Das sollte am Ende ungefähr 800 ml Sanddornmark ergeben.

Sanddornmark mit der Vanilleschote, dem fein geraspelten Ingwer und dem Gelierzucker nach Anweisung auf der Packung aufkochen.

Sofort in saubere und heiß ausgespülte Gläser einfüllen und mit dem Deckel verschließen.

Erdbeer-Sanddorn-Konfitüre

Zutaten

850g Erdbeeren
150ml Sanddornsaft
1Pck Gelierzucker für Erdbeerkonfitüre

Zubereitung

Die fein geschnittenen Erdbeeren und den Sanddornsaft mit Gelierzucker für Erdbeerkonfitüre in einem großen Kochtopf gut verrühren. Unter ständigem Rühren zum Kochen bringen und mindestens drei Minuten sprudelnd kochen. Fruchtmasse bei Bedarf abschäumen. Sofort randvoll in die heiß ausgespülten Gläser füllen. Mit Schraubdeckeln verschließen, umdrehen und etwa fünf Minuten auf den Deckeln stehen lassen.

Hagebutten-Kürbis-Sanddorn-Marmelade

Zutaten

300g Hagebutten
200g Sanddorn
200g Hokkaido-Kürbis
600ml Wasser
200-250g Zucker

Zubereitung

Kürbis-Gehäuse entfernen und den Kürbis im Anschluss daran in kleine Stücke schneiden.

Kürbis, Sanddorn und Hagebutten mit 600ml Wasser in einen Topf geben. Zum Kochen bringen und so lange kochen lassen, bis die Früchte weich sind. Nun die Menge durch die Flotte Lotte passieren oder durch ein Sieb streichen.

Das Püree wird nun mit dem Zucker rund 5-10 Minuten aufgekocht.

Nun die noch heiße Marmelade in Gläser füllen und gut verschließen.

Sanddorn-Apfelmus

Zutaten

1kg Äpfel (z.B. Boskop, Cox Orange)
200ml Sanddornsaft
Ein Hauch Zimt

Zubereitung

Die Äpfel schälen, vierteln und das Kerngehäuse entfernen. Dann ungefähr zwei Zentimeter Wasser in einen Topf füllen, die Apfelstücke hinzufügen und bei mittlerer Hitze gut zwanzig Minuten weich kochen.

Im Anschluss daran den Topf vom Herd nehmen, die Äpfel pürieren, etwas Zimt dazugeben und den ungesüßten Sanddornsaft hinzufügen. Zuletzt die Masse in die heiß ausgespülten Gläser geben, verschließen und für fünf Minuten auf den Kopf stellen.

Oma Gertruds liebste Sanddornsuppen

Sanddorn-Möhren-Suppe

<u>Zutaten</u>

200g Sanddornbeeren
600g Karotten
½ Stange Porree
1 Apfel
2EL Pflanzenöl
750ml Wasser
Salz und Pfeffer
je nach Geschmack etwas Sahne

<u>Zubereitung</u>

Die Beeren in eine Schüssel geben und gerade so viel Wasser zugeben, dass sie sich pürieren lassen. Durch ein Sieb streichen und das Mus auffangen. Porree in Scheiben schneiden, Apfel und Karotten in Stücke schneiden. Im Anschluss daran die Gemüse- und Obststücke in einer Pfanne mit dem Öl anbraten. Mit Wasser ablöschen. Dann mit Salz und Pfeffer würzen und fünfzehn Minuten köcheln lassen. Unter die pürierte Masse zuletzt das Sanddornmus unterrühren. Je nach Geschmack kann jetzt noch ein wenig Sahne in die Suppe gegeben werden.

Sanddorn-Zucchini-Suppe

Zutaten

50 ml Sanddornsaft
600 g Zucchini
400 g Kartoffeln
1 l Gemüsebrühe
1 Zwiebel
200 g Schmand
2TL Zitronensaft
Salz, Pfeffer und etwas Öl

Zubereitung

Zwiebel und Kartoffeln schälen und würfeln. Zucchini waschen und in Scheiben schneiden. Alle Zutaten in einen Topf geben, mit Öl andünsten und mit der Brühe ablöschen. Zwanzig Minuten köcheln lassen. Danach den Schmand, den Sanddornsaft sowie den Zitronensaft dazugeben, verrühren und mit Salz und Pfeffer abschmecken. Suppe mit einem Mixer pürieren.

Apfel-Kürbis-Sanddorn-Suppe

Zutaten

1l Fleischbrühe (oder Gemüsebrühe)
Salz
Cayennepfeffer
500g Kürbis
2 säuerliche Äpfel
2TL frisch geriebener Ingwer
50ml Schlagsahne
50ml Sanddornsaft
Muskat
geschälte Sesamsamen (zum Bestreuen)
2 TL gehackte Petersilie (zum Bestreuen)
2 TL Mandelblättchen (zum Bestreuen)

Zubereitung

Die Brühe mit Salz und Cayennepfeffer würzen und aufkochen lassen. Den Kürbis würfeln. Die Äpfel schälen, vierteln, entkernen und ebenfalls würfeln. Äpfel, Kürbis und Ingwer in die kochende Brühe geben und etwa 25 Minuten köcheln lassen, bis der Kürbis und die Äpfel weich sind.

Die Suppe pürieren, die Sahne und den Sanddornsaft unterrühren und das Ganze je nach Geschmack noch etwas einköcheln lassen oder mit Brühe ergänzen. Mit Salz, Muskat und Cayennepfeffer abschmecken. Mit Sesam, Petersilie und Mandeln bestreuen.

Sanddorntee

Zutaten

Einen Teelöffel Sanddornbeeren (frisch oder getrocknet) in eine Tasse oder in ein Sieb geben.

Mit 200ml kochendem Wasser übergießen.

Je nach Geschmack 5-10 Minuten abgedeckt ziehen lassen.

Sanddorn-Limonade

Zutaten

25ml Sanddorn-Muttersaft
25ml Sirup von weißer Schokolade
150ml Mineralwasser
2 Zweige Minze
Crushed Eis

Zubereitung

Den Sanddornsaft mit dem Schokoladensirup vermischen. Dazu dann das Mineralwasser geben und alles miteinander vermischen.

Das Crushed Eis mit einem Zweig Minze in ein hohes Glas geben.

Den angerührten Saft über das Eis geben, mit dem zweiten Zweig Minze dekorieren und servieren.

Danksagung

Bei jeder Silbe, die ich für »Wie das Leuchten von Bernstein« geschrieben habe, konnte ich das Meer rauschen hören, die frechen Möwen vor mir im Sand bildlich vor mir sehen und die Sonne auf meiner Haut spüren. Maries und Oles Geschichte hat mich mit auf eine der schönsten Inseln Deutschlands genommen.

Dass diese Reise möglich war, verdanke ich einer Reihe wundervoller Menschen, die mich den Weg über begleitet haben.

Allen voran möchte ich meinen Agentinnen Kristina Langenbuch und Gesa Weiß dafür danken, dass sie an Marie und Ole geglaubt haben und im Entwicklungsprozess immer ein offenes Ohr für mich hatten. Es ist wundervoll, dass dieses Buch ein so schönes Zuhause im Heyne Verlag gefunden hat. DANKE dafür.

DANKE Sarah und Jil für die richtig guten Lektoratsdurchgänge, die Marie und Ole erst zu dem gemacht haben, was sie nun sind.

Bedanken möchte ich mich weiter bei meinen wundervollen Kolleginnen aus dem virtuellen Schreibbüro, ohne die dieses Buch mit Sicherheit noch in seinen Kinderschuhen stecken würde. Vielen lieben DANK auch an meine

Würzburger Kolleginnen Angela Kirchner, Julia Hanel und Kristina Moninger sowie an meine Kolleginnen Marah Woolf, Katharina Herzog und Hannah Siebern. Wann immer ich Rat von euch benötige, mir in einer Sache unsicher bin oder einfach nur jemanden brauche, der mir zuhört: Ihr habt allesamt immer ein offenes Ohr für mich. DANKE dafür.

Gewidmet habe ich dieses Buch meinem Mann, mit dem ich 2021 zwanzig Jahre zusammen bin. Eine wundervolle Reise, die hoffentlich immer weitergeht. Das wäre mein Wunsch an uns beide. In »Wie das Leuchten von Bernstein« schreibe ich, dass dort, wo sich Himmel und Meer küssen, etwas Magisches passiert. Wir sollten definitiv viel öfter ans Meer, mein Schatz. Wie wär's mit Hiddensee?

Vielen DANK auch an meine ganze Familie, die mich mit Kaffee und Nahrung versorgt hat, wann immer ich in meiner kleinen Schreibblase gefangen war. Mein Mann verdient dabei einen besonders großen DANK, da er nicht nur die Kinder gehütet, sondern auch Wäscheberge beseitigt und mir Mut zugesprochen hat, wann immer ich zu zweifeln begann.

Und dann bleibt mir noch ein riesiges DANKESCHÖN für meine Leserinnen und Leser. Ich danke euch von Herzen dafür, dass ihr euch für Maries und Oles Geschichte entschieden habt. Außerdem hoffe ich, dass ihr eine schöne Zeit mit den beiden hattet. Vielen lieben Dank, dass ihr meine Geschichten lest, rezensiert und anderen davon erzählt. Das ist für mich nicht selbstverständlich. Fühlt euch gedrückt!

Eure Nele